16	3	2	13
5	10	11	8
9	6	7	12
4	15	14	1

BEATRIZ BRACHER

ANATOMIA
DO PARAÍSO

editora ■34

EDITORA 34

Editora 34 Ltda.
Rua Hungria, 592 Jardim Europa CEP 01455-000
São Paulo - SP Brasil Tel/Fax (11) 3811-6777 www.editora34.com.br

Copyright © Editora 34 Ltda., 2015
Anatomia do Paraíso © Beatriz Bracher, 2015

A FOTOCÓPIA DE QUALQUER FOLHA DESTE LIVRO É ILEGAL E CONFIGURA UMA
APROPRIAÇÃO INDEVIDA DOS DIREITOS INTELECTUAIS E PATRIMONIAIS DO AUTOR.

Imagem da capa:
Carlito Carvalhosa, Precaução de contato, *2014,
óleo s/ alumínio, 122 x 80 cm*

Capa, projeto gráfico e editoração eletrônica:
Bracher & Malta Produção Gráfica

Revisão:
*Cide Piquet
Beatriz de Freitas Moreira*

1ª Edição - 2015, 2ª Edição - 2016

CIP - Brasil. Catalogação-na-Fonte
(Sindicato Nacional dos Editores de Livros, RJ, Brasil)

B788a
Bracher, Beatriz, 1961
Anatomia do Paraíso / Beatriz Bracher —
São Paulo: Editora 34, 2016 (2ª Edição).
328 p.

ISBN 978-85-7326-607-8

1. Ficção brasileira. I. Título.

CDD - B869.3

ANATOMIA DO PARAÍSO

Outono	9
I	11
II	91
Inverno	109
I	111
II	227
Primavera	269
Verão	297
Nota da autora	305
Citações	306
Agradecimentos	325

para Matias, Daniel e Julia

Segunda, 13, e terça, 14 de abril

(Outono)

I

1

Em uma manhã de segunda-feira no início do outono, um jovem estudante escreve debruçado sobre a escrivaninha em seu quarto-e-sala no nono andar de um prédio de longos corredores. Em um caderno de capa ocre, Félix reúne as anotações sobre o poema *Paraíso perdido*, de Milton, feitas ao longo dos últimos meses. Enquanto escreve não sente a vibração do bate-estaca na obra ao lado, nem o amortecimento da perna, há quatro horas na mesma posição. Não levanta a cabeça espichando a coluna, não olha para os prédios em frente à sua janela, nem para a favela Pavão-Pavãozinho que sobe o morro com seu verde sem vigor.

Já completamente cego, em Londres, nos verões e invernos anteriores ao ano de 1667, Milton escrevera sobre a queda de Lúcifer do Céu e a expulsão de Adão e Eva do Paraíso.

Félix se esforça para decifrar a própria letra nas margens do livro com a tradução portuguesa do poema, relê os versos grifados e outros nos quais seu olhar cai; decifra as anotações e acrescenta mais uma frase no caderno. Ao tatear o sulco raso que sua lapiseira cavou na margem da página, ao lado dos versos impressos, o rapaz de vinte e quatro anos, grande, de pele leitosa e quase sem pelos, sente os grãos de areia que lá se depositaram e lembra-se da luz forte do sol sobre a página do *Paraíso*, do calor em seu corpo sentado à beira-mar e da vibração das palavras dentro de sua cabeça. Fora surpreendido de tal maneira que o grafite, como a ponta de um sismógrafo, registrou sua eletricidade em linhas que mais parecem um mar encapelado, com abismos e cristas espumejantes.

A janela do quarto-e-sala dá para o sol da tarde. Félix costuma se levantar antes de clarear o dia, caminha até a praia e espera o sol nascer atrás da Pedra do Leme. Nenhuma palavra consegue alcançar a luz rosa e a transformação que o amanhecer provoca nas pedras monumentais sobre o mar calmo, pensa Félix, num tal estado de suspensão, que não sente pertencer a um corpo que o diferencie da cor do dia.

Na lanchonete da esquina, Oneida lhe oferece café com leite e pão com manteiga. Depois de comer, ele volta ao quarto ainda fresco, com vista para as quatrocentas janelas dos oito prédios que circundam um conjunto remanescente de sobrados baixos e geminados, por onde o ar e a luz do sol podem circular. Atrás dos prédios do canto direito, no fundo e acima deles, os barracos sobre o morro aumentam o total de janelas que Félix conta nos momentos em que descansa os olhos e o pensamento dos cenários extraordinários do *Paraíso perdido*.

Escreve nas folhas pautadas do caderno, a perna adormece e os versos brilham: corais, opalinas, esmeraldas, fogo e filigranas de ouro. Escritos há mais de trezentos anos, a revolta dos anjos, a queda de Lúcifer, a criação de Adão, sua desgraça e o paraíso perdido; há quanto tempo? Nascem agora, e de novo e mais uma vez, nascem e são versos mais antigos que o homem; afundam-se em águas desconhecidas do sol.

Descem, tocam o fundo; esperam. Areia e sal; cacos de conchas, ossos de peixe e de mamíferos mortos no fundo do oceano. Ondas leves, depois mais intensas aproximam-se do anzol que espera. Um puxão e a linha se retesa, é preciso firmar os pés no chão, segurar firme e girar com cuidado a carretilha para que não se arrebente o fio. A vara enverga-se e finalmente surge na superfície da água e já no ar um bicho vivo que esperneia lançando luz para todo lado. É a memória do homem. Quanto mais o bicho reluz, mais sangra, tudo é fresco e já é morte. O cheiro de maresia enche o quarto.

2

No mesmo prédio, rua Francisco Sá, 88, a três quarteirões da praia de Copacabana, cinco da manhã, em seu pequeno apartamento com o aluguel atrasado, Vanda passa por cima da cama da irmã menor, dependura a camiseta no ganchinho atrás da porta do banheiro e toma banho. Recolhe a roupa seca do varal retrátil aparafusado do lado de fora da janela, dobra e guarda. Nua, senta-se à mesa encostada na parede, ao lado da cama, liga o abajur com lâmpada de 40 watts, para não incomodar o sono da irmã, e revê a matéria que estudou à noite.

Às seis, acende a chama para esquentar o leite. Maria Joana, doze anos, acorda, lava o rosto e se veste. Estica o lençol, empurra sua cama para baixo da cama de Vanda e toma o leite quente com chocolate. Vanda veste uma calça jeans que fecha com dificuldade, os quadris se alargam, o sutiã aperta.

Penduram as mochilas pesadas nos ombros, calçam tênis surrados e saem do quarto. Vanda fecha a porta com a maçaneta prateada, gira a chave. No caminho até o elevador, confere mentalmente o conteúdo das mochilas; na sua: suco de caixinha, apostilas, marmita, banana, roupa da academia, toalha, sabonete, xampu, chaves da casa, dos armários dos vestiários do Instituto e da academia; na mochila da irmã: cadernos, livros, suco de caixinha, banana e chave de casa.

As duas caminham doze quarteirões até a escola de Maria Joana.

— Você estudou a matéria inteira? — pergunta Vanda.

— U-hum — responde Maria Joana.

— Quando eu cheguei você já estava dormindo.

— A menstruação veio forte esse mês, tomei remédio e deu sono.

— Você estudou tudo?

Vanda dorme dentro do ônibus até o Instituto Médico-Legal de Itabró, cidade vizinha ao Rio de Janeiro. Troca de roupa, veste calça e jaleco marrom, touca, luvas, calça uma bota de borracha branca e entra na sala de autópsia.

Retira do armário gelado um cadáver feminino, lê a ficha, é o corpo de uma mulher sem nome, começa seu trabalho.

3

Lúcifer insufla coragem nos serafins: "A guerra é contra a tirania e o servilismo, lutaremos pela liberdade de ser um", Félix inspira e expira. Às vezes o incomoda seu entusiasmo com a história da origem de nosso destino trágico, com a beleza que enxerga em tamanha desgraça. Quase um orgasmo em antecipar o Inferno, o Pecado e a Morte. Bate palmas e ri, essa é a verdade, tem vontade de se levantar e gritar, para as quatrocentas janelas dos prédios em volta e para todas as janelas da favela, sobre o horror divino que se abaterá sobre nós: a solidão e um corpo.

Satã, o anjo mais belo que o inferno jamais verá, envolvido com seus companheiros celestes em uma aura de comunhão viril, é surpreendido por uma dor miserável, os olhos nadam às tontas na escuridão, um calor queima sua fronte, o tormento expande-se comprimindo cada vez mais sua caixa craniana, até que parte do lado direito se quebra e deixa sair um jorro de fogo. Das chamas surge um Ser Feminino tão deslumbrante quanto seu criador.

Félix imagina as cenas escritas por Milton. No caderno, indica os Cantos e os versos de onde saíram as imagens e cada pedaço da história que reescreve. Copia o poema. Não quer ser o poeta, quer ser as palavras do poema. Que eu também seja nascido da sua pena, murmura para Milton, sempre ao seu lado, no pequeno apartamento.

Ele ouve o crânio de Lúcifer rachando e caindo no chão. *Croc, croc, croc, tum.* Vê o jato de fogo como o de um maçarico, amarelo-azulado, cuspido para fora de sua cabeça. Assiste ao nascimento de uma deusa armada, igual ao anjo em beleza e porte. Os companheiros de Lúcifer a nomeiam Pecado. Ele se apaixona por ela e a possui.

Pecado nascida de uma dor de cabeça de Satã. Atena nascida de uma dor de cabeça de Zeus. Mulheres — dor de cabeça, mulheres — dor de cabeça. Mulheres que são cuspidas cabeça afora. Félix brinca com as palavras como uma bala que sua língua faz rolar dentro da boca.

Levanta-se, junta a roupa suja em um saco de supermercado. Leva para a lavanderia em frente, entrega a Carla e pede com os olhos. Ela avisa que vai sair para almoçar, caminham juntos até o quarto dos fundos. O sexo deles é diurno, na penumbra, rápido e repetido. O quarto rescende a roupa quente e limpa. Ela tem o cabelo crespo em cima e embaixo, seus pelos arranham. Ela é os peitos, os dedos, a boca e a vagina, seu riso que se confunde com o ruído das máquinas de lavar roupa. Félix se confunde com o barulho do riso e do motor, a vibração aumenta e diminui, é inconstante, ela grita alto, o vapor quente, o tambor de uma máquina dá um pinote e volta ao ritmo constante e forte, um botão de metal de calça jeans bate no bojo da secadora, e continuam e terminam e voltam. Carla está lá quando ele precisa, e ele só precisa quando ela está lá.

4

Hermano entra na sala de autópsia e começa a falar. Continua a falar. Leva a maca para um lugar iluminado, tira o saco plástico que envolve o corpo e lê a anotação: anônimo/ local onde foi encontrado/ data/ condições do corpo. Assobia uma música enquanto anota e fotografa as marcas do corpo. Lava-o com esguicho e sabão. Desliga a água, pega o bisturi e faz uma incisão precisa, sem desvios, do pescoço ao púbis do homem morto.

— E...? — Hermano olha para Vanda.
— E... — ele tenta de novo —, o seu filho é filho...

Com o cérebro mole nas mãos, ainda sujo de sangue, Vanda interrompe o movimento e espera o final da frase.

— Você sabe, as mudanças aqui, aqui — ele indica em si mesmo o busto e os quadris, dá uma rebolada para enfatizar de qual parte do corpo está falando. — Eu conheço o seu corpo.

Ela sorri.
— Então? — ele insiste.
— Ele não tem pai.
— Todo filho tem pai.

Vanda pesa o cérebro e anota na folha. Hermano prossegue o trabalho. Os ossos da caixa torácica se rompem em um estalo. Hermano retira o coração.

— Estou só perguntando porque...

Vanda mostra que está prestando atenção sem parar de fazer seu trabalho.

— ... estamos aqui. Acho que posso saber.
— Por quê?
— Olhe — Hermano aponta para os cadáveres abertos, o chão sujo de sangue, eles mesmos sujos de sangue —, aqui o mundo já acabou.

Ela espera a conclusão de Hermano.

— Quando o mundo já acabou, você pode falar o que quiser.

Vanda volta ao cadáver feminino.

— Não é seu. Meu filho não é seu.

5

Oneida, de seios fartos e velha, observa com satisfação Félix comer o bife com arroz e feijão que ela coloca sobre a pequena mesa de metal da sua lanchonete. Serve outro cliente, limpa o suor das mãos no avental amarrado na cintura e senta-se ao seu lado. Como se ele fosse um menino pequeno, ela faz cafuné em seu cabelo castanho claro. Félix gosta da comida e da textura das almofadas ásperas das pontas de seus dedos, calejadas como as de um cachorro, quando ela acaricia sua coxa por debaixo da mesa. Gosta de sentir o gosto intrincado da sua pele nas noites em que janta na lanchonete e ela puxa a porta de enrolar, forçando-a a descer pelos trilhos enferrujados.

Nessas noites, o cheiro da lanchonete se concentra nas dobras do corpo de Oneida, que cheira a fritura, cebola, gasolina, laranja, alho, cerveja, cigarro, hena, sal e peixe. Ela cobre todo o corpo dele, ele consegue livrar o rosto das trancinhas pesadas de seus cabelos, vislumbra o teto enegrecido do quarto do fundo da lanchonete; o movimento dela lhe aperta, além do púbis, o abdômen e o pulmão. Ela aumenta o ritmo, os encaixes da cama de madeira rangem alto; quase sem ar, ele se vira, fica por cima e enfia com violência, acelerando, ela goza várias vezes, a cada vez suspira fundo, bem alto, um suspiro meio feliz, meio orgulhoso. Depois ela se levanta e começa a falar de alguma coisa que não tem nada a ver com eles.

Agora, em seu quarto, duas da tarde e com a barriga cheia, Félix dorme pesado. Esquece de fechar a cortina e é acordado com o sol no rosto. O quarto está quente, ele anda de um lado para o outro. Põe uma sandália de dedo e vai para a praia com Milton debaixo do braço.

Pecado, nascida deusa armada, agora é um monstro irreconhecível, metade réptil, metade mulher, que cuida das portas do Inferno ao lado do filho Morte, macho concebido nas suas vísceras pelo amor violento de Lúcifer, antes da derrota dos anjos rebeldes e de sua queda. A deformidade de Morte é tamanha que é descrita pela ausência: "se forma pode ser chamada aquilo que forma não tem".

Derrotado, Lúcifer perde o nome e a beleza, e será, para sempre, Satã, criatura cujo rosto é o reflexo de sua alma transbordante de ousadia e infidelidade. A caminho da Terra, frente aos portões fechados do Inferno, ele ordena aos monstros Pecado e Morte que se afastem e lhe deem passagem.

Morte, de quem ele ainda não sabe ser o pai, arreganha os dentes impedindo seu caminho. O pai o desafia: "quem é você? de onde vem, forma execrável, que ousa barrar minha passagem pelas portas do Inferno? (...) Afaste-se, ou aguente o fardo de sua decisão insana, pois, filho do Inferno, aprenda que nunca será capaz de ombrear com espíritos do Céu". Ó, pobre Satã! Ó, pobre! Que insensatez é essa que o faz invocar justamente a origem que há tão pouco atraiçoou? Não percebe o cheiro de podridão que já exala a sua matéria divina? O filho Morte, forma medonha que ofende os olhos celestes, sensatamente traz Satã à sua triste realidade de anjo abissal: "Você, Satã, mais que ninguém, faz jus ao nome de habitante do Inferno". A raiva cresce e faz crescer a estatura do monstro-filho que não teme confrontar-se com o anjo-pai. Satã arde como um cometa que risca o céu na altura do Serpentário, balançando sua cauda e ferindo de peste e guerra o mundo aflito. Tal qual duas nuvens carregadas, uma em frente à outra, prestes a se chocarem, e cuja raiva escurece e torna ainda mais medonha a noite do Inferno, o anjo caído e a sombra disforme se encaram, cada um guardando em sua mão direita o golpe fatal.

Pecado, fêmea bipartida, ordena que pai e filho suspendam o confronto. Satã, que não a reconhece, fica ainda mais ofendido ao ser chamado de pai de tal aborto. O estômago se contorce, especialmente nesta parte do poema, a mais terrível de todas, a que volta em pesadelos: a imagem das entranhas da vida. É uma dor física e moral que o excita e amedronta.

Pecado conta a Lúcifer que ela caiu do Céu, junto com

os anjos derrotados, já prenhe do fruto do amor violento com ele, Satã. Diz que, ao nascer, o filho deles

> "Com fúria ardente rompe-me as entranhas
> Já de hórridos tormentos retorcidas, —
> E dando-me esta mísera figura,
> Nasceu, por dano meu, de mim tal monstro,
> Brandindo o dardo seu, de tudo estrago.
> Assim que o vejo, grito 'Morte!', e fujo:
> A tão horrível nome o Orco estremece
> E por suas cavernas ribombando,
> Pavoroso repete 'Morte! Morte!'"

O Inferno acolhe e propaga o horror materno. Morte! Morte! O filho nasce brandindo seu dardo e é nomeado Morte pela mãe. Que insanidade descrever o nascimento da Morte. De onde tanto ódio?

Pecado prossegue sua história: o filho recém-nascido volta-se para ela e a ataca, fecundando-a de novos monstros.

> "Fujo, mas para mim corre o fantasma
> (creio que mais lascivo do que iroso);
> Veloz me apanha, — e sem horror e sem pejo,
> A mim, própria mãe sua, espavorida,
> Em torpe abraço cinge-me com força:
> Gerei do feio rapto estes, que observas,
> Tétricos monstros que incessantes uivam
> De mim em torno, — e dor contínua, imensa,
> Aferram-me nas íntimas medulas.
> De mim saindo e entrando de contínuo,
> Devorando-me as vísceras trementes,
> Seu pasto interminável, pululante:

Destarte seu prazer sem freio cumprem;
Nem pausa ou trégua a meu tormento encontro."

Félix não sabe que palavras dar ao seu horror, é obsceno. O sexo feminino corrompido, todo sexo feminino violentado, vaca, égua, cadela, a mulher esquartejada, imemorialmente invadida. Todo homem um assassino, menino-dardo. Todo nascimento uma catástrofe, anúncio de outra mais miserável.

Como pôde um poeta construir... o quê? Félix fica atônito. Que coragem de enxergar! Ele vê Milton cego, na Inglaterra, ditando o horror, o coração palpitando tal qual o seu, em Copacabana, num fluxo impossível de ser interrompido: o estouro de uma manada de búfalos, toda uma aldeia destruída, pisoteada, a vagina eternamente aberta, penetrada, penetrada. Félix curva-se sobre si mesmo. A pena de Milton, a língua de Milton. O sexo de Félix começa a endurecer, é bom e o angustia. Félix volta à história.

Urano, o Céu, aprisiona os filhos no seio de Geia, sua mãe e mulher; Cronos come seus recém-nascidos, arrancando-lhes os membros. Sim, isto tudo já existia na nossa origem mitológica. Mas não estes monstrengos que voltam e rasgam e fecundam o útero da mãe, suas "vísceras trementes" e "íntimas medulas". Milton é o ponto de vista do pai. Na sua história da nossa origem não há um pai a ser assassinado, o horror são os filhos, ninguém é inocente. Zeus mata o pai, liberta a mãe e salva os irmãos do infanticídio. Milton faz com que os filhos sejam o tormento eterno da mãe, e não sua salvação. A descendência é o Mal.

"De mim saindo e entrando de contínuo"; "Seu pasto interminável".

Como pode a mãe chamar seu filho de "meu filho meu contrário"? E como pode, no Canto seguinte, um pai, mesmo sendo ele Deus, chamar seu filho

"delícias de minha alma
Filho, meu doce amor e único Verbo,
Minha sapiência, onipotência minha"

Que catástrofe! "Ó tu, meu prazer único". Uma ligação tão... o quê? Félix para. Por que as duas formas, a materna e a paterna, o repugnam, sendo uma tão cheia de ódio e outra de amor? O eterno é o horror. Palavras como fel rolam na boca de Félix, que não sente o sol queimar sua pele clara.

Ele volta algumas estrofes, lê novamente sem deixar que nenhum pensamento interrompa o fluxo do poema. Quer dizer as palavras com a alma, quer ser capaz de inscrever isso tudo pela primeira vez no mundo. Consegue se concentrar e seguir a leitura por mais algumas horas. Quando se cansa, respira e sente a brisa do mar. Ergue os olhos e se espanta com a intensidade azul do dia. A leitura absorvera-o de tal forma que ele se transportou para lugar nenhum. Estava na praia, a Terra fazia-se presente fora dele. Míope, coloca os óculos, olha o mar e vê o mundo. A curvatura do planeta na linha do horizonte torna ainda mais terrível, pelo contraste, a existência do Inferno, o suplício da mãe Pecado, a crueldade de seu filho Morte. Sem se dar conta, arranha com grãos de areia a página aberta do *Paraíso perdido*.

Agora, com as cortinas pretas fechadas para proteger o quarto do calor e da luz do sol da tarde, ele passa a mão na página e pensa com as pontas dos dedos. Com a pele ardendo de sol, acompanhado por Pecado, Morte e filhos que entram e saem do útero materno, Félix sente-se oprimido e, ao mesmo, sabe que os versos de Milton, em seu quarto, estão em casa.

6

Vanda sai do Instituto Médico-Legal às quatro da tarde e pega o ônibus cheio. No balanço do carro, o homem atrás dela coloca a coxa entre suas pernas e pressiona; ela desfere uma cotovelada certeira em seu estômago, o homem engasga e geme, chamando a atenção de quem está em volta. Meninos e meninas cochicham, alguns passageiros riem baixo; ele desce no primeiro ponto, curvado e respirando mal. Vanda consegue um lugar ao lado da janela, deixa-se ficar, aproveita o mar que passa à sua esquerda, abre uma apostila de biologia e durante uma hora não vê o que acontece ao redor.

Desce na Vieira Souto, entra pela porta de serviço de um hotel de luxo de Ipanema. No vestiário das funcionárias, separa do chaveiro a menor das chaves e com ela abre o cadeado do armário metálico, guarda a mochila e a roupa que estava usando, veste uma malha colante e colorida, prende o crachá na alça do top e fecha o armário. No elevador, aperta o botão do último andar.

Na sala da academia, uma americana pedala enquanto assiste ao noticiário na televisão. Vanda ajuda Camilo, instrutor da manhã, a terminar de arrumar os colchonetes esparramados no chão. Vanda tem vinte e quatro anos, é negra, longilínea, com a musculatura bem definida. Camilo é mulato, mais para baixo, tem cabelo oxigenado e corpo musculoso de surfista. Ambos falam inglês e espanhol, trabalham em turnos invertidos e saem juntos de vez em quando, no fim de semana. A sala arrumada, Camilo se despede de Vanda com um abraço apertado, dá um beliscão carinhoso em sua bunda. O plano de Vanda é seguir dando monitoria e aulas até o último dia da gravidez, ou até quando peçam para ela sair de licença.

Um paulista de cinquenta anos entra na sala. Vanda mostra como se regula a esteira, ele agradece. Dois noruegueses, em um tom cafajeste, pedem a ela que os ensine a ajustar o equipamento de pesos, ela própria o ajusta.

Às cinco e meia, Vanda fica apenas de biquíni e começa a dar aula de hidroginástica para um grupo formado principalmente por senhoras da cidade. Antes do final do primeiro horário um homem velho senta-se na borda da piscina e observa a aula. As alunas se despedem, Vanda mergulha, dá umas braçadas enquanto os alunos da próxima aula se trocam.

O velho entra devagar na piscina, tem o corpo de quem já foi forte. Com água na altura do peito, movimenta-se lentamente, segura firme na barra lateral para não escorregar e afundar. Para de se movimentar, com as solas dos pés inteiramente apoiadas, deixa o peso do corpo assentar no chão de ladrilhos, solta a mão direita, segura-se apenas com a esquerda e espera o corpo acostumar-se à nova posição. Os alunos entram e começam a se posicionar dentro da piscina para a aula. O velho se sente seguro sem o apoio das mãos, mas permanece próximo à barra. Vanda, ainda dentro d'água, aproxima-se.

— *Could I ask...*

Todo o corpo do homem velho exprime repulsa pela proximidade dela, pela possibilidade de que venha a tocá-lo. Vanda se mantém afastada.

— *Would you like to join...*

Ele não deixa que ela termine a frase, lhe dá as costas,

segura-se na barra e caminha devagar em direção à escada de metal.

Vanda sai da piscina de um impulso. De frente para a turma, olha para cada aluno como forma de cumprimento amistoso e aviso de que a aula vai começar; a maior parte das pessoas é mais velha, mas há também jovens, dois rapazes e uma moça machucados, em recuperação, um homem obeso e duas mulheres com menos de trinta anos no final da gravidez.

Vanda dá o sinal, a música começa. A luz do sol de abril entra pelo grande quadrado de vidro que recorta a parede, de frente para o mar, e reluz em seu corpo molhado. Ela executa os movimentos ritmados da ginástica de frente para a turma que a imita. Evita saltar com força ao demonstrar aquilo que os alunos devem fazer na piscina. Os movimentos de Vanda, de um tempo para cá, ficaram mais suaves e menos marciais, as pontas dos pés tocam o chão antes dos calcanhares.

As duas jovens grávidas ficam na fileira de trás, conversam entre si durante os exercícios. Em determinado momento os alunos cruzam a piscina de um lado ao outro, levantando alternadamente, e bem alto, pernas e braços. As amigas riem. Vanda sabe a sensação que esse exercício proporciona, quando o fazemos na água, de estar saltando muito mais alto que no ar, e ela imagina como isso deve ser especialmente bom para as jovens grávidas. A mudança de peso e de forma acontece em tão pouco tempo que talvez nem reconheçam seus corpos como inteiramente seus, e exatamente isso faz com que tenham mais cuidado, a certeza de que é outro ser que está ali dentro, e que não há ninguém, senão elas, para cuidar dele. Vanda e elas mesmas reparam na maneira como seus peitos grandes entram e saem da água; uma olha o peito da outra e riem como crianças brincando. Três alunas mais velhas vão parando, Vanda diminui o ritmo, muda para um exercício mais lento.

Nesse momento repara no velho estrangeiro, dentro da piscina, encostado na barra, as duas mãos debaixo da água e o olhar fixo nas moças grávidas. O ritmo dos alunos diminui, a movimentação da água acalma. Em torno do velho a ondulação continua agitada, agitada, até que diminui e ele fecha os olhos.

7

Em um estado de vigília modorrento, sem conseguir trabalhar nem dormir por causa do calor e da pele que arde quando encosta no lençol, Félix tenta sair do Inferno, passar pelo Caos e chegar à Terra. Avistar dos píncaros de algum penhasco — que o poeta inglês consegue colocar no éter do Universo — as mais novas criações de Deus: a Terra e, dentro dela, Adão e Eva. Mas não, a pele arde, o sol o castigou demais, e o calor continua a sugar sua energia. Ele se levanta com esforço, vai até o chuveiro e fica um tempo debaixo da água fria. Sai gotejando pelo quarto, abre a cortina que não deixa o ar circular e transforma o ambiente em uma pequena estufa. Abre também a porta que dá para o corredor, na esperança de criar uma corrente de ar. Deita-se nu e molhado na cama.

O corredor é fresco e escuro, o único lugar do prédio onde a luz não chega em nenhuma hora do dia. Das vinte e duas portas que dão para o corredor, a de Félix é a última, do lado esquerdo. Em algumas noites de verão, ele leva seu travesseiro e dorme sobre o chão de granilite encerado. De manhã, Bianca, a faxineira, leva-o de volta para o quarto e deita-o na cama. Quando ela quer, fica um pouco mais, começa uma conversinha, Félix entreabre os olhos, eles se aconchegam e transam no ritmo da manhã dela, ele acompanha, acorda se Bianca quiser que ele acorde, vai no seu trote, um cavaleiro dorminhoco, um cavalo maluco, o que apetecer à menina. Com dezesseis anos, ela gosta de brincar e é violenta. Às vezes passou a noite fora e quer apenas dormir ao seu lado antes de pegar no pesado, mas em geral, mesmo que tenha dormido pouco, a pequena Bianca, de curvas cheias, gosta de confusão. Félix morde sua barriga, o meio das coxas, e é mordido por toda parte que ela tiver vontade de morder. Perde quem gritar ou rir primeiro. Ela passa rápido a linguinha dura enquanto mantém seu sexo preso nos dentes, ele nem pensa em puxar, ela é capaz, e teria prazer, de morder até o final, risco que o excita ainda mais. Ele gosta de chupar seus mamilos cor-de-rosa e ir subindo, passando pela margem da axila até o pescoço e a orelha; ela nunca consegue deixar de rir e logo cair na gargalhada. Vinga sua derrota com tapas e unhadas violentas e, mais calma, manda que a abrace com força de quebrar os ossos. Quando ela vai embora ele guarda manchas roxas pelo corpo e lembranças que o fazem continuar a rir sozinho. Outras manhãs, o que sobra, além dos machucados, é tristeza e cansaço que duram o dia inteiro.

A lembrança do sexo com Bianca toma o lugar do poema que não se estabiliza. Ainda são cinco e meia da tarde, o sol bate em cheio na parede acima da sua cama, ele precisa dormir, deixar a temperatura do corpo e da cidade abaixar para poder continuar a fazer seja o que for, escrever, pensar ou imaginar. De qualquer maneira, mesmo deitado, quer continuar no poema. O estudo que se propôs a fazer avança, finalmente algo destravou, ou engatilhou, dentro de sua cabeça, e o fluxo de ideias circula melhor desde o fim do Carnaval. Esses dias abafados são um repuxo, o final do verão ia correndo bem, pensa Félix, lembrando-se de que é quase Páscoa.

O período das impressões fortes e viscerais, que sucedeu ao da dificuldade inicial de entender propriamente o fio do poema, vinha se transformando, aos poucos, em um tempo mental de domínio sobre suas sensações. Já não era engolfado pelas imagens como antes; conseguia, cada vez mais, ter prazer em decompor estrofes, notar repetições de palavras, semelhanças entre as estruturas sintáticas em determinados trechos, estratégias relacionadas à forma dos doze Cantos que compõem o *Paraíso perdido*. Elementos que não apenas não discernia, como não ouvia. Se recusava a ouvir quando seu professor esquartejava as articulações entre os versos — e agora era capaz de ouvir na sua própria voz quando lia o poema em voz alta. Percebe essas estratégias narrativas não como o resultado de uma equação que finalmente resolvemos, por mais bela que a matemática possa ser. Ele ouve e entende esses elementos como pequenos truques de amor que uma mulher ensina a um homem, e ele ensina para outra mulher que ensinará a outro homem, e esse para seu amante e aquele à menina que ama e assim por diante em uma corrente de amor, e sempre um a um, porque mesmo quando fazemos amor entre três ou quatro, tocamos um de cada vez, e os truques são a respeito de toques e não de palavras. Descobrir estruturas formais da poesia é como aprender truques de amor, porque existem desde muito antes de você nascer, independem de Milton, não foram criados para o *Paraíso*, nem para aquela tarde com Carla, nem foram propriamente inventados por ninguém, nenhum poeta ou amante, mas sim descobertos, são como que naturais ao sexo e à poesia, comuns à sensibilidade humana, e, por que não dizer, à sensibilidade mamífera, talvez até canora, e, ainda assim, sendo tão comum, universal e arcaico, sendo apenas o que o nome diz: "truque", "estrutura", ainda assim é íntimo, confirma Félix consigo mesmo, íntimo no mais íntimo do que ele sonha ser o interior do lábio vaginal da pequena Jojô, ou que sabe ser a curva da bunda de Nildo, e, logo depois da rugosidade do seu cu, quando a parede fica lisa e escorregadia, e o tipo de pressão que o dedo deve fazer e em qual ritmo pode acontecer a repetição de um som, primeiro de duas em duas linhas e uma parada por uma estrofe e seu ressurgimento de três em três linhas, no Canto II do *Paraíso*; ou a quebra da linha que pode funcionar como um ponto e vírgula, ou quase como dois-pontos, mesmo que entre o sujeito e seu verbo; esses truques nos levam além de uma coisa chamada Paraíso, nos levam a um lugar que não tem nome e onde somos felizes. Félix volta a misturar os lábios vaginais de Bianca, os peitos de Vanda, o cheiro de Oneida, os cabelos de Carla, o sexo de Nildo, seu desejo por Jojô, de novo Vanda inteira, dos pés à cabeça dentro de seus olhos escuros, a lembrança dos olhos cegos de Milton, os versos do *Paraíso perdido* com o sentimento de comunhão e gratidão pela vida, por possuir um coração e haver amor na poesia, nas mulheres e nos homens que ele ama.

O caderno no qual organiza suas reflexões é o chão onde pisa após a passagem das tempestades. Cada folha é o chão para o tempo mental que quer suceder o tempo das vísceras e membros (incluídos pele, coração e sexo) na leitura e estudo do poema. As anotações tumultuadas na margem do livro eram o mar, com ondas e tempestades. Agora ele chegou à praia e, quem sabe, em seu caderno venha a encontrar uma terra fértil. Não gosta da analogia, volta atrás. Não gosta de autoria, fertilidade, não quer para si coisa alguma. Pensa sobre a inevitabilidade do fim de seu encantamento original com o *Paraíso* de Milton, sabe que há uma recompensa nesse final, talhada por ele mesmo, resultado do entusiasmo e trabalho de sua leitura, e isso lhe dá ainda mais raiva. Não quer ser pai. Não quer ser pai de nada, nada.

Certo que cada vez mais sente cócegas nos dedos para começar a escrever sua monografia, relê o que já foi capaz de encadear e acha que está no bom caminho, prossegue; era isso o que vinha acontecendo. Abria as páginas do livro com suas anotações à margem, reunia as várias folhas avulsas com frases rápidas, e novas ideias surgiam organizadas, pareciam originais e se encadeavam uma à outra; escrevia mais alguns parágrafos no caderno. Mas então recomeçou o mormaço, esses dias sem brisa e o impulso de ser levado pelo poema, adernado e naufragado. Voltou a maldizer os tolos e prepotentes que se julgam capazes de amansar o Paraíso de Milton, e compreender a expulsão de Eva e Adão do jardim de Deus.

Ele começa a adormecer quando é surpreendido pela forma feminina de Pecado cercada de cachorros. Experimenta deixar-se tomar pela imagem criada por Milton sem se assombrar, quem sabe assim ela vai embora. A moça de corpo híbrido permanece, não o enoja, mas, ainda assim, não é capaz de compreendê-la, seu cérebro não a aceita, é um quadro que não seria capaz de pintar, se fosse pintor. Seu inglês não é suficiente, seu conhecimento da anatomia humana, sua capacidade moral, algo nele não é largo o bastante. Não vai conseguir dormir, o problema deixou de ser o calor. Levanta-se.

O professor, responsável por sua bolsa, e o pai, que paga o aluguel e as contas, lhe dizem que é hora de organizar as ideias, ele só tem mais poucos meses de dinheiro e Rio de Janeiro. Mas ele ainda não entendeu o Mal, argumenta; isso não tem a ver com Milton, nem com o *Paraíso*, contra-argumenta ele mesmo, antes que pai e professor o façam.

Não pode ultrapassar as portas do Inferno e chegar ao Caos, à Terra, terminar o Canto II e seguir em frente no poema sem antes entender a anatomia de Pecado. Ele entende a ação, compreende a seta do poema, o diálogo de Satã com Pecado e Morte na porta do Inferno. Não é um problema cognitivo, interpretativo ou narrativo, quase nem moral. Nesse instante o que impede seu caminho é a anatomia do primeiro corpo feminino daquele universo inglês.

O ponto da história está claro: Satã deve viajar até a Terra para corromper Adão; ainda somos bons, os portões do Inferno se mantêm fechados desde a entrada dos anjos derrotados. Pecado interrompe a briga entre Satã e Morte, conta ao novo Rei do Inferno que é sua filha e foi sua amante, conta que é mãe estuprada de e por Morte, de quem ele é o pai. Entram em acordo. Chamando-a sempre de "querida filha", Satã a convence a abrir os portões do Inferno, contra as ordens divinas, pois, diz ele, não vale obedecer àquele que nos mantém presos, colocarmo-nos em lados opostos ao invés de nos unirmos para, de comum acordo, encontrar a saída desse lugar medonho. Ele irá sondar e, tendo encontrado a mais recente criação divina, a Terra, voltará para buscá-los. No novo planeta — continua Satã em sua argumentação —, Pecado e seu filho Morte poderão sobrevoar silenciosos as noites abundantes de alimento e tudo será pasto e caça, prêmio para as chaves que agora ela encaixa no ferrolho do maldito portão e, girando, abre-o. Esse é o movimento, Satã é o protagonista, Pecado e Morte não aparecerão mais no poema, o caminho está livre, Félix para.

Versos que já lhe custaram horas de dicionários ainda o atormentam, ele pensava já ter se conformado com o fato de que a imagem do corpo de Pecado construída pelo poeta permaneceria incompleta. Em parte por sua descrição original ser, em si mesma, incompleta, mas em grande parte porque era intraduzível para o português, por falta de vocabulário, excesso de pudor da nossa língua. Seja o que for, a ausência da completude da imagem continua a barrar sua passagem, ele precisa *ver* o corpo de Pecado.

Deixou de lado a edição brasileira e já traduziu com suas palavras muitos versos para entender o que Milton dizia ou para confirmar que ele tinha sido capaz de dizer aquilo que disse. Às vezes se pergunta se em inglês as coisas soam menos perversas do que em português, se os ingleses do século XVII eram homens mais selvagens ou mais espirituais do que os do século XXI. Pergunta-se se aquelas imagens poderiam ter surgido em sua cabeça, se ele teria não só o talento, mas a coragem de imaginá-las. Ele, Félix, ele, o século XXI, ele, brasileiro, ele, falante de português.

Satã sai da conferência com seus companheiros com a missão de chegar à Terra, atravessa o Inferno e chega a seus confins, onde se depara com um teto horrendo e uma portada reforçada com nove portões, três de ferro, três de bronze e três de diamante. Guardando a saída estão dois monstros: Pecado e Morte.

Milton começa a descrição por Pecado:

> "*The one seemed woman to the waist, and fair,*
> *But ended foul in many a scaly fold*
> *Voluminous and vast, a serpent armed*
> *With mortal sting:*"

Félix para aqui, vai devagar, procura recuperar o controle que o sol e o calor mais uma vez lhe tomaram. Agora, mesmo com o ar ainda abafado e sem nenhuma brisa, ele veste um short, senta-se em sua escrivaninha, abre as edições em inglês, rabiscadas, um exemplar da tradução em português, rabiscado, e tenta trazer o inglês ao português, o século XVII, de Milton, ao XIX, do tradutor António José de Lima Leitão, e, finalmente, ao XXI, dele mesmo. Somos todos filhos de Adão, pensa Félix, essa é a grande beleza, meu irmão Milton e meu irmão Lima Leitão, vocês e eu, nesse quarto e planeta, e Pecado.

"Um até a cintura mostra visos
De formosa mulher, — mas finda enorme
Em serpe escâmea que se enrosca imensa.
E com mortal farpão guarnece a cauda;"

Essa é a tradução de Lima Leitão, com a qual ele vem brigando. Não há dúvida de que a metade de baixo de Pecado é a de uma cobra, ou serpente (*serpent*); "serpe escâmea" é terrível, mas não está errado. E mais do que "imensa", mais até do que volumosa ou vasta, Félix sabe que a cauda de Pecado deve ser voluptuosa.

Mas onde ela começa? A questão é: onde está a vagina de Pecado? Milton escreve *waist*. Pode não ser cintura? Não, *waist* é cintura em todos os dicionários que consulta. O poema diz que parece mulher até a cintura (*to the waist*), e bonita (*fair*), e termina (*But ended*) em uma cauda escamada. Mas onde se unem as duas formas? Isso sempre o intrigou também nas sereias. Milton não entrega o lugar, não diz o nome, e Lima Leitão muito menos. Não é assim que a coisa funciona, Félix sabe disso, nunca foi assim. Mas às vezes são nossos ouvidos que estão surdos para uma vírgula, a palavra que não entendemos, ou mesmo a palavra não dita. Ele sabe que, às vezes, não escrever "vagina" pode dizer mais da "vagina" do que escrever "vagina".

8

Vanda volta a pé para casa, são cinco quarteirões. No Arpoador as pessoas aplaudem o pôr do sol, ela sente o calor que sobe do calçamento, a noite não vai refrescar, um bafo vagaroso e melado vem do oceano. O cheiro de comida das barraquinhas aumenta sua fome; lembra da geladeira vazia e, mentalmente, conta o dinheiro que tem na carteira. Passa no supermercado, pega o que dá para pagar e entra na fila. Quando se aproxima do caixa, uma moça tenta entrar na sua frente, ela não deixa, a moça diz que já estava naquele lugar antes, Vanda diz que não, a moça insiste que sim. A situação é tão absurda que Vanda fica mais espantada do que brava; pensava em outras coisas, inclusive se não deveria voltar às gôndolas e trocar algum produto que escolhera por uma comida mais saudável, por causa do bebê, quando a moça tímida apareceu dizendo que aquele lugar era seu. Primeiro Vanda reage com sua habitual prontidão para defender o que lhe pertence, mas então atina para o inusitado da situação e olha em volta para tentar entender se deixou escapar alguma informação. O homem à sua frente se vira e diz para ela:

— Não quero me meter, mas é você que está certa, você que estava atrás de mim.

Vanda não sabe por quê, mas não gosta da maneira como ele toma seu partido. Outras pessoas não se manifestam, porém nitidamente reprovam a atitude da moça que parece ser do interior e mais pobre do que os pobres dali. Vanda está cansada, mora no Rio de Janeiro, muito esperto quer passar na frente, sair sem pagar, cobrar o dobro do que vale. Ela trabalhou o dia inteiro, não tem dinheiro, só quer entrar na fila, esperar sua vez, pagar e ir para casa, e vem a mulher furar fila na sua frente. Mas a mulher, ainda que tremendo de vergonha, não arreda o pé:

— Eu estava aqui, esse é meu lugar.

Vanda tem certeza de que a mulher não estava ali, que não é maluca e fala a verdade. Alguns clientes se constrangem e evitam olhar para a cena, outros se comprazem com o mal-estar, principalmente o da moça, que está no seu limite, quase a ponto de chorar, talvez. Vanda pede a ela, com um olhar honesto, que diga mais alguma coisa.

— Eu não queria ficar atrás dele, por isso saí da fila... Mas fiquei aqui do lado. Tava esperando a fila chegar perto do caixa, pra entrar de novo e pagar.

Ela fala quase sem voz, olhando rápido para o homem na frente de Vanda. Ela intui o que aconteceu e cede o lugar à moça que entra na frente, não agradece, fica de cabeça baixa, atazanada pelo vexame. Vanda tenta se lembrar se a moça tímida realmente esteve o tempo todo ao lado, acompanhando o movimento da fila, esperando para se colocar em seu lugar apenas na última hora. Não vai se lembrar, estava distraída, mas imagina que sim. O que o homem terá feito? Se a mulher estivesse na frente dele, ele poderia ter se encostado nela, se esfregado, mas como isso teria acontecido com ela estando atrás dele? Quem sabe uma parada brusca e uma marcha a ré sutil. Ou talvez ela estivesse na frente dele, mas não tenha querido entrar de novo ali, por isso escolheu ficar logo atrás e entrar na fila só na última hora. E o filho da puta do homem foi o único a se manifestar, a falar em voz alta contra a mulher. Mais um. Que inferno! Mais um, mais um.

Vanda pega o troco que a moça do caixa lhe entrega e sai do supermercado junto com o homem que desdissera a versão da mulher do interior. O aglomerado habitual de final de dia se aperta na calçada esperando para atravessar a rua. Antes do sinal para carros ficar vermelho, Vanda esbarra com força no homem, ele se desequilibra e cai na frente da moto que ultrapassa um ônibus pela direita. A moto desvia na última hora, o homem bate a cabeça no asfalto e parece perder os sentidos. Um grupo se forma ao seu redor. Vanda atravessa a rua. O homem, ajudado por um casal, consegue se levantar, está tonto, coloca a mão na cabeça.

9

Lima Leitão continua a descrever Pecado:

"De negros antros, na cintura abertos,
Ladra-lhe com perene e rudo estrondo
De mastins infernais ampla matilha
Abrindo as vastas cerebrinas bocas:
Se fora a seu latido estorvos acham,
A seu prazer introduzir-se podem
Na ventral amplidão e ali seguros
Ladrar e uivar da vista além do alcance".

Félix leu, releu e anotou o *Paraíso perdido* traduzido, em 1849, por Lima Leitão. Leu pela primeira vez com quinze anos, porque lhe caiu nas mãos. Leu outras coisas, lia tudo. Na faculdade topou novamente com Milton e desde então foi parando de ler outros livros que não diziam respeito àquele universo. Não por escolha, mas por história, seu *Paraíso* é o português do século XIX. Irritam-no os pudores, pompas e vaidades do padre tradutor, mas foi o *Paraíso* que conheceu quando adolescente, os versos fazem parte de sua memória de uma forma que os versos originais nunca farão. O inglês é um *Paraíso* que não entra pelo mesmo canal de sensibilidade, não é processado pela mesma proteína. Os versos originais o encantam, levam-no mais longe, são os que têm música, mas não são seus.

Os seus são os portugueses de Lima Leitão. Seu amigo de tanto tempo que parecem séculos. Um tradutor. Foi ele quem o libertou de Belo Horizonte, da sua casa triste, da escola tacanha e dos companheiros com quem não compartilhava nada, e o levou para dentro de seu quarto. Passaram as melhores horas da sua adolescência juntos: Félix com catorze anos, Lima Leitão com mais de um século, e os versos. Palavras que no começo ele não entendia, confundia com outros livros e autores, na verdade palavras que, sem perceber, desde o primeiro momento, entraram em seu peito e ali fizeram sua morada.

(Sua avó lhe contava uma história de um homem desesperado que, ao saber que Jesus estava passando com seus discípulos a alguns quilômetros de sua casa, corre para ter com ele. Chegando lá, consegue abrir caminho por entre as muitas pessoas que o cercam, ajoelha-se à sua frente e pede: "Senhor, minha filha está em casa ardendo em febre, não consegue mais se levantar e não aceita comida, os médicos a desenganaram. Vejo que muitos outros precisam do senhor, peço que diga uma só palavra e ela será salva". Nesse momento da história a avó colocava a mão na cabeça de

Félix e olhava em volta, não havia mais ninguém no quarto, mas ela olhava para a multidão de fiéis, na verdade incréus, e falava como se fosse Jesus: vejam a fé e a bondade desse homem, a filhinha arde em febre e ele não pede que eu vá a sua casa, ele me pede uma palavra, porque tem fé. E então, continuava a avó, olhando para ele e ainda com a mão na sua cabeça: vá para casa, homem de fé, sua filhinha acordou sem febre e está te esperando. O homem beijou a mão de Jesus, agradeceu e correu para casa. Lá chegando lhe contam que pouco antes uma luz pousou na cabeça da filha, o quarto inteiro se iluminou e ela acordou sem febre, perguntando pelo pai. A palavra de Jesus fez daquela casa a sua morada.)

E tudo mais que leu e viveu, de alguma maneira, passou pelas lentes dos versos portugueses do poeta inglês. E tudo mais que leu e viveu transformou e continua a transformar sua leitura do *Paraíso perdido*. Sabe que com tudo é assim. Com todos os livros e com toda a vida, tudo se transformando continuamente, uns aos outros, dentro de si. Cada livro que lê é influenciado pelos que leu antes e modifica a memória desses, assim como o que vive, pois não há diferença entre ler e viver.

Mas de dois anos para cá, desde que se mudou para o Rio de Janeiro, esse é seu único livro, e tudo o que vive — e pouco vive fora de seu quarto — parece fazer parte do poema. Nunca se esforçou para ler com atenção os comentadores de Milton, o que faz não é um estudo, e sim uma leitura que dura quase dez anos. Ele tem a consciência de que cada vez mais ele e o livro são uma coisa só; tudo se torna mais vívido, tem certeza de que sua monografia irá apresentar aspectos verdadeiros da obra de Milton. Félix sente que também sua vida torna-se mais verdadeira.

Por isso precisa, como uma cobra, ir deixando as peles antigas se despregarem de seu corpo e se esgueirar com paciência e atenção no matagal do seu estudo. A casca nova da cobra é mais sensível que a antiga, já gasta e grossa, e, ao mesmo tempo, é a pele de uma serpente mais velha.

> *": about her middle round*
> *A cry of hell hounds never ceasing barked*
> *With wide Cerberian mouths full loud, and rung*
> *A hideous peal: yet, when they list, would creep,*
> *If aught disturbed their noise, into her womb,*
> *And kennel there, yet there still barked and howled,*
> *Within unseen."*

Segue com o corpo de Pecado, segue se distanciando do século XIX, de Lima Leitão, e do final dos anos 90 e início dos 2000, de sua adolescência, de seu quarto em Belo Horizonte, da descoberta do seu corpo, o sangue forte em seu coração. Segue devagar, com cuidado, rastejando, tentando manter-se frio, aproxima-se de seu quarto-e-sala agora, em Copacabana, 2009, abafado, abafado, seus vinte e quatro anos. Segue e procura afundar-se no século XVII, na Inglaterra, a voz e a inteligência de Milton, o mundo antes da nossa queda.

Sendo em tudo mais distantes, no idioma e no tempo, e talvez até mesmo porque mais recentes em sua memória do que os portugueses, os versos de Milton o atingem agora de maneira mais contundente que a sua tradução. Talvez, também, porque não conheça "*hell hounds*" tanto quanto "mastins infernais", e "perene rudo estrondo" não machuque em nada seus ouvidos, enquanto "*never ceasing barked*" é um latido contínuo e, ao mesmo tempo, constantemente interrompido, como são os latidos de uma matilha de cachorros, quando os dentes se batem para logo se abrirem e soar de novo. E, acima de tudo, *womb* era e é útero. Qualquer mulher inglesa gerava e continua a gerar filhos em seus *wombs*, nenhum homem inglês nunca teve *womb*. Útero e ventre são mas não são a mesma coisa, e Lima Leitão escolheu ventre; pior, escolheu traduzir *womb* por "ventral amplidão". Em inglês os cães do inferno retornam ao útero de Pecado quando se assustam com qualquer ruído, inclusive com o som de seu próprio latido. Em português eles retornam para a "ventral amplidão". Ventral amplidão! O inglês de Félix é funcional e livresco, não tem nenhuma intimidade com a vida do idioma fora dos livros, ele não sabe se em inglês existe a palavra "ventre", mas para ele é evidente que tudo em Pecado se refere à origem do feminino e da vida, ao sexo e à dor. Lima Leitão mesmo o carregou até lá: por que, quando chegou aqui, tão perto, deu esse refugo covarde? Por que "ventre"? Por quê? Ventre tem Nossa Senhora, que não precisou transar, ventre têm os homens ou as crianças, ventre é o que a gente agrada, vê de fora, ou corta com a espada. Está escrito: *WOMB*.

Ele já chegou até as palavras, se não certas, pelo menos até palavras com que consegue compor partes da figura Pecado e o seu movimento. É difícil montar o todo porque existem lapsos, partes do corpo não descritas, como o espaço entre a cauda e a cintura. Onde acaba a mulher e começa a serpente? E outra dificuldade, decorrente dessa: onde e como ficam os filhos-cachorros que rodeiam Pecado? Ele volta aos versos originais:

"*: about her middle round*
A cry of hell hounds never ceasing barked
With wide Cerberean mouths full loud, and rung
A hideous peal: yet, when they list, would creep,

If aught disturbed their noise, into her womb,
And kennel there, yet there still barked and howled,
Within unseen."

Tenta organizar o que entende com frases sem ritmo e com palavras em português descarregadas da eletricidade:

Pecado é um ser metade mulher, metade cobra. Tem ao redor de si, na altura da cintura, cachorros que latem furiosamente sem parar, com bocas largas, como as do cão Cérbero. Se ouvem qualquer ruído que possa atrapalhar o seu barulho, assustados, rastejam para dentro do útero de Pecado, sua mãe, lá se abrigam e continuam a latir e a uivar, escondidos do mundo.

Esses cachorros estão perpetuamente presos a Pecado? São atados a ela como que por um cinturão? Ou são carne de sua carne? Filhos nascidos e não nascidos? São um estágio como o do filhote de canguru? Ou são seres já nascidos, autônomos? A pergunta é: este ir e vir de e para o útero da mãe significa que eles estão ininterruptamente estuprando-a? Foi isso que Milton imaginou? Foi isso que ele escreveu e que lemos há séculos?

Volta para o início da história dos Anjos Caídos, volta até quando os portões do Inferno ainda não foram abertos. Pecado ainda não ressurgiu em sua forma monstruosa; volta mais, quer se lembrar da missão que levava Satã quando encontra a antiga amante, e, principalmente, da temperatura, da densidade do ar, paisagem e história do que cerca Pecado, o feminino antes do fruto, antes de Eva.

10

Com uma colher de pau, Vanda mexe na panela uma mistura de farinha de mandioca e água até que atinja o ponto de goma, desliga o fogo e envolve a massa com um pano de prato. Maria Joana geme e se contorce de bruços na cama. Geme alto com a falta de pudor da criança que ela é. Vanda vira a menina e lhe mostra como manter o embrulho pressionado sobre o útero. Ainda está muito quente, ela pega uma toalha e coloca de entremeio. Maria Joana cobre-se até o topo da cabeça com o lençol, vira-se de lado e se enrola bem fechada em torno do pacotinho quente de farinha de mandioca, parece um fantasma de feto. A cólica vem em ondas; pela variação da altura e do ritmo dos gemidos dá para ver que, aos poucos, vai amainando. Sua voz sai abafada de dentro do casulo branco.

— A cada ano a minha menstruação fica pior.

— Você ficou muito cedo, dez anos é fora do padrão.

— No começo, era menos, mas agora está vindo muito sangue, e muito mais dor.

— É assim mesmo: vai aumentando, depois estabiliza, em geral doendo, até que depois da gravidez dizem que a dor diminui um pouco.

Vanda volta às apostilas, à rotina de estudo solitário que organizou por conta própria para os próximos meses. Maria Joana põe a cabeça para fora do lençol e distende um pouco o corpo. Liga o MP3, coloca música num volume baixo, um ouvido com fone e outro sem.

— Ainda não entendi de verdade por que fiquei menstruada cedo. Ser provocada por um homem mais velho devia fazer a menstruação atrasar, para não ter perigo de ficar grávida à força, mas é o contrário. Eu sei que você já explicou, mas quando eu penso de novo não parece lógico — Maria Joana fala com um misto de indignação e curiosidade científica.

Vanda procura ser didática para que a irmã possa entender a diferença entre lógica e justiça.

— Quando uma menina é estimulada sexualmente mais cedo, como você foi, essa é a maneira como o corpo dela deve reagir para o bem de sua tribo.

— Mas por quê?

— Porque, por exemplo, pensa que a tribo de uma menina está ameaçada de extinção e ela é a única mulher. Como fazer para a tribo não desaparecer? A menina precisa ter filhos, entende? Então ela é estimulada e seu corpo reage dessa forma, fica fértil mais cedo e assim a tribo vai continuar a existir.

Para além da raiva por estar sentindo dor, e a dor ser muito forte, Maria Joana gosta de ouvir histórias. Já tinha ouvido essa explicação antes, e então, como agora, a imagem que lhe vem é de uma tribo de índios americanos, com seus casacos de couro franjados.

— Conta agora a da jabuticabeira?

Vanda não presta atenção no pedido e volta a se concentrar nos exercícios de matemática. Maria Joana ouve música de olhos fechados, a cabeça no travesseiro, as mãos apertando cada vez mais frouxamente a maçaroca de farinha contra o útero. O calor e o efeito do remédio aliviam a cólica e dão à menina uma sensação de torpor um pouco alucinógeno. A história não vem, ela continua a ouvir música, quieta. Vanda termina as equações, se espreguiça, olha para a irmã, dormiu. Passaram-se três horas desde o pedido da história da jabuticabeira. O embrulho com a massa de farinha está frio, caído para o lado, a cólica deve voltar logo. Até amanhã de tarde será assim.

Maria Joana acorda assustada, corre para o banheiro e troca o absorvente. Do banheiro, resmunga para Vanda.

— Quando vou poder usar OB?

— Você sabe.

— Não é certo que rompe o hímen, no folheto de instruções diz que não.

— Então coloca.

— O que você acha?

— Eu já falei, enquanto você for virgem é melhor não. O canal vaginal é sensível, não é só por causa da besteira do hímen, mas é toda a mucosa que, enquanto você não tiver relação sexual frequente, é mais fininha, sensível. O OB resseca, atrita.

Maria Joana volta para a cama, Vanda faz nova massa de farinha de mandioca e lhe dá outro analgésico para cólica.

— Da jabuticabeira não tem a ver com sexo — diz Vanda.

— Mas tem com filho.

— Quando você transplanta uma árvore, ela vai estranhar o novo ambiente, ela concentra toda a energia para sobreviver, perde suas folhas para tornar-se o mínimo possível. Pode acontecer de a adaptação ser mais difícil, e então, se for uma jabuticabeira, por exemplo, ela se carrega inteirinha de jabuticabas, mesmo que fora de estação. É que quando uma árvore sente-se ameaçada, ela sabe que pode morrer e precisa deixar descendentes para garantir a sobrevivência da espécie. Isso quer dizer que seu esforço final será feito para produzir sementes.

— Mas isso vai fazer ela ficar mais fraca. Mais perto de morrer.

— Provavelmente.

Vanda deita-se na sua cama ao lado da irmã, pega o livro de neurologia, ajeita-se e começa a ler. Maria Joana pede para ficar na cama com ela. Nessas noites de cólica Maria Joana treme de frio e quer dormir sentindo a pele de Vanda.

— Quando você diz que aumenta as chances dela morrer — continua Vanda —, está pensando que quem vive é a árvore, mas você pode pensar que quem vive é a espécie. Ou o gene.

— Você acredita nisso?

— Só estou te explicando uma teoria. Não são coisas em que você acredita ou não acredita, é um jeito de explicar uma teoria, ciência.

Vanda abre o livro. Maria Joana, deitada ao lado, passa os dedos em seu rosto.

— Você está com o rosto arranhado.

— Foi um velho que quase se afogou na academia. Um velho estrangeiro, meio tarado, meio maluco. Ele ficou se debatendo e quando eu fui ajudar ele me unhou.

— Parece tatuagem tribal.

— Vai passar, foi superficial.

11

Ainda aturdidos e machucados com a queda ao Inferno, os Anjos derrotados reúnem-se em assembleia, cada qual com um novo nome, e discutem o que fazer. Moloque defende reorganizar os exércitos e mais uma vez guerrear contra os Anjos fiéis a Deus. Belial, o belo frívolo, tenta convencer o conselho a aceitar a derrota e aguardar, com humildade e paciência, o arrefecimento da ira divina na esperança de seu perdão.

Mamon rejeita a ideia de retornar ao Empíreo:

"Quão tediosa reputo a eternidade
Gasta em dar culto ao ser que se aborrece!"

Propõe transformarem o Inferno em um reino à altura de sua ousadia:

"Antes o nosso bem de nós tiremos
Do que for nosso, para nós vivamos,
Mesmo nessa prisão sejamos livres
Recusando qualquer alheio mando,
E ao fácil jugo de servil grandeza
Prefiramos custosa liberdade."

Como o som de ventos tempestuosos que durante a noite estivessem represados por íngremes rochedos e promontórios e, finalmente libertos, percorressem em vibrante lufada a enseada, um rumor percorre o congresso. Assim se ouve o aplauso dirigido a Mamon pela multidão de anjos temerosos de renovados embates e inevitáveis derrotas contra a lança de Miguel. Eles apoiam entusiasmados a perspectiva de um reino justo e distante da tirania de Deus.

Belzebu, o anjo mais nobre, após Satã, na hierarquia rebelde de Milton, lembra aos camaradas que o Rei do Céu não destinou a eles o Inferno para que ficassem longe de sua vista,

"Mas para calabouço em que nos prende
Longe de si na escravidão mais dura,
Nunca largando as invencíveis rédeas
Que nos subjugam, multidão cativa!"

Por mais que estejam entre grotas e penhascos abissais, substantivos e adjetivos de um universo sem luz, como "monstrengos", "urros", "ardis", "tormentos", "escória", "calabouço", "lúgubre caverna", "hórridos grilhões", e todas as linhas de cada verso comecem com letras maiúsculas, divindades e machucaduras de outras noites mitológicas sejam convocadas, ainda assim, conforme se entende a ação, ainda que sejam Demônios os que vociferam, trata-se de uma assembleia de homens: um fala, outros escutam, respondem. Ainda que deformados, o castigo maior não é mais que a humilhação da distância do poder e da beleza. Nada ali ofende a ordem de nosso espírito, ao contrário, investiga Félix dentro de si: eu conheço isso, conheço a tirania de um pai noites sem fim com suas joias e histórias. Criança, no chão a seus pés, brincando com nossas joias, sua alegria. Sempre as mesmas. Conforme Félix se encontra, Pecado se afunda em sua memória. O mundo é viril e tem nexo: sinto dentro de mim cada um dos caídos, na ira, no arrependimento e na tristeza. Na distância cativa.

"Que paz alcançaremos nós escravos?
Senão grilhões, flagelos e tiranias?"

Belzebu prossegue e fala da mais nova criação do Rei do Céu: a Terra. É preciso conhecer o filho caçula de Deus, uma nova raça chamada Homem, menos poderosa e excelsa que eles, os Anjos, mas preferida pelo Pai.

Não se pode derrotar Deus, mas, e sua alegria? Não será possível, certamente, destruir a nova raça; mesmo que na fronteira do reino, a Terra está sob a proteção do Céu.

"E a não podermos aspirar a tanto
Ao menos obteremos seduzi-los

À traição nossa; por tamanha ofensa
Seu Deus há de tornar-se em seu contrário,
E arrependido da bondade sua,
As próprias obras destruirá furioso."

Corromper o elo do filho com o Pai será o suficiente para que Deus revele-se o inimigo de seu filho e com a mão arrependida destrua a própria obra. Félix segue o plano de Belzebu, do qual nosso destino é parte. Pela milésima vez ele segue e de novo para na tradução portuguesa, vai para o original inglês e se debate entre um e outro.

"*This would surpass
Common revenge, and interrupt his joy
In our confusion, and our joy upraise
In his disturbance; when his darling sons
Hurled headlong to partake with us, shall curse
Their frail original, and faded bliss,
Faded so soon.*"

"Quando seus filhos, que extremoso amara,
Amaldiçoassem sua fraca origem
E murcha glória (tão depressa murcha!)
Precipitados nos tormentos nossos, —
Quando do eterno a bárbara alegria
Que sente em nosso mal, se desfizera!
E quanto, contemplando o seu desgosto,
Se exaltará nossa alegria ufana!"

Ele se debruça sobre seus dicionários, lê os versos em inglês, não consegue entender como a tradução portuguesa pode estar tão distante daquilo que sente quando lê o original. O sentido dos versos iniciais desse trecho no original é claro para Félix, e os jogos de palavras, tão surpreendentes, não chegam mais a suspender sua respiração nessa milésima leitura. Deixa de lado a tradução portuguesa do livro e anota no caderno uma tradução sua que considera correta para esses primeiros versos:

Discurso de Belzebu (Canto II, 370-373):

This would surpass/ Common revenge, and interrupt his joy/ In our confusion, and our joy upraise/ In his disturbance.

[Levar Deus a destruir sua própria obra] Será superior a qualquer vingança, interromperá sua alegria com nossa destruição, e nossa alegria com a sua perturbação será insuperável.

O desespero de Félix vem com a antiga tradução portuguesa dos versos seguintes:

"*when his darling sons
Hurled headlong to partake with us, shall curse
Their frail original, and faded bliss,
Faded so soon.*"

"Quando seus filhos, que extremoso amara,
Amaldiçoassem sua fraca origem
E murcha glória (tão depressa murcha!)
Precipitados nos tormentos nossos,"

Não! Não! Tudo na tradução portuguesa ofende a sensibilidade de Félix. *Bliss* não pode ser "glória", não é pesado, nem exige aplausos. Sim, é luminoso como "glória", também imenso, pode ser, e no caso, sim, imensa alegria que será apagada quando sua criação querida, o homem, o trair. Ele não é tradutor nem poeta, é leitor, não sabe que palavras escolheria, e precisa das palavras do poeta na sua língua, na língua em que pede comida, por favor, coisas mais elevadas ou desimportantes também.

Ele se detém em *frail original* — "fraca origem". Por que "fraca origem"? A origem humana do filho de Deus seria fraca porque não é divina? Mas a sua *origem* é divina. Não é contra isso que Deus se insurge? Contra a sua criação lhe trair? A *natureza* de Adão não é divina, a massa de seu corpo, diferente da dos anjos, mesmo a de Satã, é humana, frágil. O problema é que *original* não é origem. Sim, *original* é, talvez, o Primeiro, aquele a partir do qual vêm os outros, suas cópias, ou sequência. *Original* é: Original, substantivo masculino. Talvez Milton esteja falando do fraco Adão, aquele que deveria servir de molde a todos os que viessem depois dele. E "Their" se referiria a Deus, é o Original de Deus (Adão) que é fraco, assim como é a "graça", ou "alegria", ou "glória" (como quer Lima Leitão) de Deus que se esvai tão rapidamente.

Entende o perigo de ficar indo e vindo entre as línguas; cada poema é um, cada Paraíso, o inglês e o português, tem suas delícias e horrores. Tenta sempre ir do começo ao fim de cada um deles, sem pular de um ao outro a cada dificuldade. Mas quando embatuca em uma palavra, emperra, parece que tudo desaba, e desentende todo o resto. As palavras não são ninharia. Não. É isso que agora mesmo acontece: "ninho", "ninhada", "ninharia". O tempo todo a cabeça de Félix funciona com as palavras brilhando em seu caminho. Ao mesmo tempo em que o fazem entender o universo, o distraem, roubam-lhe o significado do que há pouco lhe prometiam.

Não é ninharia: O que Satã veio fazer de nós? Nos corromper para vingar-se do pai. Sim, mas exatamente nesses versos, que vínculo de irmandade ele sabia que acharia entre nós? Qual o papel de Deus nesta parte da história? As perguntas se encavalam no entendimento de Félix, vêm em tropel, e ele se esforça para manter mais ou menos circunscrito o problema que tem a resolver. Nesse momento, sem aviso prévio, seu corpo esfria, as pernas e os lábios ficam exangues. Os pelos se arrepiam, a pele do braço direito sente o contato com a teia de aranha que ele sabe ser imaginária, e nem por isso consegue impedir o movimento de tirá-la de si. Senta-se logo no chão, afasta a cadeira de perto e espera a crise, espera como alguém que ouviu um ruído do lado de fora da porta espera, indefeso, o ladrão entrar no quarto com um fuzil. Sente o rosto ficar vermelho, os olhos piscam descontroladamente. Um som começa a zunir em seus ouvidos junto com a imagem de letras que mudam de cor e de forma, alongando-se e comprimindo-se: "son-so-soon, son-so-soon, son-so-soon". A cabeça começa a doer muito, piora a ponto de explodir, e, de repente, como se não tivesse acontecido nada, somem a dor, o frio, o calor e o medo. Somem as letras, permanece a lembrança do som.

Fica exaurido, mas não quer dormir, como sabe que deve fazer, pois provavelmente essa crise foi o prenúncio de uma maior e por isso ele precisa passar as próximas horas na cama; quando a verdadeira crise vier não quer se machucar, tem medo que chamem seu pai, tem medo de morrer. Quer só mais um pouco de tempo, está chegando perto, precisa manter-se acordado e lúcido um pouco mais, antes que se esqueça, meia hora. O problema e a solução está em *darling sons (...) faded so soon*. Sua mão está fraca, treme, não muito. Levanta-se devagar, respira fundo, espera o corpo se estabilizar e não para de pensar, precisa manter o fio. Seus olhos já não piscam, a mão está firme de novo.

Fecha o livro para não correr o risco de se dispersar em outras partes do poema, quer se conectar apenas com os versos onde pensa poder recuperar a descoberta vislumbrada durante a crise. Pega uma folha em branco e reescreve os versos com os quais quer trabalhar, risca o "*hurled headlong to partake with us*", que tem suas complicações também insuperáveis, mas diz mais ou menos: "[quando seus queridos filhos] precipitarem-se em nossa partilha", ou: "se impulsionarem na queda para unirem-se a nós". Fica apenas como os versos:

> "; *when his darling sons*
> *(...) shall curse*
> *Their frail original, and faded bliss,*
> *Faded so soon*"

O fio vai sumindo, ele relê os versos e a luz comum entre ele e o poema vai sumindo, sumindo. Não, ele pede ao seu cérebro, por favor, fique aqui mais um tempo; luz, volte ao meu entendimento! Surgem dardos de desejo, a imagem da pequena Jojô, a suavidade de seu contorno ainda quase sem curvas, o sexo de Félix começa a intumescer. Ele afasta a menina do pensamento, esforça-se o máximo que pode. Lê os versos em voz alta, mais uma vez, tenta se hipnotizar pelo som, até que percam o sentido. Funciona, ele consegue voltar ao estado de imersão que procura, a porta de entrada entreabre-se, abre-se.

Talvez *frail* e *faded* sejam posteriores ao *curse*, posteriores à maldição, quer dizer: após unir-se ao Mal, o Primeiro Homem (*original*) e a alegria (*bliss*) mostram-se frágeis e percam o brilho porque foram amaldiçoados.

Será que não é da alegria de Deus, a alegria com o seu filho, que o poeta fala, não é essa que se dissolve? Ou é a alegria do Homem Original que fenece?

Não é Deus que amaldiçoa Adão? Por que Adão amaldiçoaria sua alegria? Por ela ter existido algum dia? Porque sabe que carregando consigo a memória do Paraíso para todo o sempre será necessariamente infeliz, não pelo que viverá, mas pelo que já viveu?

O Original é fraco porque foi amaldiçoado, ou foi amaldiçoado porque mostrou-se fraco? De quem é a glória que se vai? De Deus ou do homem?

Trair é o mesmo que amaldiçoar? *Curse* é amaldiçoar, quanto a isso não há dúvida. Quem amaldiçoa o quê?

Deus amaldiçoar sua esperança no filho é o mesmo que amaldiçoar o filho? O filho trair o pai é o mesmo que amaldiçoar o pai?

O problema não são os adjetivos nem os substantivos. O problema são os sujeitos e os objetos. Quem amaldiçoa quem ou o quê? O problema é Deus e Adão. O problema, Félix, pense com cuidado, antes que as convulsões venham, escreva, abra o caderno e escreva, você vai se esquecer, vai se bater, se machucar, seu caderno vai ficar sujo de sangue e amanhã, quando Vanda estiver sobre você, curando seus machucados, na página amarrotada ao seu lado, caída no chão, não haverá nenhuma palavra, nenhuma palavra do que você viu durante a crise, só gotas borradas de sangue. O que você viu, Félix? Escreva!

Félix já não sabe mais, está zonzo, não sabe mais se é tão relevante o que entendeu. Rabisca o corpo de uma mulher, as pernas abertas, peitos, não sabe desenhar... que era mesmo? *Curse* é maldição... tinha a ver com *curse*. *Sons so soon*. Os filhos se vão tão rápido. Para Milton, ambos, pai e filho, devem se amaldiçoar, Félix sabe, ou intui... Talvez seja só isso, nada tão grandioso como todo prenúncio de crise faz parecer.

Félix escreve no caderno:

"Os filhos se vão tão rápido", Milton dita para sua filha. Talvez fosse inverno e escuro antes das quatro da tarde, ele estava cego e isso não faria diferença.

Abatido pela natureza pueril de sua visão, ele tem tempo de ir para a cama.

12

O calor, que nunca fora problema, com o início da gravidez passou a surpreendê-la. Ele surgiu e não foi mais embora, da mesma forma que a abertura dos ossos da bacia, antes mesmo de o feto ser propriamente um feto de gente, quando ele ainda podia ser um embrião de quase qualquer coisa, de jacarandá, por exemplo. O sono vai e vem, Vanda lê sobre a plasticidade cerebral e o calor a derruba; o interesse pelo texto faz com que ela tente manter os olhos abertos e a dificuldade em segui-lo derrama, um a um, grãos de areia sobre suas pálpebras.

Nesse preciso instante o sistema neurológico da coisinha em seu útero cresce alucinadamente, duzentos e cinquenta mil neurônios são produzidos por minuto agora, agora e mais umas centenas agora, nesse instante em que Maria Joana se vira e, em um movimento involuntário, sua mão acompanha o corpo e bate na barriga ainda plana de Vanda, que desperta completamente. Afasta com cuidado a mão da irmã e vai ao banheiro refrescar o rosto.

Uma frase solta, *"I could not play by instinct"*, surge de

lugar nenhum e fica martelando em sua cabeça. Ela se lembra de uma moça de cabelos pretos, lisos, compridos, com sobrancelhas grossas e dedos longos. Estavam juntas no elevador do hotel, ela e Vanda, uns dias atrás. Ambas altas, magras e jovens, uma muito preta e outra muito branca; Vanda, com roupa colada ao corpo, e a outra, talvez europeia, com um vestido solto. Ela sentiu nos olhos da estrangeira uma ligação que nunca tinha sentido com ninguém de outro país. Com nenhum hóspede daquele hotel, brasileiro ou estrangeiro. Talvez com ninguém que tivesse dinheiro para pagar um hotel como aquele. Nunca acontecera de sentir uma ligação forte e imediata com alguém tão diferente dela e de quem jamais seria próxima. Os olhares se cruzaram e pararam um no outro; não era hostil, e também não era apenas curiosidade, tinha a ver com serem mulheres, jovens e saberem se defender. No dia seguinte, a estrangeira foi pedalar na academia e conversava com outra pessoa. Vanda entrou, se cumprimentaram, nada mais aconteceu, mas essa frase que lhe vinha agora — *I could not play by instinct* — estava associada àquela moça branca. Provavelmente, sem se dar conta, escutara parte do que conversavam. Depois, quando viu um CD com a fotografia dela na capa na vitrine de uma loja, Vanda soube que ela era música e se chamava Elenora. Ao pular mais uma vez o corpo da irmã e se ajeitar entre ela e a parede, pensa que "*play*", no caso, deve ter o sentido de tocar um instrumento, e não, como pensou na hora, de jogar com a vida, reagir.

Deita-se na cama e dorme. Sonha que é adolescente, sai nua de um lago, abre os braços e fica parada. Seu corpo é arredondado e macio, diferente da magreza longilínea de sua infância e adolescência. Ela é uma ninfa negra, barroca, saída de um lago que recobre seus pés e parte das pernas. Os braços estão um pouco afastados do corpo, as mãos abertas em forma de concha parecem prontas a oferecer ou receber uma fruta redonda.

Depois, adulta, tal como é agora, ela está deitada de bruços no chão do corredor de seu prédio, o corpo curva-se em S. O chão é claro, do seu lado há uma enguia brilhante dentro de uma bacia de alumínio. Ela quer se levantar, mas caso se mexa perceberão seu disfarce, o que não faria sentido, pois sua cor escura contrasta com a claridade do chão, se isso não fosse um sonho. Ela começa a se mexer e transforma-se aos poucos em uma pessoa branca, não apenas a pele, ela inteira, sua carne também, os cabelos ficam brancos e lisos, ela vai se misturando com a cor do chão, da parede, do ar, da bacia de alumínio e da própria enguia, que é prateada. Está de pé e nua. Uma mulher, com as mãos cobertas de uma substância escura e oleosa, vem por trás e segura os peitos de Vanda como se fossem duas maçãs. Sustenta-os com cuidado para exibi-los inteiros, sem esconder nenhuma parte. Vanda fica aliviada, quer que a mulher continue a agradá-la para que seu corpo fique inteiro preto e ela volte a ter a sua cor e a vontade de viver. Mas essa mulher com as mãos sujas de carvão e óleo, como uma pintora, não está de fato agradando-a, nem está interessada em seu corpo, só nos seus peitos, sente o formato para poder pintá-los, ou fazer uma escultura que seja uma perfeita cópia da forma original e também da essência da beleza deles, dos seus dois peitos. Vanda vai continuar sendo branca e sem forças para ter vontade própria. Não tem força para ter vontade de sair do lugar, pois precisa colaborar com a artista e com o observador para quem a artista exibe seus seios brancos e perfeitos. Como em uma fotografia, ela será para sempre muito bonita sendo branca e imóvel, e para sempre jovem.

A última parte sonho se passa na sala da faculdade, que na vida real fica no prédio ao qual o IML é anexo, ao lado do laboratório da Dra. Marieta. É uma sala escura e empoeirada onde se guardam animais empalhados do projeto abandonado de um pequeno museu da fauna brasileira; ali passaram a deixar também recipientes com fetos e pedaços do corpo humano, como cérebros com partes diminuídas e danificadas, pulmões com enfisema, mãos com picadas de escorpião e outras deformações, para as aulas no laboratório. No sonho, Vanda está em um dos cubículos de exposição, um armarinho de madeira no nível do chão, com a porta de vidro aberta, seu tronco para fora e as pernas encolhidas para dentro. Nos armarinhos acima do seu há um lobo-guará empalhado, um tamanduá com a língua dentro de um formigueiro feito de cerâmica, uma guaxinim fêmea seguida por vários filhotes guaxinins esculpidos em madeira, e teias de aranha reais unindo uns aos outros e às paredes do compartimento de madeira com as portas de vidro fechadas, semiabertas ou escancaradas. Os frascos de formol com os membros feridos e abortos também estão lá. Em outras divisórias aparecem partes do corpo de Elenora, Maria Joana e outras mulheres que Vanda conhece e não conhece. A sala está escura e silenciosa. Ela ouve o som de passos leves, e, apesar de não conseguir enxergar nada, Vanda sabe que são de Leilinha, sua irmã mais jovem que Maria Joana, que não existe na vida real. Começa um barulho de vidro sendo quebrado, os passos se aproximam. Leilinha, uma criança de nove anos, albina, com braços e pernas muito magros, quebra os armários com um galho grande de árvore. Alguns estilhaços de vidro cortam seu corpo e o sangue aparece vibrante sobre a pele completamente descorada quando a luz neon da sala de repente se acende e uma grande quebradeira começa a acontecer. Há uma

Vanda no armário de vidro e outra que quebra os armários, a mesma coisa para a Elenora, Maria Joana e todas as outras mulheres aprisionadas e expostas. Félix, Hermano, Camilo estão entre as pessoas que agora quebram tudo dentro do museu abandonado. Leilinha é especialmente pequena no meio dos adultos, no final ela não está mais na sala. Félix abraça forte Vanda, ela acorda excitada. Está escuro, ao seu lado Maria Joana se contorce.

13

Tudo em ordem; seu corpo inteiro, nada quebrado em volta, a crise não chegou, o quarto está escuro. Félix vai até a janela e olha o céu, a cidade continua abafada, deve ser mais que meia-noite.

A lanchonete de Oneida já fechou. Ele caminha para o Forte de Copacabana, a sentinela o reconhece e o deixa entrar. Costeia o alojamento dos soldados e a parte em frente ao museu, cruza com rapazes em roupas militares e outros à paisana. Ninguém mais velho passa a noite ali, ainda assim, o lugar é silencioso. O rochedo está vazio, Félix senta-se e admira o contorno e as luzes dos prédios e da avenida à beira-mar de Ipanema. Tira as sandálias e caminha sentindo a pedra respingada pela água da maré alta, até chegar bem na ponta da curta península onde o Forte se assenta em forma de casamata, separando as praias de Copacabana e Ipanema. A lua nasce em quarto minguante, seu reflexo no mar é nítido, e logo se dissolve. Sem nenhuma brisa, a massa atmosférica está pesada, pronta para desfazer-se em tempestade. Quando Félix se dá conta, Nildo está a seu lado.

— Quer sair pra caminhar? — o amigo pergunta.

— Melhor não, não quero ficar muito tempo fora de casa. Só saí pra tomar ar e comer alguma coisa.

— E me ver.

— Estou com fome — diz Félix.

Sentam-se recostados na cúpula de uma das baterias; de lá conseguem intuir as duas praias, Copacabana e Ipanema, uma de cada lado, ver o mar em frente e o céu por cima.

— Preciso comer alguma coisa, logo.

— Senão o quê? — pergunta Nildo, acariciando a coxa de Félix e fungando em seu pescoço.

Félix tonteia, ouve claramente seu coração que dispara, a visão fica turva, fecha os olhos e se entrega, avança com mais ímpeto que de costume. É penetrado com violência, com cuidado, com raiva, com humor, com violência. Nildo fala bobagens em seu ouvido, Félix, de bruços, gargalha e sente a aspereza do cimento da casamata em seu ventre fofo que a camiseta fina não protege. Nildo goza. Eles invertem a posição e agora se põem de pé, contra a cúpula prateada da bateria do Forte. Félix pressiona o jovem tenente com seu corpo inteiro, gruda-se e o enlaça, sente a musculatura rija de seu abdômen, a cintura tesa, os ossos dos quadris e a curvatura precisa da bunda. Abraça com força o torso do amigo, enfia fundo, vai e volta e quer ficar parado, apertado ali dentro, aquela nervosidade o excita mais e mais.

Tomam uma ducha no banheiro público próximo do Forte e vão procurar um lugar aberto para comer.

— Eu comprei um presente pra você.

Nildo entrega um embrulho para Félix.

Meses atrás, os dois amigos conversavam sobre a batalha dos Anjos liderados por Miguel contra os Rebeldes, com Lúcifer à frente. Nildo e Félix gostavam de debater sobre a guerra original. Como os apocalípticos, eles chamavam a luta fraticida de "a mãe de todas as guerras".

— Mas essa mãe não veio para acabar com o pecado do mundo, ela não é o final, mas o início — dizia o rapaz índio, tão lindo que era comum Félix sonhar acordado com ele. — É a mãe das guerras porque é a primeira, e a que vai dar motivo para todas as outras. Os anjos já sabiam o que fazer, tinham espadas, capacetes, tudo, tudo, honra, bravura, líder, batalhão. Por isso que eu gosto dela, é muita loucura a guerra nascer no céu e já com todos os seus apetrechos.

O sotaque paraense de Nildo, o uso natural do "tu", do imperativo sem rodeios, encantam o ouvido mineiro de Félix, cheio de circunlóquios e subentendidos. Nildo pede, e Félix conta mais uma vez a história.

— A espada de Miguel sobre a virilha de Lúcifer foi a primeira dor do Universo.

Ele faz uma pausa, folheia o livro à procura da passagem certa.

— Lúcifer, com sua rebelião, inaugura o Mal: "E o Mal na Natureza introduziste". Depois, quando Miguel lhe acerta a virilha, Milton diz: "Então Satã, que pela primeira vez soube o que é dor, curvou-se".

Tudo é pela primeira vez, Deus e os anjos vão abrindo o nosso caminho. As histórias e as guerras de verdade são filhas da guerra primeira, são cópias, todas filhas do que Milton conta que Deus fez para gáudio do Filho Unigênito, espelho de seu poder e glória.

Félix lê o diálogo em que Miguel, o comandante das forças celestes, chama Lúcifer para a luta.

— "O crime de que és pai contigo leva para o Inferno, e lá os teus distúrbios desenfreias." A ideia "o crime de que és pai contigo leva" volta o tempo todo. O crime que Lúcifer carrega dentro dele se entranha cada vez mais na sua carne, até que ele e o crime passam a ser uma coisa só, até que Lúcifer se transforma definitivamente em Satã. Ao mesmo tempo ele nunca deixa de ter a consciência de que é duas coisas, e uma delas, sua natureza divina, ele traiu.

Nessa noite em que conversavam sobre a guerra dos anjos, eles estavam sentados na praia, a lua era cheia e eles ainda não tinham transado.

— É bonito pensar que ter um anjo dentro de si pode ser uma dor.

— É isso que me faz não sair do lugar — diz Félix —, nunca sei do que Milton está mesmo falando. Se é sobre o Céu ou sobre o Inferno que carregamos dentro de nós. Qual é a origem da nossa tristeza? Padre António Vieira diz que sem comparação não existe miséria, mas aqui não é isso, não é sobre o pensamento que Milton fala. É sobre a existência propriamente, é sobre a memória. A dor não vem da percepção do que somos, vem do que somos. O Mal não existia antes de o termos criado.

— Não é dos homens, mas de Satã que ele está falando. Nós não somos pais de nada, nunca fomos anjos, somos nada, tudo já existia antes de nós. Deus, o Diabo, o Mal, o Filho, a dor.

— Engraçado, não é? Deus não tem artigo definido. Você não pode falar "o Deus".

— Não se for cristão, muçulmano ou judeu.

— Não para nós, do livro — diz Félix, zombando o amigo. — Mas para você, que é da floresta, os deuses têm artigo e são muitos: o Sol, a Lua.

— Eu sou do Pará e do Remo Futebol Clube. Nem do Exército Brasileiro eu me sinto, só o sirvo, por mais que eu goste de pertencer a ele, de ser parte da tropa, mesmo sendo ela tão burra, mas eu gosto de ser burro também. Bem burro mesmo. Gosto de guerra, de briga, de bater em cachorro. Gosto de cachorro, de leão, de ir ao zoológico. De ver o tigre preso e de me imaginar sendo um tigre com raiva de estar preso. Gosto de nadar Copacabana inteira, ida e volta. E gosto de ouvir você contar do *Paraíso perdido*. Eu gosto de ser eles quando eu quero ser.

— Eu sou. Não tenho opção, não é nem uma crença, nem uma certeza que eu tenho, é mais que isso.

Félix pega um canivete que traz sempre consigo, abre a lâmina e faz um corte superficial no braço. Deixa o sangue brotar e pergunta:

— O que é isso? Sangue? Ninguém precisa acreditar que isso é sangue. Porque a gente sabe: todo mundo tem sangue. É assim que eu sou esse homem: eu sou esse homem.

Félix fala tenso, mas sem drama. Limpa a lâmina na bermuda e fecha o canivete; não se preocupa em limpar o sangue que continua a brotar devagar.

— E não me importa que ninguém mais seja esse homem, esse Adão, ou pense sobre isso; não se trata de irmandade, religião. Nem de filosofia.

— É um capricho seu.

— Vai se foder!

— Sabe aquela capa de Batman que menino de quatro anos coloca e só atende se a mãe chama ele de Batman?

Félix ri, triste.

— Você usa uma dessas até hoje, tenente Nildo.

— Tenente Ivanildo, não, tenente Sobral, e o recruta que não me chamar assim...

Nildo para a frase no meio. Acabou a analogia, não precisa mais seguir na graça, entende Félix até onde o próprio Félix se entende, entende seu tormento e não quer vencer. Gosta cada vez mais do Adão branquinho que ele é.

— Tudo é "só alguma coisa", "só uma metáfora" — continua Félix, sentindo a volta da atenção de Nildo a seu universo —, "é só um poema", "é só um pôr do sol", "é só uma amizade". Mas é o que eu tenho para me encontrar, é onde eu estou. De verdade, sem lirismo nenhum. Eu não faço nada, eu só sou. Você é o que você faz, Nildo, você vai se fazendo, você conversa, manda, sei lá o que você faz, é um soldado, briga, ri, essas coisas.

— Escuta, eu estou aqui com você, não preciso explicar isso para mim nem para você. Não sou budista, nem panteísta. Não estou em paz, não em geral, tipo um soldado despreocupado que sai por aí comendo as meninas e meninos e dando pipoca aos macacos. Nem sempre eu me faço no que eu faço, mas também não giro em torno do que me atormenta ou me dá prazer, como você. Mesmo porque não tenho a intensidade do tormento e do prazer que você tem com seu Paraíso. Às vezes quero paz, e venho aqui, às vezes não quero nada. De qualquer jeito estar com você é mais do que paz ou nada.

Nildo tira a camiseta e limpa com ela o sangue ainda vivo do braço de Félix.

— Você é meio idiota, de vez em quando dá vontade de te fazer algum mal — continua Nildo.

Félix empurra a mão do amigo e deita-se de costas na areia, fecha os olhos. É besteira o que o tenente fala. Uma besteira que o comove e ele não quer isso agora, volta o pensamento para a luta, o movimento dos corpos celestes.

— E então Miguel provoca Lúcifer, chama-o pra briga. Eles são os anjos mais fortes do Céu — Nildo fala com um tom épico-juvenil, provocando o amigo. — Continue, mineiro, quero ouvir você contar a guerra, a raiva toda. Você estava falando da briga entre Lúcifer e Miguel.

Félix continua.

— Os dois exércitos estão se destruindo em luta de verdade, com cavalos, espada, armadura, malhas de metal, elmos, sem nenhuma piedade. É o meio do primeiro dia da guerra. De repente tudo para e começa a discussão entre os líderes. Miguel ordena que Lúcifer carregue consigo para o Inferno o Mal que ele criou. Lúcifer provoca, diz a Miguel que invoque Deus em seu auxílio. Em sua defesa Lúcifer invoca a justeza de sua luta: o direito de ser livre. Não teme ombrear as tropas celestes e conquistar pela força o reino do Céu. "Louco", diz o anjo Abdiel, "como ousa ser contra Deus, o Natural? Quem tudo pode dita leis inevitáveis." Bonito, não é? "O Natural", "leis inevitáveis". Cada um desembainha sua imensa espada, douradas folhas ondeantes traçam no ar círculos imensos, e ambos ficam postados como enormes sóis, um defronte ao outro. Seus escudos flamejam; todos param, pasmados.

Quando contou essa parte da história, era de noite, as crises ainda não eram frequentes, tinha mais energia. Quando contou essa história a noite era clara e os dois olhavam a lua cheia esparramar-se no mar.

— Onde antes a batalha avançava com mais furor, os dois lados recuam e "abre-se pavoroso largo campo". Miguel e Lúcifer levantam suas espadas, os dois iguais em força e bravura, duas potências luminosas. A arma de Miguel é forjada no arsenal celeste e a outra, ainda que nascida do mesmo metal, por mais resistente que seja, tem que ceder, porque assim é a história. A espada de Miguel parte a espada de Lúcifer em duas e rasga fundo todo o lado direito de seu corpo. O Anjo Rebelde conhece a dor, curva-se e se contorce. Porém eles, os anjos, são feitos de substância etérea; após verter rio caudaloso de sangue espiritual, os órgãos partidos se recompõem.

A maré baixa aumenta a extensão da praia, o mar está longe, o reflexo da lua na areia molhada leva o olhar dos rapazes, mistura a textura de terra, mar e céu. Nildo deixa cair grãos de areia fina e branca do alto, criando ao seu lado uma fileira de pequenas colinas, montanhas e escarpas. Os dois rapazes estão imersos na história e naquela praia, naquele momento; mesmo Félix, que conta, também ouve. E, enquanto fala, vê o amigo e o reflexo da lua na areia molhada. Da mesma forma, o corpo de Félix, sua voz e o brilho da noite fazem parte da história que Nildo ouve.

Félix folheia o livro, olha o amigo e vê os anjos feridos.

— Os anjos e os demônios são feitos da mesma matéria, porque nasceram da mesma mão. E essa matéria é como o ar, sutil e puro. Diferente de nós que dependemos de órgãos conexos, terminado um, findam-se todos, nos anjos toda pequena parte contém o todo. "Neles tudo ouve, vê, sente, medita." De acordo com sua vontade podem mudar de voz, tamanho, peso, cor, forma, densidade. Esse grão de areia poderia ser um demônio ou um anjo. Se a gente acreditasse em Deus.

14

Existem pessoas más, e quase sempre sabemos quem são ao primeiro olhar. A visão da mulher parada no ponto de ônibus vazio, debaixo da tempestade, com a menina ao lado, agride no peito a sensibilidade cansada de Vanda.

A chuva cai sem piedade, o limpador de para-brisa do ônibus não dá conta e pouco se enxerga da rua à frente. O barulho sobre a lataria do carro velho se sobrepõe à conversa que de qualquer maneira não existe; os passageiros, tensos, veem pelas janelas laterais o nível da água subir nas calçadas. Vanda saiu cedo de casa, ainda estava escuro. O sono agitado da irmã, o calor opressivo e a carga de água suspensa sobre a cidade quase não a deixaram dormir.

Ela vê a mulher parada no ponto vazio, na calçada de uma rua menor já completamente intransitável, esperando um ônibus que não chegará, e a mulher sabe que não chegará, segurando uma criança de quatro anos pela mão, às seis e meia da manhã, debaixo da chuva forte, sem guarda-chuva, sem nada. Vanda não a conhece, mas sabe que é má. Por trás do vidro embaçado por onde a água não para de escorrer, Vanda vê a mulher baixa e magra, consegue enxergar seu rosto amargo e a raiva contra o mundo na maneira como segura a mão da filha pequena. Difícil, naquele olhar parado, que Vanda enxerga nitidamente mesmo através da cascata de água vidraça abaixo, mesmo imersa na vibração humana e motora do carro, difícil perceber naquele olhar de quatro anos de vida alguma centelha de empatia com o mundo; o que o mundo tem a dizer, já não a alcança. A amargura perversa da mulher e o autismo comovente da menina calam por um momento a tempestade.

De pé dentro do ônibus, Vanda se esforça para desviar o pensamento do mal, tenta lembrar se deixou alguma roupa no varal do lado de fora da janela. Tem quase certeza que não.

O ônibus para atrás de um carro pequeno que hesita em seguir, com medo de afundar na depressão alagada da rua. Espera até que outros dois carros na sua frente terminem a travessia de um trecho que não deve ter mais do que dez metros, para poder avaliar qual caminho é mais raso. O ônibus mantém a aceleração do motor. A vibração da carroceria velha, que Vanda sente nos seios inchados, o enjoo persistente dos últimos dias, o cheiro de respiração, o abafamento no ônibus fechado fazem com que ela comece a marear. Está de pé no meio de outros passageiros, não tem como abrir uma janela. Estica o braço comprido por cima de algumas cabeças e tenta empurrar um dos vidros superiores, mas está emperrado. Alguns passageiros observam a tentativa com preocupação.

— Eu preciso respirar.

Um senhor abre espaço e deixa Vanda chegar até a lateral do ônibus. Ela se encosta e consegue abrir uma janelinha de cima. Uma rajada de chuva vem direto em seu rosto, e isso a alivia; a água vem abundante, escorre por sua camisa. Ela encosta bem o rosto de modo a cobrir toda a extensão da abertura, não deixando a chuva respingar para dentro. Devagar, o ônibus começa a andar, faz um balanço maior, todos se desequilibram, sustentam-se uns nos outros, movimentar-se é um alívio. O ônibus passa devagar pela depressão, fazendo marola nos dois lados da grande poça. A avenida está livre, ele acelera e a chuva pinica a pele de Vanda, chega a machucar. Ela mantém os olhos fechados, tem dificuldade de respirar por causa da força do ar contra suas narinas, sente que pode desmaiar, mas continua lá: dois, cinco, quinze segundos. O ônibus freia rápido, todos se seguram, e para no ponto. A força da chuva diminuiu. Aquela lufada prolongada de ar recuperou-a do sono maldormido.

O ônibus segue cada vez com mais dificuldade pela avenida alagada, desvia-se de carros afogados até que se torna impossível continuar, a avenida está completamente submersa, e o ônibus para de vez. Vanda desce e vai a pé o resto do percurso, em alguns trechos com água até os joelhos.

No Instituto Médico-Legal, nem os técnicos nem os médicos conseguiram chegar, e os do plantão anterior saíram antes, com medo de ficar ilhados. Novos cadáveres não chegam por causa dos alagamentos. Vanda passa por um grupo de pessoas que lhe pedem informações sobre a liberação de laudos dos quais ela não sabe nada.

Na sala de autópsia, Tizinho, o faxineiro, termina de limpar o chão. As bancadas e pias estão limpas e os instrumentos, guardados.

— Os meninos ficaram no armário, o pessoal foi embora mais cedo por causa da chuva.

Ele sai antes que Vanda possa perguntar qualquer coisa. Ela abre o armário, puxa as macas, tira a cobertura plástica e agora entende que as pessoas na sala de espera são parentes daqueles dois adolescentes mortos. Devem ter chegado durante a madrugada, antes da chuva piorar. Entre os papéis presos aos cadáveres há a descrição do acidente de carro, nome e idade dos rapazes, dezesseis e quinze anos, e o pedido da autópsia. Vanda tira fotos deles vestidos e na papeleta faz a descrição do estado das roupas, que tira e coloca em um saco debaixo da maca. É pouco mais do que isso o que ela pode fazer antes da chegada dos médicos do seu turno.

Começa com o corpo de Marcelo, fotografa, mede e anota os ferimentos externos: achatamento da parte superior esquerda do crânio; dedos médios, indicador e anular esmigalhados; pulmão perfurado, provavelmente por alguma ferragem do carro; o resto do corpo está intacto. As unhas limpas, o cabelo preto, crespo, sujo de sangue e ferro. O outro menino, Rogério, tem um hematoma do lado direito da fronte, um corte extenso e fundo na testa, e mais nada visível. Quinze anos. Ela coloca a mão atrás do pescoço dele e levanta com cuidado apenas nesse ponto, deixando a cabeça e os ombros apoiados na maca. O mais provável é que tenha fraturado a coluna cervical. Vanda é naturalmente forte, e a musculação diária lhe deu mais força que a da maioria dos homens. Vira com facilidade cada um dos cadáveres para apalpar a coluna. Cheira as mãos deles, as pontas dos dedos, a palma e o dorso das mãos, sujas do acidente, meladas, difícil definir do que se compõe a camada de gordura colada na pele. Ela faz uma raspagem e prepara lâminas com o material. Nem os machucados no rosto, nem a sujeira de asfalto misturado com sangue esconde a beleza deles. Ainda não estavam totalmente formados, o peitoral pouco desenvolvido, dava para notar um começo de bíceps mais definido, marcas roxas na canela, talvez de futebol, uma cicatriz antiga no queixo de cada um, e outra no supercílio de um deles, quase não se nota. Deviam ter cinco, sete anos quando caíram, abriram o queixo, choraram e tomaram pontos. Rogério sem barba, canela lisa, púbis de menino. Marcelo com barba esforçada, por debaixo a pele machucada pela gilete usada provavelmente para engrossar os pelos. As narinas em ordem, não deve ter sido cocaína, talvez maconha, ou bebida, ou ambos, talvez nada além da idade e do azar. O ânus sem ferimento, o frênulo do pênis intacto, sem esperma, sem pistas.

Ela dá banho nos dois, demora mais que o normal; se os médicos não chegarem não terá mais o que fazer quando terminar, e a chuva não dá mostras de que vai parar. Está sozinha na sala, dá banho primeiro em Rogério, depois em Marcelo. Eles não estão sujos onde havia roupa, ainda assim ela lava com minúcia, mesmo sabendo que os corpos serão abertos, a pele separada da carne, os ossos das costelas, quebrados. Envolve os corpos dos adolescentes com as capas plásticas e os coloca de volta no armário frio. Sai para tomar um café.

A chuva continua com força. Os corredores, vazios. É um Instituto pequeno, uma sala de autópsia, sala de translado dos corpos para o carro funerário, um corredor, a recepção, sala de espera e área de convivência e descanso dos funcionários. A viagem diária de Vanda até lá é de quarenta minutos a uma hora, dependendo do trânsito. Hoje levou três horas.

Os parentes estão na sala de espera, sentados ou perambulando, são seis adultos, cinco adolescentes e duas crianças. Um casal conversa na marquise externa, fumando. Uma mulher chora sozinha em uma cadeira mais afastada. Outro homem fala com uma moça que parece ser sua filha, tem os olhos inchados e vermelhos. Dois jovens conversam entre si. Um outro dorme torto na cadeira. O menino de dois anos dorme no colo da mãe, que caminha de um lado para o outro, ninando a criança e a si mesma. A menina de cinco está sentada em uma poltrona com estofamento antigo de plástico verde escuro, as pernas pequenas estão inteiramente apoiadas na almofada. Ela brinca com as mãos, fingindo que são personagens de alguma história. Outros olham para a porta do edifício, à espera da entrada de qualquer pessoa que lhes permita ir embora com seus mortos. Um dos homens se levanta, anda para o bebedouro e no meio do caminho começa a chorar convulsivamente, seu corpo todo se balança sem fazer barulho. Toma dois copos d'água, se acalma.

Vanda entra na secretaria, dona Cristina acaba de desligar o telefone.

— Dra. Marieta pediu para você ligar para ela. Ia te chamar.

— Ela vem?

— Está presa no meio do caminho, liga para ela.

Vanda liga e pergunta:

— Posso abrir os corpos e fazer a autópsia?

— Não, não tem como. Eu achei que conseguiria chegar, estou ilhada, não sei o que fazer. Os outros não podiam ter saído, de jeito nenhum.

— Os parentes estão esperando. Eu posso ir fazendo, quando chegar algum médico, ele assina e já libera todo mundo mais rápido.

— Não pode. Não quero confusão.

— Já fiz outras vezes, não vou assinar, só ir adiantando. Os pais e amigos estão esperando, são dois garotos. Foi acidente de carro, não crime. Bateram num poste.

— Não. Nossa conversa é com os defuntos! E com a lei, a burocracia, os procedimentos, essa merda toda, Vanda. Não! Paciência. Os parentes! Os vivos não são com a gente! Você faz quando é anônimo, com gente com nome, não, tem que esperar os médicos. Eles não podiam ter saído, tinham que ter esperado os do nosso plantão chegarem! Filhos da puta! Eu estou fechada por carro e água pra todo lado, e cercada de idiotas. Inferno! Inferno!

Dra. Marieta grita cada vez mais alto, o que não impede de se ouvir um coro de buzinas junto com sua voz. Vanda a imagina gesticulando no meio de um morrote feito de carros ilhado por água de todos os lados, entre os prédios do centro do Rio.

— Tudo bem.

— Assim que chegar algum médico, diga para me ligar. Não posso nem largar o carro aqui e ir a pé, a nado, porque senão, quando a chuva abaixar, ele fica aqui, no meio da rua, como vai ser? Manda me ligar nesse celular.

— Ok.

— E se eu não atender, é porque acabou a bateria e

então é para ele fazer o que sabe que tem que fazer. Mas manda me ligar.

— Mando.

— E esqueça os parentes. Não é assunto seu, entendeu?

— Sim.

— Tchau.

Vanda desliga. A secretária, dona Cristina, uma senhora de mais de sessenta anos, oferece uma bala de morango. Vanda desenrola o papel vermelho com pintinhas brancas, põe a bala na boca, senta-se ao seu lado.

— Ela já ligou cinco vezes. Está louca da vida.

— E a senhora, como conseguiu chegar aqui? — pergunta Vanda.

— Eu não saí. Aliás, acho que desde que entrei aqui, quarenta anos atrás, eu não saí — ela cai na gargalhada.

Em cima da mesa está um bastidor de pinho, redondo, de uns vinte centímetros de diâmetro, que segura e mantém esticado o trecho do tecido em que dona Cristina borda com linhas coloridas.

— Vai ser uma colcha de matelassê para minha sobrinha-neta.

É um tecido de algodão creme, comprido, de mais ou menos dois metros dobrados dentro de uma sacola de plástico; do lado de fora dona Cristina deixa só o pedaço no qual está trabalhando. Ela tira e desenrola o pano todo para mostrar a Vanda: já bordou árvores, plantas rasteiras, flores, passarinhos, uma família de macacos e agora, no centro do bastidor, ela borda uma trepadeira subindo na entrada ampla de uma gruta.

Vanda vai até a sala de convivência, Tizinho dorme em um dos beliches reservado aos médicos. Ela se senta no outro, chega a deitar, mas logo se levanta. Os corredores, vazios.

Ouve a conversa entre um dos parentes e dona Cristina.

— Seria melhor os senhores irem embora e eu ligo quando os laudos estiverem prontos. Eu não tenho como dar nenhuma previsão, todos os médicos estão presos pela chuva. Não conseguem chegar, estão tentando... já saíram de casa e ficaram presos.

— A gente não pode deixá-los sozinhos. A mãe quer ver de novo antes da autópsia.

— Não posso fazer nada.

— É o meu filho, ele está sozinho lá dentro.

Os corredores vazios, a chuva continua a cair. Vanda vai para a sala de autópsia, tira os adolescentes do armário e descobre seus cadáveres. A pele arroxeada e gelada os faz parecerem mais mortos do que antes, e menos bonitos. Vanda passa a mão pelo cabelo duro de Marcelo, passa algumas vezes até os fios ficarem menos congelados. Com uma mão de cada lado segura seu rosto, deixa ficar, sente a troca de calor e frio entre seus corpos. Abraça cada um deles e fica abraçada. Sente cada vez mais frio. Os cadáveres dos adolescentes não estão mais gelados, estão frios e brancos. Vanda se seca e dá uns pulinhos e bate palmas para se esquentar, ficou gelada por dentro. Traz lençóis limpos e diminui um pouco a refrigeração da sala.

Chama o homem que ouvira conversar com dona Cristina.

— Se os senhores quiserem velar seus filhos, podem entrar. Até o nível da água abaixar nas ruas, podem ficar na sala com eles.

Eles entram. Os corpos estão cobertos com lençóis e os rostos descobertos, os cabelos penteados; uma atadura envolve parte da cabeça de Marcelo, escondendo o afundamento craniano.

Vanda vai dormir no beliche de cima, no de baixo continua a dormir o faxineiro; dona Cristina borda na secretaria e atende os telefonemas da Dra. Marieta. Os parentes levam algumas cadeiras para a sala de autópsia e a chuva continua a cair.

15

— O primeiro dia termina. Os anjos rebeldes, assustados, conhecem a dor, o medo e a vergonha. Gabriel abriu Moloque em dois até a cintura; Uriel e Rafael colocaram em fuga Adrameleque e Asmodeu, não sem marcas de amputações cruéis; coube a Ariel e Arioque derrubar calcinados mais algumas centenas dos seguidores de Lúcifer. Malhas estraçalhadas, coches, condutores e cavalos jazem pelo chão. A noite cai sobre o Empíreo. Nisroque conversa com Satã. Em reposta ao chamamento de bravura e à lembrança dos nobres princípios da revolta que os une, Nisroque faz ver a seu líder que sendo eles, os revoltosos, iguais na matéria e na força colossal que detêm, e superiores nos objetivos, na ousadia e independência de espírito que os move em relação a seus adversários, ainda assim estão fadados à derrota. Pois o que podem inabaláveis deuses, o que pode valor ou força quando a dor os tolhe? O que valem contra um inimigo a ela invulnerável?

"A dor que tudo abate e vence tudo,
Que do mais forte herói decepa os braços?
(...) a dor é a suma das desgraças,
Dos males o maior, — e, em grau de excesso,
rouba a paciência, os ânimos deprime."

Félix prossegue ora com suas palavras, ora com as do livro, já velho e rabiscado, que mantém aberto à sua frente, sobre a areia.

— Eles continuam imortais, indestrutíveis. Recompõem-se tão rápido e completamente quanto os anjos fiéis, a matéria e a inteligência de ambos é a mesma, o que faz pender a balança para o lado dos obedientes a Deus é a dor. O motivo da guerra não é a busca da liberdade. Quer dizer, Lúcifer se descobre escravo, e então anseia pela liberdade apenas quando Deus resolve fazer nascer Um que será o Unigênito, que será *o* Filho. E, coisa mais estranha, será o herdeiro. Por que alguém que não morre, para quem o tempo não existe, precisa de um herdeiro? O perpétuo, de quem o perpetue?

— Siga na guerra, conte a história.

— Eu estou na história, é isso, ele precisa do filho para haver história; o que perpetua Deus é Milton, eu, você. E isso é a história, a gente aqui, hoje, um estudante e um soldado na praia em uma noite de lua cheia.

— Um estudante vagabundo, que vive do dinheiro do pai e do Estado brasileiro, um soldado de um país sem guerra e um exército inchado, numa noite de lua cheia à beira-mar. Continue com Deus, Félix.

— Nada é elevado. Sabe? Como pode ser assim? E é. O que move Lúcifer e dá início à guerra é o ciúme de um irmão, o que o fará perder a guerra não é a baixeza moral de sua causa, mas a vulnerabilidade à dor.

— Foi o que eu disse. É tudo pequeno e sórdido, é só uma coisa. É só uma história.

— Ao contrário, é sólido, é uma Coisa. O que não é elevado é trágico, isso que me toca, mas depois me foge, e sinto falta do espírito para iluminar o que a gente lê. Não, não o que a gente lê, uma outra coisa. Coisa, coisa. Eu amo, cada vez que eu leio o poema eu amo ter um corpo mortal.

Ele chupa o arranhão no seu braço. Nildo é tomado de um desejo violento pela boca de seu amigo. Pelo gesto dele curvando-se sobre o próprio braço, abocanhando devagar a carne em torno do corte, fechando os lábios e sugando. Ele passa a mão nos cabelos de Félix, tira os fios que caem sobre seu rosto. O carinho chega em Félix junto com o gosto de seu sangue, é surpreendente e, ao mesmo tempo, é como se o esperasse, e a sua continuação, que não vem. Nildo para, suspende a mão, os dois se olham, o amigo anda até onde as ondas mansas desfazem-se na areia, volta. O coração do estudante bate mais forte e o sangue sobe corando seu rosto. Ele abre o livro, Nildo senta-se de novo a seu lado.

Félix mostra o morro do Leme, com o mastro sem bandeira em seu topo, e fala baixo:

— Vê o contorno suave do morro? Mesmo no escuro a gente sabe da vegetação, as árvores altas e baixas, os cipós entrelaçados, as trilhas, riachos e o mato que cresce à sombra das copas fechadas. Nosso olhar leviano deixa-se levar pela beleza e suavidade da superfície e não se lembra de que se entranham em seu ventre fundo, assim falava Satã para Nisroque, no ventre das montanhas e serras do Céu jazem adormecidos brutos e escuros materiais de violência expansiva. Quando tocados pelo calor do Céu, eles deixarão de ser embriões e rebentarão belos e terríveis no ar.

Enquanto falava, a lua e a maré seguiam seu curso.

— Assim Satã planeja tirar das profundezas as matérias informes para, depois de trabalhadas por sua inteligência e arte, fogo e força, socá-las nos longos tubos de máquinas de guerra que intenta construir durante a noite. E assim foi feito. Mil braços esquadrinham, escavam e arrancam do solo celeste substâncias rudes. Revolvem, moem, talham e trabalham; em fogões cozem e calcinam.

"Do que se trata? Chumbo? Enxofre? Nitrato? Sêmen? De debaixo do chão do Céu seu exército extrai matérias brutas que transformará em sementes da morte, se a morte já existisse nesse tempo. E então a noite termina.

"A manhã nasce, o exército rebelde avança, esconde o trabalho noturno dentro de sua formação cerrada. Satã e Miguel encontram-se mais uma vez frente a frente, no segundo dia da guerra. Satã provoca, propõe acordos traiçoeiros, até que finalmente mostra a que veio, as hórridas invenções são reveladas e passam a lançar fachos que iluminam e logo enegrecem todo o céu com rolos de fumo e granizo, vomitam projéteis, coalham o solo de crateras e dispersam milhares de anjos que, em tropel, despencam uns sobre os outros. Não entendem o que acontece, são despedaçados, lançados cada qual para um lado, ficam sem norte e sem líder que os alcance. O exército de Satã avança e conquista terreno.

"Os batalhões de Miguel aos poucos se reagrupam e, sob o comando do líder, reagem. Arrancam montanhas do chão e arremessam-nas com seu peso inteiro de águas, brenhas, cavernas e rochas sobre o inimigo, amassam as infernais máquinas rebeldes e seus guerreiros. Os traidores, subitamente sem ar, sem luz, com suas máquinas inutilizadas, perdem o tino. Quando se refazem, passam eles também a arrancar as serras vizinhas. Montanhas com montanhas nos ares se abalroam, o barulho é tremendo. Com exceção do trono de Deus, não há lugar onde não se sinta a vibração da guerra. Assim termina o segundo dia."

— Por que você acha que Milton escreveu isso? Quer dizer, por que criou o Céu dessa maneira? — pergunta Nildo.

— Talvez porque fosse velho.

— Acreditava em Deus?

— Não era essa a pergunta. Nem sobre a origem da vida. Acho que a discussão era sobre como ela deveria ser naquele momento, e não como tinha sido na sua origem.

— Eu queria entender por que ele quis que tudo fosse tão grande, arrasador. E anjos cheios de raiva. Para que tanta carne e barulho?

— Às vezes eu penso que quanto menos força de vida tem um escritor, mais força ele precisa mostrar na sua literatura. Estou falando de sexo e músculos. Mas também existe a história dessa história, que começa em Homero, a nossa primeira guerra, e lá, como aqui, os guerreiros cheios de carros e armas acabam jogando pedras enormes uns contra os outros. Ele tinha que amar e armar seu Universo com tudo o que tinha à mão. É uma arte de guerra. Sei que ele era inglês, nasceu em 1608 e já era velho e cego quando escreveu o *Paraíso perdido*. Quando era jovem viajou pela Itália, escreveu versos, não sei se de amor, voltou para a Inglaterra, casou-se três vezes, duas com a mesma mulher. Era antimonarquista, lutou contra o rei ao lado de Cromwell e ficou preso durante alguns anos. Esse poema ele ditou para a filha em sua casa, ou em algum outro lugar isolado.

— Imagina se ela inventou algumas partes.

— Penso muito nisso. Imagino se ela seria velha, também. Provavelmente sim.

— Virgem?

— Também já fiquei fantasiando. Ele fala coisas tão cruéis das mulheres. Fico pensando em mãos femininas, enrugadas, que escreveram pela primeira vez com uma pena e tinta preta os versos que a gente lê agora. Ela um pouco inclinada — Félix cruza as pernas na areia, inclina a coluna para a frente, como se houvesse uma pequena mesa à sua frente, como um escriba egípcio sentado em alguma duna —, talvez até bastante curva, com o ouvido atento para a voz do pai, que deveria ser pouco clara, voz de velho, difícil discernir o que diz. Ele fala umas palavras e fica um tempo em silêncio. Pede a ela que releia os dez versos anteriores, faz um gesto com a mão pedindo que pare e dita outros versos durante alguns minutos seguidos. A filha vai anotando com concentração absoluta. Não sei se ele era irritadiço, ou seco, ou amoroso com ela. Se era uma relação inteligente ou de submissão dela em relação ao pai. Já pensei que o poema inteiro pode ter sido escrito só para ela. Essa senhora que talvez tenha tido algum caso de amor infeliz. Ou talvez uma moça jovem, dezoito anos, séria, compenetrada, acreditando naquilo tudo. E ele feliz em lhe causar medo.

— Ele ditou mesmo para a filha?

— Não sei, talvez. Na verdade não tenho certeza. Já li isso, mas também já li que ditou para um secretário, ou mais de um. Pode ter sido em Londres, em uma pequena casa, num sótão úmido, ou em uma casa respeitável, em um salão com uma boa lareira que um dos empregados vinha de tempos em tempos alimentar com achas de lenha seca. Ou, ainda, em uma casa de uma cidade do interior.

— Você devia ir atrás. Essa pode ser uma história melhor que a de Adão.

Félix muda para um tom irritado e introspectivo:

— Todas as histórias são melhores que a de Adão.

Nildo olha para o amigo, que evita seu olhar.

— Por quê?

Se Nildo não entende que todas as histórias são as de Adão, continuam sendo, então o que ele está fazendo ali? Ele, Félix, o que ele está fazendo ali, tão aberto, a ponto de dividir a filha de Milton com Nildo?

Tem vontade de estar em seu quarto, de nunca ter saído de lá, seu quarto em Belo Horizonte, lendo Milton pela primeira vez. Não quer se sentir amargo, Nildo não merece ser a causa de tamanha tristeza, mas não consegue evitar que a frivolidade do amigo lhe oprima o peito, ensombrecendo-o. Uma amargura que carrega dentro dela outra maior e antiga. A que vem da lembrança da noite em que seu pai entrou em seu quarto e eles conversaram sobre a faculdade que ele iria fazer. O pai, Rubens, sempre foi uma pessoa correta, preocupado com o filho. Quando ele saiu e fechou a porta atrás de si, os livros empilhados em cima da mesa e o *Paraíso*, aberto sobre a cama, tinham se transformado. O pai resolveu que Félix iria se inscrever para o vestibular de Letras, o prazo terminava no dia seguinte. Amanhã cedo ele faria isso, sem falta. O pai não era afetuoso, nem consigo próprio, mas houve ali no quarto uma coisa incomum que tocou profundamente o filho. Félix não pôde deixar de perceber que Rubens tinha medo de machucá-lo, e o poder e a vontade de fazê-lo. Ele sentiu o esforço do pai para não esmagá-lo. Félix, que não sabia até então nem da raiva, nem do cuidado do pai, assombrou-se, não temeu por si quando o pai falou mais alto e fechou o punho, mas doía no seu coração, um coração em geral alheio ao que se passava fora de si, entender o desprezo e o ódio do pai por seu descaso quanto ao rumo de sua própria vida.

— Você não se importa em ser sustentado por outro homem?

Félix entendeu e não entendeu a pergunta.

— Tenho dezessete anos.

— Depois terá dezoito, então dezenove e vinte.

"Você não se importa em ser sustentado por outro homem?" A primeira resposta que lhe viera à cabeça foi: "Mas você é meu pai". Porém, só de pensar ela já lhe constrangeu a garganta. Depois de fechada a porta, ele imaginou o pai respondendo: "Sou marido da sua mãe", ele calando, e o pai: "Você vai cuidar da sua mãe, velha?", e o pensamento o horrorizou. Imaginou a mãe — que nesta noite era jovem e sã — velha, e ele dormindo ao seu lado, e teve vontade de vomitar. Voltou atrás. "Você não se importa de ser sustentado por outro homem?" A porta se fechou. Não é isso, não é a mãe, é a palavra Outro. Ele me afasta de si. Eu não o quero, não é esse o problema. Ele sempre foi Outro, há muito eu sou Outro de todos os outros. Isso não me ofende, me sossega. Onde preciso procurar?

Se soubesse matemática ou química, iria estudar matemática ou química, até engenharia, se fosse o desejo do pai. Mas não sabia, não tinha talento nem disciplina para essas matérias, ambos sabiam disso. Se fosse um homem de ação, e não tivesse medo do frio e da fome, iria morar na rua, ele e seus livros. Ainda não conhecia as mulheres e a simplicidade de seus cuidados, e nunca se sentiria atraído pela aventura, a rua, a miséria e a necessidade.

Fazer a faculdade de Letras significava entregar o que ele tinha de melhor para o mundo dos homens. Significava separá-lo em muitos. A palavra que o ofendeu foi a palavra Homem. Não estava perdido nos livros, em um tempo que não existia. Nem seus amigos eram imaginários. Nada do que se convencionou imaginar da relação de um homem ou mulher com a literatura era verdadeiro no caso de Félix, e em caso algum, pensava Félix. Eu sou um Homem e meu contexto, Félix disse a meia-voz, sem ninguém no quarto além de si mesmo, voltando-se para sua escrivaninha, cama e livros, com os braços e as mãos abertos, como que envolvendo e recebendo o que era seu. As mãos livres, as conchas ocas, símbolo também de beleza e poder. Incluía-se no todo que chamava de eu, de Homem. E que era indivisível.

O contexto constituía-se na linha que um observador pudesse traçar a partir de suas mãos abertas, abrangia o quarto e seus pertences, mas era evidente que abrangia, principalmente, o que vai escrito nos livros.

Ser um outro homem significa que o pai o reconhecia como homem, e isso, de alguma maneira, quebrava o elo entre pai e filho, o desobrigava da paternidade. Félix sentiu-se mais ofendido do que perdido.

Os comentários de Nildo sobre o *Paraíso perdido*, Adão e a vida, sua cegueira sobre o que acontecia dentro de Félix, quebraram por um instante o que Félix chamara, naquele dia em Belo Horizonte, de mundo da leitura, um mundo que se divide, se expande, se reagrupa e continua a definir o limite do seu corpo.

Ainda sem olhar para Nildo, ele fala:
— A história da filha de Milton me é muito cara.
— "Me é muito cara"... Por que você fala assim?
Félix olha para Nildo, volta a falar com amizade:
— Porque é assim que eu sinto que ela precisa ser tocada. Cada mulher tem um jeito de ser tocada, cada pessoa tem suas zonas de segredo, de raiva, de sexo. Você me tocou agora há pouco.
— Besteira — diz Nildo.
— Não tem importância, só estou falando para te explicar que quero chegar com jeito, com respeito; queria chamar essa moça de *milady*, e quando o fizesse, seria em um tom de voz mais grave — o próprio Félix ri de sua bobagem. — Eu gosto das palavras. Quando penso que ele ditou o poema para ela, às vezes imagino que o fez como se estivesse dando a ela uma aula sobre o ser humano: "Veja, minha filha, é assim que somos". Uma aula às vezes cruel e obscena. Outras vezes penso que foi uma conversa entre

dois eruditos, e me pergunto que partes são dele e quais são dela. E se ela fosse mesmo uma jovem, e não uma senhora? Alguém que bebesse as palavras do pai, fosse se enchendo de espanto a cada dia, e fosse isso o que o entusiasmasse a seguir em frente. Os olhos embevecidos da filha pela sabedoria do pai, e pela própria história do mundo, foi o que deu ritmo ao poema. Não, ele era cego, como poderia ver os olhos dela? Mas ela talvez dissesse uma coisa ou outra, fizesse perguntas, o seu tom de voz um pouco infantil, quem sabe, ou não muito infantil, era uma menina inteligente. Aliás, muito viva: suas perguntas eram instigantes, o que o levou por caminhos diferentes. Mais terríveis, mais doces. Precisava achatar sua vivacidade. Seu tesão. Dela e dele. Doces, porque a vontade de seduzi-la era grande e pura, ele pensava.

"Mas não, como poderia escrever o que escreveu para uma mulher jovem? Eles eram irmãos, pai e filha já mais velhos, ambos cansados, ela também retirada; decidira que sua vida seria dedicada a ele. Talvez tenha tido um casamento infeliz, assim como ele. Imagino que o final do poema foi a surpresa que ele guardou para ela. O presente de um irmão. Pois é tão linda a devoção de Adão à fraqueza de Eva. Um amor nascido da infidelidade ao pai. Como isso aconteceu, no quarto ou na sala onde o pai diz à filha o que escrever? Como foram pronunciados e escritos esses versos? Vieram prontos e fortes como a gente os lê agora? Certamente não. Eles conversaram a respeito. O que ele disse?"

— Félix.

— Sim.

— Termine de contar da guerra dos anjos, antes da mulher. Por favor.

Félix se vê na praia, lembra-se do Pai e do Filho, em um espaço completamente aberto e público.

— Deus fala com seu filho. "Meu filho, minha glória, imagem minha (...) ostentas a grandeza imensurável que a divindade minha em si esconde." Imensa cópia de virtude e graça. O dia final da guerra foi reservado à confirmação do poder e da glória do monarca na pessoa de seu herdeiro. Deus permitiu que a guerra existisse para que mais inconteste fosse o direito do Filho ao trono divino. Vá, leve todo o meu arsenal, meus raios e minha espada, e expulse para o fundo do Orco os que nos traíram.

"O Filho agradece e fala sobre o fim dos tempos, quando ele entregará de volta ao Pai o poder e o cetro que agora recebe,

'Quando no fim do tempo estivermos
Tu todo sempre em tudo, em ti eu todo,
E em mim todos que a ti forem aceitos'.

"Um amálgama geral, o Um absoluto. O Filho sai para recompor o rebanho, ele mesmo, parte do Todo, dele se separa para reunir e trazer de volta o que sempre foi Um. Mas não é agora, ainda não, imagino que isso se refira ao tempo do Juízo Final em que Jesus voltará trazendo em si todos os que tiverem aceitado seguir o caminho da luz, ou todos os que tiverem sido aceitos pela luz, o Todo.

"Nesse momento o Escolhido segue com as armas e o exército oferecidos pelo Pai. Vai em um carro animado por espírito celeste, quatro figuras aladas o sustêm, com os corpos cravejados de estrelas e as asas com milhares de olhos. Seguem-no dez milhões de anjos e vinte mil carros. Chegando ao campo de batalha, o Filho ordena a montanhas, serras, seus vales, florestas e rios que voltem a seus lugares. Ele fala às hostes celestes que agora devem descansar, pois Deus destinou a ele o terceiro e último dia da guerra. O ódio que os infiéis devotam é a ele, o Messias, por ciúme e nada mais, porquanto o Pai, que todo poder detém, escolheu a ele por cabeça, e a nenhum outro. Chegou a hora de provar aos rebeldes seu erro em não aceitar o poder de Deus e haver duvidado de sua força. Já que pela força medem tudo o que há, que por outros dotes não procuram medir-se, agora eles irão provar dessa força.

"O Filho, então, transforma-se completamente. Acende um semblante medonho, os olhos em fúria horroriza e às cortes hostis dardeja. As quatro figuras querubínicas lançam em torno pavorosas sombras, e com ruído tremendo as rodas das carroças, furibundas, giram e voam. Tal qual horrenda noite, o Messias investe contra os adversários. O Filho empunha dez mil raios e os lança sobre o exército inimigo que, cheio de horror, perde força, esperança e brio. Suas armas e elmos, caídos no chão, são esmagados pelo terrível coche do Unigênito. As quatro figuras aladas espalham fogo sobre o exército, guerreiros desesperados recuam e continuam a recuar até os confins do Empíreo. O muro de cristal do Céu se abre em extensa fenda pela qual os infiéis precipitam-se. Nove dias dura a sua queda até o Inferno."

Félix abriu o presente de Nildo enquanto esperavam o sanduíche, no balcão da lanchonete. Era uma edição de capa cor de laranja muito viva, uniforme, sem meios-tons, do *Paraíso perdido* em português. Uma nova tradução do poema feita em 2006. Ele demorou a entender do que se tratava. Tinha procurado em todos os cantos uma tradução nova, diferente da sua — chamava de sua a de António José de Lima Leitão, pois já a conhecia de trás para a frente, de frente para trás, do avesso e do direito. A tradução de

Lima Leitão era de 1840 e, desde então, não havia sido feita nenhuma outra minimamente razoável, em versos, para o português. O sanduíche chegou, um x-salada com ovo no pão francês que mal cabia na boca de Félix. Nildo oferecera o sanduíche e Félix sabia que precisava e não tinha dúvida de que queria, mas agora estava tão abismado com aquele paralelepípedo cor de laranja em seu colo, que a comida parecia fora de lugar.

Era um objeto novo, bem definido, nem parecia um livro, assim novinho e imaculado que se apresentava. Félix limpou as mãos na bermuda, passou-as devagar na sobrecapa lustrosa do livro, sentiu o contorno da lombada, levantou o exemplar avaliando seu peso, abriu, experimentou a textura das páginas, um pouco porosas, papel creme, cheiro de livro novo, leu o frontispício, um pouco da orelha, o índice, fechou, embrulhou de novo, mal embrulhado, colocou no colo, sobre as pernas, enfiou as pernas debaixo do balcão para proteger o livro da gordura do sanduíche e dos seus olhos.

— Eu não sabia que existia.

— Achei na livraria onde compro os livros do Maigret. O livreiro me disse que é uma tradução nova e boa. O tradutor é português também.

— Eu não sabia que existia. Eu procurei tanto uma tradução mais nova, quando comecei a estudar. Como é possível?

— Você continuou procurando?

— Não, já faz tempo que não.

Félix agrada o livro em seu colo.

— É bem grosso.

— Porque é bilíngue.

— Eu vi.

Daniel Jonas, chama-se o tradutor. Félix lê: Daniel Jonas. O nome o atrai, ele fala em voz alta: "Daniel Jonas", o som o atrai. Félix não tem o que dizer, fica olhando para o nome do tradutor. Quer chegar logo em casa e quer adiar a volta para casa. Quando saiu queria comer, ver Nildo e descansar do poema. Estivera à beira de uma crise de epilepsia e sabia que não estava livre dela, não tinha ilusões, ela chegaria nas próximas horas. Se estivesse bem alimentado, se não se excitasse demais, se ficasse deitado na cama, teria mais chances de não se machucar. Desde que chegara ao Rio parara de tomar o remédio anticonvulsivo. Ele atrapalhava sua concentração e memória. A crise, em si mesma, não era grave, as convulsões não eram fortes o suficiente para causar danos neurológicos, ainda não, era apenas muito cansativo. O problema sério durante a crise, que basicamente eram convulsões durante alguns minutos, era ele se bater em objetos, quinas agudas, e se machucar.

Resolvera dedicar-se exclusivamente a escrever sua monografia. Tomara essa decisão durante a ducha no banheiro público, depois de transar com Nildo. A alegria do sexo, do banho, a noite, a expectativa da comida e o companheirismo do amigo deram a ele uma perspectiva nova do que era a sua vida agora. Observara-se de um determinado lugar e vira sua figura e um fundo, três dimensões, um espaço amplo e ele, a figura em primeiro plano, sabia ocupá-lo, havia movimento e a luz não era uniforme, como não deve ser quando falamos de movimento no tempo e no espaço. Ele teve a percepção de que o tempo passara e isso fora bom, ele se tornara uma pessoa mais inteligente do que antes de sair do quarto, menos pura e por isso mais sincera, não haveria mal em escrever. Ao contrário do sentimento persistente que o atrapalhara durante as últimas semanas, de traição e falsidade, de tomar a si o que não era seu, ele sentiu nesse momento que estava perto de aceitar de forma definitiva que poderia escrever com humildade e tomar a si o que era seu, movimentar-se.

Mas para isso, que agora vinha de forma clara e parecia à beira do irreversível, ele precisava manter-se inteiro. Tinha que tentar dirigir sua excitação, anotar as visões, retrabalhar o que valesse a pena e jogar fora o resto. Estava animado e sabia que teria forças, mas, mas, mas tudo mudava tão rápido. No banho, esse trabalho, que há bem pouco era um objetivo nebuloso e infortunado, apareceu brilhante. Precisava mantê-lo assim.

Não podia ficar muito tempo sem comer, nem muito tempo sem dormir nos momentos em que a crise dava seus primeiros sinais, como agora. Pois bem, comia o sanduíche, esforçava-se para estar presente no ato de comer a carne, as fatias derretidas de queijo prato, a alface picada, o ovo, as rodelas de tomate, a maionese e o pão francês. A boca começou a doer de tanta atenção que ele se esforçava em dar à mastigação. Outro pedaço, outro. Coca-cola, mais um pedaço, mastigar, mastigar, mastigar, engolir. Para comer e beber precisa prestar atenção, precisa fazer tudo o que faria como se a nova tradução do *Paraíso perdido* não estivesse em seu colo. A tradução que demorou 165 anos para ser feita, Félix volta a divagar. Não vou sair correndo, comer depressa, engolir o sanduíche de qualquer maneira e voar para o meu quarto, e, antes de chegar perto da portaria, pouco depois de sair da lanchonete, já abrir o livro e, tropeçando na rua, começar a ler:

*"Of man's first disobedience, and the fruit
Of that forbidden tree, whose mortal taste
Brought death into the world, and all our woe".*

Como será que ele traduziu? Queria tanto ler as palavras "homem", "fruta," "árvore", "morte", "mundo", "dor" logo nas três primeiras linhas, de cara. O poeta abre o poema: parem todos e escutem o que eu tenho a dizer, eu vim contar a vocês a perda do paraíso:

"homem-fruta-árvore-morte-mundo-dor".

Que prazer sente quando as palavras continuam sendo as palavras que usa. Não quer brigar com ninguém, sabe que o Paraíso de Milton é inglês, é de 1667, sabe que o tradutor que o trouxer para cá irá respeitar o tempo e o lugar de onde ele, o Paraíso, vem, é bom que assim seja, mas que força tem um verso quando a palavra usada é a mesma que ainda hoje circula na rua. Quando se dá conta, ele já está no elevador.

II

16

— O que mais eu posso dizer?
— Eu não estou pedindo pra você me dizer nada.

Félix fez um corte fundo e extenso na testa, já não sangra. Está com um edema no olho esquerdo e um hematoma no braço, um pouco abaixo do ombro, torceu o pulso direito e o dedo indicador está inchado, provavelmente fraturado. Papéis no chão, um abajur e o pé da cadeira quebrados.

— Eu não consigo ficar na cama esperando a crise chegar. É impossível — ele fala com dificuldade, parece ter machucado a língua também.

Maria Joana ajuda Vanda a ajeitar Félix na cama sem que seja preciso movimentá-lo muito. Ele caiu enquanto escrevia, prendeu o pulso no fio do abajur e acabou puxando com ele papéis, livros, caderno e canetas. Provavelmente bateu a cabeça na quina do pé da cama, além de se bater na parede.

Vanda vai para seu quarto, tira a roupa suja de lama, toma uma ducha, esfrega com força os braços e mãos, com a escovinha limpa as unhas, põe uma roupa limpa, pega o material para fazer o curativo no corte.

Enquanto isso, Maria Joana arruma o quarto de Félix. Pega no chão papéis soltos, coloca sobre a escrivaninha junto com os livros. Félix a observa da cama.

Ela passa um pano no chão, tira as últimas manchas de sangue e lasquinhas de vidro da lâmpada que se espatifou, lava o pano na pia e o estende para secar. Vê a ponta do caderno de capa ocre aberto debaixo da cama, puxa para fora.

— Sujou de sangue.

Mostra-o para Félix, aberto nas folhas em que ele escrevia quando a convulsão chegou. Estão cobertas de anotações, desenhos e borrões de sangue. Ele faz o movimento de pegar e automaticamente recolhe o braço, franzindo o rosto de dor. Pega com a mão esquerda, aproxima dos olhos.

— Onde estão meus óculos? Você viu?

Maria Joana pega-os na escrivaninha e entrega para Félix. Ele só usa uma mão para segurar o caderno e pôr os óculos, precisa fazer isso em duas etapas. Deixa o caderno no colo, coloca os óculos, pega o caderno, sempre com a falta de jeito da destreinada mão esquerda. Está deitado na cama, a cabeça apoiada em um travesseiro, um pouco levantada. A menina tem aflição de olhar para ele por causa do corte aberto na testa, tenta arrumar uma maneira de olhar sem ver essa parte do rosto, mas não dá. Quando ele tenta colocar os óculos, a haste passa perto do machucado, ela dá um gritinho, tira os óculos das mãos dele e o ajuda a colocar. Segura o caderno em frente ao seu rosto; ele vira os olhos um pouco para lá e para cá, e ri.

— Eu só uso óculos para ver de longe.

Tira os óculos e tenta de novo. Ela fixa bem o caderno, fica imóvel, ele também, concentrado, mantém a cabeça parada, olha as páginas de cima a baixo, de um lado e de outro. Fecha um olho e mantém o outro aberto.

— Está tudo desfocado.

Ela passa a mão de leve sobre o olho machucado de Félix, desliza os dedos finos e compridos pelo rosto dele.

— Seu olho está todo vermelho, deve ser por isso.

— Mas mesmo com o outro eu não consigo ver nada. Acho que é o cansaço.

Ela deixa o caderno aberto sobre o peito do rapaz.

— Ou balançou alguma coisa lá dentro — ele acrescenta.

Félix olha a menina dobrar as hastes dos óculos e colocá-los na sua mesa de trabalho, tudo parece limpo e arrumado, um mundo diferente. O quarto, a mesa, a elegância de Maria Joana. Não é capaz de enxergar detalhes.

— Você gosta? — pergunta Félix, indicando o caderno com um baixar de olhos.

Ela pega com cuidado.

— Do sangue?

— De tudo.

— Se eu fechar vai borrar mais ainda, está um pouco molhado. De qualquer jeito não vai dar para apagar o sangue. É melhor eu deixar aberto?

— Pode fechar, abrir, como você quiser.

Ela põe o caderno aberto em cima da escrivaninha, puxa uma banqueta, senta-se e começa a ler. Veste short curto, tem as pernas finas, moreno-escuras e longas, seus pés tocam o chão, os cotovelos apoiam-se na mesa, uma mão sobre a outra, próximas de seu peito, a coluna curva, atenta ao que está escrito em uma, depois na outra página. Félix demora-se olhando para a menina.

Finalmente ela se mexe, alisa as páginas, a ponta do dedo indicador passa por uma mancha de sangue ainda úmida e desliza até a borda, desenhando pequenas ondulações, como uma pincelada japonesa vermelha. Quando Vanda volta com o material, Félix parece dormir.

A crise deve ter acontecido mais de cinco horas antes. O corte na testa, apesar de fundo, já parou de sangrar e começou a infeccionar, a cicatriz não ficará boa, ainda mais em uma pele clara como a de Félix. Vanda afasta o cabelo, toca em volta do corte, que está bastante inchado. Tenta mais uma vez convencer Félix.

— Vem, eu te levo até o pronto-socorro, e a gente vê essa luxação no seu pulso também.

— Eu não vou, Vanda, hoje eu não vou sair daqui. Estou zonzo. Se amanhã o corte estiver ruim, o braço estiver ruim, tudo...

Ele não completa a frase, fica com os olhos abertos, mas parece não enxergar nada.

— Você já costurou alguém? — pergunta Maria Joana.

— Vivo, não. Eu sei como se faz, mas dá pena, não vai ficar bonito.

Ela desinfeta em volta do corte, raspa uma parte do cabelo um pouco acima, derrama água oxigenada dentro da ferida, deixa borbulhar, seca com gaze. Ela pensa se tem algum antibiótico em seu quarto que poderia dar a ele, não tem. Uma pomada bactericida? Não.

— Félix — ela o sacode devagar.
— Hum?
— Não dorme, tenta se manter acordado.
— Eu estou acordado. Estou vendo muitos bracinhos vermelhos se mexendo na minha testa, dentro do machucado; é uma sensação estranha, dói e não dói.

— Se a gente for no pronto-socorro, eles vão te dar um antibiótico, isso daqui está infeccionando, eu não posso fechar dessa maneira.

— Então deixa aberto. Eu tô bem, vou ficar bem. Só preciso dormir um pouco. Já tive isso antes, não vou morrer. O sono não é da batida na cabeça, é das convulsões. Cansa muito.

— Lava bem as mãos — Vanda pede a Maria Joana — e senta aqui do lado pra me ajudar.

Ela corta pequenos pedaços de esparadrapo em forma de borboletas, coloca-os sobre o dorso da mão da irmã menor. Segura os dois lados da pele do corte na testa de Félix, aproxima-os, pega um pedaço de esparadrapo e coloca uma asa da borboleta em cada borda, puxando e aproximando uma da outra.

— Amanhã vai estar pior.

— Por que você não deixa aberto? Só põe uma gaze em cima — sugere Maria Joana em voz baixa.

Félix parece dormir.

— Tenho medo de que ele acorde e mexa, acho melhor deixar mais protegido. Ele está meio tonto.

Félix de fato adormece enquanto elas fazem o curativo. Depois que termina, Vanda o acorda com jeito.

— Félix, ouve, amanhã, quando você acordar, eu não vou estar aqui, mas vai no pronto-socorro cuidar disso direito.

— Eu vou, prometo. Estou com muita dor na mão, ou no pulso. Você pode fazer alguma coisa?

Vanda encosta e ele grita. Puxa em um reflexo rápido o braço dobrado de encontro ao corpo.

— Tenta apalpar você mesmo e ver o lugar exato onde está doendo.

Félix começa a se tocar com a mão esquerda, mas logo para, sente que a dor se expande.

— Se eu ficar com todo o corpo bem parado, acho que não sinto dor.

— É, se você ficar sem respirar, com certeza não vai sentir dor.

Vanda se debruça e lhe dá um beijo na boca.
— Ai!
Ele grita alto.
— O que foi?
— Deu um choque, um curto-circuito.
— Talvez eu possa fazer uma tala, mas tenho medo de piorar, caso eu não saiba direito onde é o problema. Fixar errado um osso. Está tudo muito inchado.
— Acho que seria bom se você pudesse amarrar todo o meu braço dobrado contra o meu ventre, e a mão também, assim ele não vai balançar e talvez eu não sinta dor.
— Contra o seu ventre?
— Barriga.
— Eu sei o que é ventre. Você poderia ter falado abdômen, também. Seria menos da lua que ventre.
— O que você acha que é da lua na palavra ventre?
— "Fruto do vosso ventre", da Nossa Senhora.
— A reza?
— É, "Bendita sois vós, entre as mulheres, e bendito é o fruto do vosso ventre, Jesus".
— Isso não é da lua.
Vanda ri, está tão cansada. Félix está vivo, não vai morrer, ela relaxa.
— Nossa Senhora é uma coisa meio da lua.

17

Jojô lê na página direita do caderno de capa ocre de Félix, sua letra clara e bem organizada recoberta em parte por gotas de sangue:

26. *O último inimigo a ser derrotado será a Morte, 27.*
<u>*Pois de tudo colocou debaixo dos pés dele*</u>*. Mas quando ele disser: "<u>Tudo está submetido</u>" (...) então o próprio filho se submeterá àquele que tudo lhe submeteu, para <u>que Deus seja tudo em todos</u>.*
(São Paulo, Epístolas aos Coríntios, III. A ressurreição dos mortos)

---

when in the end
Thou shalt be all in all, and I in thee
For ever, and in me all whom thou lov'st:
(Milton, PP, VI, vv 732-33)

Tu todo sempre em tudo, em ti eu todo,
E em mim todos que a ti forem aceitos
(Milton, PP, LL, VI, p 247)

Ele é o fantasma e o príncipe. <u>Ele é tudo em todos</u>

O dramaturgo que escreveu o fólio deste mundo (...), o senhor das coisas como são (...) deus carrasco, é indubitavelmente <u>tudo de todos em todos nós</u>, cavalariço e açougueiro,
(Joyce, Ulisses, trad. A. Houaiss)

No fim fores tudo em todo, e eu em ti
P'ra sempre, e em mim todos quantos amas
(Milton, PP, DJ, VI, vv 732-33)

AMAS! AMAS!

Da cama onde está, Félix vê a menina lendo o que ele escreveu antes do início das convulsões, é como se tivesse escrito para ela, mas quando se lembra do que escreveu, se pergunta o que ela entenderá.

Lembra-se da página antes de estar manchada de sangue, antes de ser lida por Jojô, procura ver através do movimentos da pupila da menina a sua letra muito pequena. Mal vê a pálpebra de Jojô piscando, seus olhos de cílios longos, quanto mais o movimento das pupilas raiadas. Mas imagina-as e sabe onde estão.

Na página esquerda, sua escrita é quase um só traço com poucos picos, vales ou interrupções entre uma palavra e outra:

— *afastando-me de mim, afastando-me de mim, afastando-me de mim, não ser um, nem dois, nem irmão ou pai ou filho.*
— *em Milton o Um e o Todo são a mesma coisa e são iguais ao Mesmo e ao Eterno. Clone, Espelho, Reflexo. Pai e Filho, Um e Todo.*
— *a mulher e o útero explodem porque multiplicam descontroladamente o amor.*
— *"na economia do paraíso (...) não há mais casamentos, sendo o homem glorificado, anjo andrógino, a esposa de si próprio" (Joyce)*
— *e o que a Morte tem a ver com isso?*
— *o Tempo é um problema que Milton não resolve. Precisa dele para haver história, mas então o eterno não é mais igual ao mesmo.*
— *nascimento de homem para homem: Deus › Jesus, Deus › Adão = Movimento = História/ Nascimento de útero*

de mulher: Morte = perpetuação de estupros, miséria
(Machado de Assis)
   — *Tudo é o Todo em Movimento.*

   — *Jesus não existe em função da salvação do homem. Jesus não nasce de Maria, ele não pode ter nada de Maria, nada. Ele não entra em seu útero, apenas sai.*
   — *Jesus desvirgina a Virgem Maria, de dentro para fora. Mas isso essa história não conta, só aponta.*

   [desenhos esquemáticos de mulher pelada]

Quando ela aproximou o caderno de seus olhos, dos olhos de Félix, ele só viu os borrões, mas ela manteve o caderno parado em determinada posição e ele ficou imóvel, a imagem se estabilizou e ele pôde vislumbrar a composição das frases na folha, o desenho das letras, as manchas de sangue e os rabiscos que fez pensando em corpos de mulher, pernas abertas de mulheres.

Volta-lhe com clareza o que escrevera sobre o Um e o Todo, e como ficara feliz com a nova tradução de Daniel Jonas, a elegância sonora e o que ela lhe trouxera de revelação, não religiosa, não calorosa, mas iluminista. Os versos de Daniel Jonas, essa nova invenção do *Paraíso perdido* em português, tinham lhe aberto uma percepção original, ou, ao menos, reforçado sua consciência sobre a importância que tinha para Milton a ideia de que cada parte contém o todo, e isso levava a que o Um fosse o Tudo. O Tudo seria todas as coisas em movimento no espaço e no tempo, e esse Tudo estaria contido em cada Um. Não agora, mas idealmente, não sabia ainda de que maneira, para Milton, isso acontecia, ou aconteceria. Ficou pensando nisso enquanto olhava para Jojô sentada na banqueta, lendo seu caderno.

Não tinha noção de há quanto tempo estavam ali, ele na cama com a cabeça aberta, e ela na banqueta, cotovelos apoiados na escrivaninha, lendo o que ele escrevera.

As letras na metade inferior da página eram apressadas e menores do que as dos versos porque ainda não eram o seu trabalho, mas apenas anotações; ele chamava essa categoria de "pré-pensamentos".

Quando escreveu o que Jojô lê, estava sóbrio em relação ao poema. A nova tradução criava um efeito curioso de afastamento de si mesmo. Era a expressão que lhe vinha. Pois não era afastamento do poema, nem de Milton, das ideias, nem da tradução antiga de Lima Leitão. Tudo continuava ali na sua frente, atraindo, expelindo, confundido, esclarecendo, enfim, sendo objeto de seu cuidado e desconforto. Nos pontos em que o novo tradutor era mais poeta, era mais corajoso ou humilde, ele não só ficava entusiasmado, como conseguia ver o que não via antes ou confirmar o que intuía. A nova tradução, o pouco que conseguira ler dela nas horas antes da crise, com certeza viria a ser um ponto marcante para o seu estudo e, portanto, para a sua vida. Mas não era nisso que ele pensava agora, vendo a menina debruçada sobre seu caderno, pensava que a nova tradução o afastara e iria afastá-lo ainda mais de si mesmo.

Ao ler os versos de Milton na tradução de Daniel Jonas,

"No fim fores tudo em todo, e eu em ti"

"*when in the end*
Thou shall be all in all, and I in thee"

veio um sentimento poderoso de irmandade com o tradutor, de prazer por estar dissolvido na beleza do mundo (que tinha a ver com a poesia, em si mesma, e com o homem ser capaz de criá-la) e de repulsa pelo que os versos diziam. Ser Um no Todo, Eu no Outro agora traz a ele uma visão insuportável de prisão genética e espiritual. E quando foi tomado por essa mistura de emoções, se desencadeou a avalanche de "pré-pensamentos" que iria exigir tempo e paciência para avaliar e depurar.

Olhava para Jojô, não era desejo o que sentia, nem ternura. Estava cansado, seu olho fechava e abria, tinha a impressão de que sua visão piorava em vez de melhorar, talvez fosse o olho inchando, ou o derrame da pancada na testa que descia. Lembra-se nitidamente das duas páginas, as letras, frases, seus significados. Nesse estado de lucidez aguda, Félix tem pena da falta de forças para explicar a Jojô o que ela lê. Ele percebe na postura da menina a sua concentração; pelo que conhece do seu corpo, sabe que ela tem curiosidade e capacidade de entender o que está escrito ali. Com certeza ela lê as palavras, mesmo que os desenhos e as manchas de sangue possam falar mais alto, em um primeiro momento.

Vanda despeja água oxigenada dentro de seu machucado, ele sente arder tão forte que tudo fica vermelho, enxerga vários tons de vermelho, indo do rosa claro ao roxo, e uma sensação de ardência que não sentia desde que era criança, quando a mãe passava merthiolate. Pensava que nunca mais tinha sentido essa dor porque adultos são menos sensíveis à dor física, mas então se dá conta que é porque adultos não se cortam e sangram com tanta frequência quanto as crianças.

18

Com cuidado, Félix vira-se de lado e deixa o braço estendido e inteiramente apoiado no colchão. Vanda coloca um saco de gelo sobre sua mão, envolto no mesmo pano com que havia embrulhado a massa quente de farinha de mandioca e água para amenizar a cólica de Maria Joana na noite anterior.

Ela está cansada. No final da manhã dormiu um sono intermitente no beliche do Instituto, sempre preocupada com a chegada dos médicos, mesmo sabendo que dona Cristina desfaria a sala de velório assim que os carros voltassem a circular na cidade, e que, portanto, não havia o risco da despedida ser surpreendida por Dra. Marieta. O início da gravidez a enchia de sono e, ao mesmo tempo, de sonhos vívidos. Os mortos chegavam no IML já mortos, separados de toda vida, inclusive da que circulava pela cidade. Mas hoje tudo estava um pouco diferente, ela sozinha na sala, ela e os dois adolescentes mortos. E, provavelmente — pensa agora, enquanto olha a bolsa de gelo na mão de Félix, que dorme —, as mudanças hormonais da gravidez estivessem transformando o normal em diferente.

Não acha que está mais sensível, apenas mais consciente das sensações, o que é um pouco irritante, porque começa a ter a impressão de que talvez não esteja conseguindo avaliar corretamente os riscos de suas reações. Percebe mais a existência do seu corpo porque ele está mudando de maneiras que não havia mudado antes e sem corresponder a uma ação intencional sua, como: quando corre, se cansa; quando come muito, engorda; quando dorme, descansa. É claro que muda de um modo previsível para um corpo grávido, como acontece com os ciclos menstruais, ou o próprio crescimento humano, mas ela ainda não se acostumou com os vários estágios da gravidez. Não se sente frágil, ao contrário, o que estranha é outra coisa. Está pensando demais, esse é o problema.

Agora que está tudo arrumado, Félix limpo e dormindo, os curativos feitos, Vanda manda Maria Joana para o quarto, para estudar a matéria que deve ter perdido hoje na escola. Ela espera passar os vinte minutos para tirar o saco de gelo da mão dele e poder enfaixá-la. Continua a pensar sobre por que se preocupa com a percepção mais aguçada dos sentimentos e, principalmente, com um gatilho mais fácil para a reação.

O que se passa é o contrário; não é que sente mais: é que, ao sentir, em vez de absorver e deixar a coisa dar uma volta completa de sofrimento, alegria ou seja o que for dentro de seu circuito sentimental, logo reage. Talvez a diferença seja que aquilo que no fluxo natural de trocas entre ela e o correr do dia engripa, não dá muito certo e que em outras mulheres grávidas em geral se transforma em expressões de raiva, choro ou de amor transbordante, nela se transforma em ação. Nada para se preocupar, se não colocar em risco o bebê nem as pessoas de que gosta.

Foi esse tipo de movimento que a levou a dar um beijo na boca de Félix. Sentiu na própria boca o choque que ele levou. Foi uma descarga elétrica que o cérebro dele emitiu e prolongou-se em sua língua e corpo inteiro; dois circuitos: cuidado e sexo. Quando tira o saco gelado de cima da mão dele, o gelo já derretido, pensa nos três como um só. Ela, o bebê e Félix.

O pensamento de serem *um* não tem aflição em relação ao futuro, nem o sentimento de posse, medo ou amor. Vanda debruça-se cautelosamente sobre Félix, para ajeitar melhor seu corpo na cama. Quando vai posicionar a mão para que se movimente o mínimo possível durante a noite, leva um susto: por causa da compressa, a mão está gelada. Lembra-se dos dois meninos mortos. Apesar do rosto de Félix machucado na testa e no olho, do mesmo lado que o do adolescente de hoje cedo, tudo naquele quarto-e-sala é diverso. Ela mesma. Sim, é verdade, existe uma atenção em relação à vida; foi isso que nasceu dentro dela junto com a fecundação do óvulo, com o esperma rompendo a membrana e sendo aceito por seu óvulo e os dois formando um ovo que logo se dividiu em dois, quatro, oito células, escorregou pela trompa e se fixou em seu útero e lá continua a se dividir em partes que nunca mais voltarão a ser outra coisa que não perna, braço, pele, estômago, olhos e que, ainda assim, são um, ela não sabe se menino ou menina, mas uma coisa só, lá dentro do seu útero. Atenção a qualquer vida dentro e fora dela. E mesmo quando a vida está morta, como naqueles dois meninos, Vanda percebe, com um tipo de capacidade cognitiva que não tinha antes de ficar grávida, a vida que existiu na cicatriz dos queixos e a que existe no sentimento de abandono do pai.

Ali no quarto de Félix, com ele salvo, o curativo feito, o dia terminado e a perspectiva de uma noite de descanso pela frente — uma noite finalmente fresca, depois de tantos dias de calor insuportável —, principalmente Félix salvo e bonito... dar um beijo nele era um impulso tão natural quanto esbarrar no senhor do supermercado antes do sinal de trânsito abrir, ou dar um caldo no velho da piscina.

19

A ardência causada pelo remédio em seu machucado era tão forte que já não reconhecia aquilo como dor; enxergava-se de fora sentindo dor. Lembra-se quando era criança e uma mulher — ora a mãe, ora Lena, a empregada da casa de seus pais, ora a avó Telma — com a mão quente e conhecida segurava seu braço e assoprava. Ele via a si mesmo sem forma, não revia sua testa nem o corpo, mas sentia a lembrança dele, menino machucado, sendo cuidado. Ao mesmo tempo tinha consciência do que Vanda estava enxergando quando olhava para o corte aberto em sua testa: uma goela rasa repleta de grãos de carne viva, como minúsculos dedos esfolados a se debater desesperados clamando por socorro, surgindo e submergindo nas borbulhas brancas da água oxigenada. Imaginava dezenas de cachorrinhos recém-nascidos, vermelhos, recobertos da gosma da placenta, afogando-se em um rio, sujo de espuma branca, cujo movimento faz com que venham à tona e afundem repetidas vezes.

Essas visões boas e horríveis não são sonhos, apesar de ele não ter controle sobre sua origem ou seu curso; mas pode abrir os olhos e interrompê-las, o que ele não faz, tem curiosidade de saber o que mais aparecerá. Os bracinhos vermelhos se acalmam, o menino e a mão feminina desaparecem, ouve as vozes de Vanda e Jojô, lembra-se de que a menina também está no quarto, tenta sentir o cheiro das duas mulheres, não consegue. Percebe claramente o limite de seu corpo, o toque de Vanda na sua testa, o contato da coxa dela com o seu ombro — ele está deitado na cama e ela, sentada ao lado. Tenta imaginar onde estará Jojô, lembra-se de que pode abrir os olhos.

Lá está ela, bem próxima, inclinada sobre ele, olhando para o lugar na sua testa onde Vanda acabou de fazer o curativo. O contorno do queixo dela é perfeito, seus olhos de índia, a pele lisa, tudo é impressionante. O negro opaco da pele de Vanda absorve tudo à volta e sustenta tenso o ambiente. O mogno lustroso do rosto de Jojô amacia a luz que o ilumina.

Ele responde alguma coisa a Vanda, que tenta erguer seu corpo exausto. Jojô olha para ele, Vanda deixa-o ficar, ele fecha os olhos para reter a imagem do pescoço da menina com a cabeça levantada, ele procura esticar o braço para alcançar não se lembra mais o quê, a dor que sente na mão é tanta que o faz esquecer tudo. Precisa ficar imóvel, interromper qualquer estímulo.

— Se eu fico quieto, não dói.

Sente a boca de Vanda na sua, um choque terrível chega em frações de segundos a todas as partes de seu corpo, do couro cabeludo à ponta dos pés, fazendo-o se encolher e se esticar, as pontas das duas línguas se eletrizam. Ele tem um pico de pânico, e sossega, desentendido.

20

Félix dorme, Vanda esquenta a própria mão, segura devagar a dele e coloca-a sobre o abdômen. Passa um lenço por trás do pescoço e por baixo do braço dobrado de Félix, fazendo uma tipoia que aproxima o braço do corpo, para tentar evitar que ele se desloque muito durante a noite e, principalmente, que o pulso se dobre. De qualquer maneira, sabe que o sono dele não será tranquilo.

21

A Antiga Noite se apresenta diante de seus olhos, sem aviso algum. Um oceano sem confins, sem tempo e sem espaço, onde não existe altura, perto ou longe. O Caos e o

Acaso, ancestrais da natureza, mantêm em sua escuridão os elementos primordiais de todas as coisas do mundo. Em seu abismo, útero da natureza e talvez seu túmulo, não o mar, o ar nem o fogo, mas os embriões dessas matérias estão suspensos e perpetuamente em atrito, chocando-se sem jamais fundirem-se em forma, coisa ou ser. Quente, frio, úmido, seco guerreiam entre si, e nada será criado até que o convoque a força maior que não habita a noite, que não é o Caos, tampouco o Acaso. A força que lhe arranca bocados, quando assim lhe interessa, junta embriões e com eles forja novos mundos, ordena as potências e faz a luz.

E assim foram feitos a Terra e nossos pais, Adão e Eva.

Satã se perde no meio do barulho e da confusão, correntes em turbilhão o lançam em diferentes direções, voa desnorteado em meio à revolta, segue por onde é lançado, chocando-se com o que não conhece, a escuridão é absoluta e a ausência de fronteiras o desorienta. Finalmente encontra-se com Caos. Da mesma forma que fez com Pecado e Morte, propõe-lhe parceria, promete-lhe tentar reaver para os domínios da confusão primordial o pedaço que lhe foi roubado por Deus para fazer a Terra e seus habitantes. Na inimizade comum ao Rei do Céu, Satã conquista passe livre e alcança o final da grande noite.

Aqui se inicia a primeira e mais distante fronteira da natureza. O barulho cessa, a escuridão principia a terminar. Um começo de luz; no ar rarefeito, calmo, Satã estende suas asas e plana à procura de um porto onde pousar. Avista, muito ao longe, a Terra.

"Maldito, em maldita hora, para o mundo ele vai."

Assim termina o Canto II. Félix lembra-se de um verso adiante no poema, e atrás na história. Está no Canto VI, quando Rafael — que foi para a Terra a mando de Deus prevenir Adão contra a chegada de Satã e seu objetivo — conta ao homem sobre a guerra entre os anjos.

Rafael conta que, no final do primeiro dia da guerra, cai a noite e os exércitos, vencedor e vencido, retiram-se cada qual para um canto. Com poucas palavras ele nos faz ver a diferença entre os soldados da luz e os da sombra:

> "Miguel e seus anjos vencedores
> Acampam, querubins fazem a ronda
> Com seus fogos ondeantes; do outro lado,
> Satã e seus rebeldes desaparecem,
> Longe na escuridão desabrigados, e sem descanso."

Justamente no momento de encontro com a luz e com a paz, quando Satã sai do tumulto do Caos, quando ele rompe a antiga noite informe e chega ao início da manhã do mundo, esse estado de solidão, após o primeiro dia da guerra, se repete na memória de Félix. O estado de desabrigo absoluto.

> *"Far in the dark dislodged, and void of rest"*

É esse o desamparo que Félix imagina que se passa dentro de Satã quando avista a Terra. O maldito anjo que ele é, e a saudade do que ele conhece. Nunca havia visto a Terra; é capaz, porém, de entender sua beleza, pois a reconhece em si.

Quarta, 17, quinta, 18, e sexta, 19 de junho

(Inverno)

I

22

Cinco e meia da manhã, Vanda se levanta, passa por cima da cama de Maria Joana, dependura a camiseta no ganchinho atrás da porta do banheiro e toma banho. Enrolada na toalha, recolhe a roupa do varal, dobra e guarda. Veste uma calça com cós de elástico, uma bata e senta-se para estudar.

Às seis acende o fogo para esquentar o leite e a água para seu café. Maria Joana acorda, escova os dentes, lava o rosto e se veste. Os mamilos transparecem através do algodão da camiseta do uniforme, o que a incomoda. Coloca um casaco por cima da camiseta. Estica o lençol, empurra sua cama para baixo da de Vanda; toma o leite quente com chocolate.

Penduram as mochilas pesadas nos ombros, calçam tênis surrados e saem do quarto. Vanda fecha a porta com a maçaneta prateada, gira a chave. No caminho até o elevador, confere mentalmente o conteúdo das mochilas; está tudo certo, levam suas chaves e tudo o mais.

As irmãs caminham doze quarteirões.

— Estudou a matéria inteira para as provas? — pergunta Vanda.

— Estudei. Hoje, amanhã e depois vai ser só prova. Quem passar já está de férias.
— Até agosto?
— É.
— E aí?
— Aí, é isso. Acho que eu vou passar.
— Ainda estamos na metade de junho, você vai ter um mês e meio de férias?

Maria Joana não responde.

— Vai fazer o quê?
— Continuar ajudando Félix.

Caminham e olham em frente.

— Eu aprendo quando estou com ele.

Param na esquina, esperam o sinal abrir. Outros estudantes aparecem, vindos de ruas menores que desembocam na avenida Nossa Senhora de Copacabana: os pequenos são acompanhados pelas mães, outros pelos irmãos maiores, os grandes vão em grupos, conversando, um ou outro vai sozinho, ainda não completamente acordado. Porteiros com uniforme bege, em geral baixos, começam a lavar as calçadas na frente dos prédios em que trabalham. Os pontos de ônibus se enchem.

— Faz quase três meses que ele se machucou, já está conseguindo ler e escrever, não está?
— Eu também posso arrumar alguma coisa pra fazer que dê pra ganhar dinheiro.
— O quê, por exemplo?
— Ficar na loja da dona Eunice, trabalhando no caixa.
— Ela quer?
— Às vezes eu fico lá com a Débora, depois da aula, e ajudo. Ela já falou que um dia podia me pagar para eu ficar. Só de manhã, ou só de tarde. Mas seguido, quatro horas seguidas. Nas férias tem mais cliente.

— Quanto ela te pagaria?
— Não sei. Duzentos. Ela não falou, mas sei que paga o mínimo para a moça que trabalha o dia todo.
— Duzentos o mês, meio período?
Maria Joana concorda com a cabeça.
— Você só tem doze anos.
— Treze, vou fazer catorze.
— Você não tem doze anos?
— Fiz treze, lembra?

O ano de nascimento de Maria Joana é confuso, porque foi falsificado para ela poder entrar mais cedo na escola, com seis e não sete anos, como seria o permitido, e o próprio dia foi trocado, para a mãe não pagar multa quando foi registrar o nome no cartório com atraso. Então sempre houve o dia verdadeiro e o da certidão de nascimento, o ano verdadeiro e o do documento escolar. Elas não têm o hábito de comemorar seus aniversários. Quando Vanda quer se lembrar, pergunta a Maria Joana, mas tem a impressão, nesse momento, de estar sendo enganada por ela.

— O que Félix está te ensinando?
— Ele não está me ensinando, eu estou aprendendo, porque fico lendo muito, então aprendo. Poesia, inglês, literatura. E escrevo, ouço, a gente conversa.
— Conversa?
— É, mais ou menos.
— O que mais ou menos?

As duas não são de conversar sobre suas vidas. Nem entre si nem com outros; nunca foram e não sentem falta.

— Conversa, conversa. Ele fala sobre o Paraíso, Deus, Adão e Eva; eu pergunto, leio com ele, leio sozinha.

Maria Joana fica um tempo quieta, faltam alguns quarteirões, tem vontade de falar mais do que os cento e cinquenta metros, não tem o costume.

— É o que eu mais gosto de fazer. Ficar no quarto dele, lendo pra ele, escrevendo o que ele dita, ouvindo ele falar. Eu nunca gostei tanto de fazer alguma coisa na minha vida.

Vanda não queria ter ouvido aquilo.

— Eu quero ler livros, quero escrever, eu não sabia dessas coisas antes.

Maria Joana não tinha segredos com Vanda, seria natural falar sobre isso, mesmo que nunca tivesse falado nada parecido. Mas, ao falar, ela sentiu que soou um pouco alto, ou falso, como se fosse coisa de novela e não algo que estivesse acontecendo com ela.

— Doze, treze anos, catorze, não importa, ainda não pode trabalhar. Dona Eunice não vai querer correr o risco de um fiscal pegar.

— Eu já tenho corpo de dezesseis.

— Ah, é?

— Você não acha?

— Quem te disse isso?

— Ah...

A irmã menor olha para a maior, estufa um pouco o peito, um tico de nada de seio, movimenta os braços para a frente, vira as mãos para si mesma a se mostrar, para confirmar o que lhe parece óbvio. Um gesto fácil, feliz, não abusado, nem nada; faz sem pensar, e se depara com o olhar desconfiado em Vanda.

Duas amigas de Maria Joana chegam correndo ao lado delas, apostando corrida, quase despencando uma por cima da outra. Seguram-se em Maria Joana, rindo.

— Hey, Mary-Jo — fala Débora —, espera.

Segura a amiga pela camisa, se abaixa para recuperar o fôlego e fica um tempo arfando teatralmente junto com Madalena, que faz o mesmo. As duas riem e riem, se acalmam. O grupo de quatro recomeça a andar. As amigas falam com Maria Joana em inglês, com vocabulário e sotaque de rappers americanos. Elas combinam de se sentar perto de Maria Joana para colar na prova.

As duas tagarelam e Maria Joana fica quieta. Ao lado de Vanda, pela primeira vez na vida sente-se envergonhada de seu corpo, de sua alegria. Chegam no colégio, as amigas entram, ela fica do lado de fora em frente à irmã, as duas paradas na porta do colégio. Paradas na porta do colégio elas atrapalham o fluxo dos alunos que entram correndo. Uma balbúrdia sem fim chocando-se com as irmãs, uma em frente à outra.

Maria Joana sabe que sua vergonha é injustificada. Vanda fala.

— Não sei quantos anos você tem, mas é uma criança. Já menstruou, já pode ter filho, mas é uma criança. Sente tesão, e é uma criança. Você sabe que eu vou ter um filho, ficar com menos trabalho, você se dispõe a ganhar dinheiro, vai conseguir, e você é uma criança. Você cozinha, limpa a casa e lava a roupa, e é uma criança. Uma criança inteligente, madura, responsável, mas uma criança. Félix não lava, não passa, não cozinha, não paga suas contas, não cuida de si, mas é um adulto.

— E?

E o quê? Continuava sem saber o que responder, já no ônibus, a caminho do Instituto. Abraçou Maria Joana e deu um beijo nela, foi isso o que fez.

Na sala de autópsia, com a roupa, o jaleco, touca, bota, máscara cobrindo a boca e o nariz, vestida para dissecar, ela continua a conversa em sua cabeça. A sala está cheia, as quatro mesas ocupadas e macas no corredor, houve um tiroteio na noite anterior e os médicos do plantão noturno trabalharam até o amanhecer. O pessoal do diurno segue em frente. Os corpos vão sendo abertos, a autópsia é feita, cabe aos técnicos o trabalho de os fechar. Com uma agulha grossa e comprida e um barbante de sisal, Vanda começa a costurar o cadáver de um jovem. São sempre jovens.

E o quê? Podia ter respondido: e cabe às crianças confiar e aos adultos não abusar dessa confiança. Mas que confiança é essa? Quem ou o que será traído? O que vai acontecer que Maria Joana não sabe? O que ela não sabe?

Todos trabalham em silêncio, até Hermano. Mortos demais, jovens demais.

"O Vasco ganhou", ele poderia ter dito, mas não disse. Vanda acordou com os rojões e depois demorou para pegar no sono de novo, mas não diz. Quando ele chegou, parou na porta e olhou por um tempo para a sala antes de entrar. Chegou perto de Vanda, fez um carinho na sua pequena barriga com a mão já enluvada e falou por trás da máscara verde.

— Esse bichinho não deveria estar aqui.

E o quê? Maria Joana já conheceu os homens, mas não seus carinhos. O que aconteceu entre Maria Joana e o amigo de sua mãe, ela não sabe; entre a irmã e o tio, na fazenda em Jaguaribe, ela quase sabe. Menstruou e o tio disse que aquilo era o diabo, que ficava ali tentando. Ela é uma menina. Tem um corpo, gosta dele, que bom, gosta dele, que bom, gosta dele, do corpo. Aquilo? Aquilo é o corpo de uma menina.

Quando é só o corpo, não é nada. Homem, mulher, jovem, mesmo criança, depois que foi aberto, quando se fecha, vazio de vísceras e miolos, ele não é nada. Esse tem uma tatuagem com o nome Joana, a grafia é rocambolesca, azul, e umas flores vermelhas em volta. Não diz nada a Vanda, não é história, só um vazio, só um corpo. Até o meio-dia serão dez corpos que ela e Hermano irão fechar, um atrás do outro, todos de homens jovens, quase sempre tatuados com o nome de uma mulher.

E o quê? Qual a traição? O que Maria Joana não quer? Não quer? Tudo é grande demais.

23

"Confusão não enxergo mais, as noites e os dias são claros, as horas sucedem-se tranquilas. Outros homens antes de mim souberam as dádivas que a ausência da visão traz; ouço cada vez melhor, minha mente está clara. O ar se enche das palavras dos cegos, e com o sopro de sua voz, criança, eu vejo o passado."

Félix tem dificuldade em focar as letras, vislumbra manchas, os objetos se duplicam. Em outros momentos consegue ler bem por horas seguidas. O pulso se recuperou, os hematomas desapareceram, sobrou uma fraqueza na ligação entre os dedos da mão direita, tem dificuldade para abrir a tampa de rosca de uma garrafa e sua caligrafia se perdeu. Não é capaz de sustentar com a mesma naturalidade a caneta com a qual estava acostumado a escrever no caderno, o que transtornou seu método de trabalho. Ele usava lápis ou lapiseira para escrever ao lado dos versos, nas margens dos livros. Com caneta esferográfica, rabiscava em qualquer papel que estivesse à mão anotações e pensamentos avulsos, às vezes impressões que não conseguia entender depois. Com a caneta tinteiro, que comprara em um antiquário do Cassino Atlântico, uma das poucas coisas que comprara na vida, além de livros, ele escrevia no caderno. Nas margens dos livros, escrevia com letras miúdas para manter o respiro necessário à leitura dos versos. Nas folhas soltas a escrita era espichada, cada palavra tornava-se longa e baixa, a folha se enchia de traços. As letras com que escrevia os versos no caderno eram calmas e bem pensadas, variavam de tamanho de acordo com a categoria: versos originais; versos traduzidos pelos tradutores; versos traduzidos por ele mesmo; definições de dicionário. Letras miúdas e sem muita diferença entre uma e outra eram reservadas para ideias às quais deveria voltar mais tarde; pré-pensamentos e pensamentos. E uma escrita corrida, legível e uniforme para a primeira versão de frases e parágrafos quem sabe definitivos.

Durante as convulsões, ele torcera o pulso e estirara um ligamento entre os dedos, além de ter quebrado um ossinho da mão. Um dia depois, no pronto-socorro, colocaram uma tala que deixou a mão imóvel por duas semanas, o que resolvera o problema no pulso e dera tempo para o ligamento da mão se recompor, mas de forma diferente de antes, mais frouxo, o que prejudicou, talvez para sempre, o movimento dos dedos, a sincronia entre eles.

Agora as canetas caem de sua mão. Vanda trouxe uma bolinha de tênis, um elástico, outros apetrechos com os quais ele faz exercícios para fortalecer a musculatura e recuperar a mobilidade que tinha antes da crise. Jojô o ajuda. Ele não sai mais do quarto. Oneida manda seu almoço e jantar pela menina, e ela fica com ele a tarde inteira.

O período das chuvas terminou, levou consigo o mormaço; quando escreve seu nome, Félix não o reconhece. Depois de dois meses do estiramento, a mão reaprende a escrever, mas não consegue fazê-lo por muito tempo seguido, pois começa a ter câimbras. Como recompensa pela perda, Félix ganhou o conhecimento do que perdeu. Antes do acidente, o dedo médio dobrava-se e servia de apoio para a caneta, deixando ao indicador apenas a função de segurá-la com delicadeza e, auxiliado pelo dedão, dirigir o curso da tinta. O ligamento que se estirou foi exatamente o existente entre o dedo médio e o indicador, e agora, sem o apoio, o indicador e o polegar precisam segurar a caneta com força, bem na ponta, e mantê-la em um ângulo mais vertical, menos oblíquo em relação ao papel, como as pessoas que aprendem a escrever apenas na idade adulta geralmente o fazem. Nessa nova posição a mão não suporta a caneta tinteiro ou qualquer caneta mais pesada, e ainda não readquiriu a motricidade fina, a que fazemos com as últimas falanges dos dedos indicador e polegar. Sua caligrafia perdeu a personalidade, assim como a capacidade de variação, só o que expressa é dificuldade motora. Lápis, caneta, caderno, folha solta ou livro, é a letra de um recém-alfabetizado. Curioso como atribuímos ignorância também à caligrafia, assim como aos erros de ortografia na escrita, ou de concordância na fala. O timbre da voz também carrega significados. Os comentários de Jojô são puros, ou a pureza está apenas na idade de sua voz?

No final do Canto II, Milton nos entrega Satã planando à beira da Terra, na fímbria da luz celeste. Começa o Canto III louvando a luz divina. Ele, que vive nas trevas e nada no lago escuro, chega do Inferno e do Caos, com sua asa audaciosa voa na semiescuridão e revisita a luz celeste; a salvo, revê seu criador. Reencontra quem já não revê seus olhos que giram no vazio.

Chega a hora de cantar o Céu, Deus e seu Filho, de cantar a Terra e suas maravilhas. Universo que não volta mais aos olhos do cego Milton, poeta nas trevas. As estações retornam com o ano, não para ele, retornam o dia e o adeus cortês da tarde, não para Milton.

Nada de verão, revoadas, rebanhos, nem a divina face do homem o poeta é capaz de enxergar. Ele não pode mais ler o livro da natureza, obra divina. A cegueira que o toma é como uma porta que se fecha deixando a obra de Deus para fora.

> "Tão mais p'ra dentro tu celeste luz
> Brilha, e a mente plena de poderes
> Irradia, aí fixa os olhos, purga
> E daí varre a bruma, que eu fale e olhe
> Coisas cegas à vista dos mortais."

Criança, poeta, Deus, possa eu olhar e contar as coisas invisíveis à vista dos mortais, sonha Félix fechado em seu quarto. Saboreia, imóvel na cama, olhos nublados, o dia que o espera. É madrugada.

> "Na longa estrada escura, quando em voo
> Nado por trevas médias e exteriores
> Com notas que não tange a lira órfica
> Cantei o Caos e a noite imorredoura"

Jojô, Milton e Deus. De quem é o sopro, quando a Terra é ainda lodo torvo, que sobre o rosto do abismo revoará, sobre as águas escuras e fundas, e chamará a Luz? Quem será a Luz feita pela voz?

E quem percorre o Inferno e o Caos até vislumbrar o início da primeira Luz, quem é esse que não pode enxergar a obra de Deus sem saudade e dor?

"A salvo te revejo, e entrevejo
Da vida o teu farol régio; mas tu
Já não revês meus olhos, que em vão rolam"

Satã. Com o coração agitado do embate com o informe Caos, ele é envolto por uma atmosfera cada vez mais leve, o ruído fica para trás, sente em torno de seu corpo alado o ar que lhe penetra a pele, narinas, boca e orelhas. Acalma seus líquidos, as ondas serenam, a natureza de fora e a de dentro se reconhecem e então lhe invade dor cruciante de quem não pertence, nunca mais, de quem nunca mais é parte do divino. A Luz machuca seus olhos.

Milton. Com os destroços de anjos machucados, ele levanta o poema do chão do Inferno. Cresce com Satã, constrói paisagens áridas, penhascos e grutas, expõe os diversos argumentos na assembleia dos Caídos, desenha as Trevas inteiras, em frente, para cima, para baixo, percorre seus vãos e caminhos, os nove portões, Pecado-fêmea-pasto e Morte-dedo-em-riste, corcoveia o atrito estéril do infindo Caos e para, cego, diante do que conhece, daquilo de que é parte, diante da obra de Deus, que carrega em si e o anima. Apenas porque tem em si, é Um, pode ser o Todo e tudo cantar, se a Luz assim lhe permitir e guiar.

Por isso canta a Luz e para a Luz; nesse início do Canto III, é a ela que o poeta se dirige. Anterior a Deus, ou a ele coeva, prévia ao Sol e aos Céus, luz que para ele nunca mais. Nunca mais.

E o sopro, voz que convoca a Luz, sem o qual nada seria? É de Deus, Milton, Jojô? Félix?

No quarto, longe da praia, sem o horizonte nem os rochedos que o sol faz nascer e morrer diferentes a cada alvorada e poente, sem as variações das marés que levam e trazem a água salgada que se afasta e nos lambe os pés, ou das quatro diferentes luas sobre e sob a água escura, longe da bruma espessa, longe de Carla, a vibração alegre dos motores cheirando a sabão, de Oneida e o vapor de cebola com tempero amargo da menopausa, de Bianca, as dores matutinas, de Nildo, sua presença imperativa do Norte, de Vanda, em quem tudo é duro, escuro e bom, pensa Félix, no quarto só Jojô absoluta e eu. Nesse momento, sozinho, Félix olha para dentro da madrugada, do lado de fora da janela.

A terra era lodo torvo, era vã e vazia, vazia e vaga, havia escuridão sobre a face do abismo, treva sobre o rosto do abismo, as trevas cobriam o abismo.

"O sopro de Deus revoa sobre o rosto da água", traduz Haroldo de Campos.

"O Espírito de Deus se movia sobre a face das águas", diz a Torá na tradução do rabino Melamed.

"Um vento de Deus pairava sobre as águas", é o que fala a Bíblia Católica do tradutor Domingos Zamagna.

E Deus disse seja luz
E foi luz

Sopro, espírito, vento diz, e ao dizer a Luz se faz.

Félix ouve Jojô ler, na sua voz ele vê o universo ganhar fim. A Luz envolve o corpo esférico e a Terra nasce. Sua voz preenche e modifica o quarto, nasce o dia um. Foi preciso começar do Inferno, chegar com Satã, e seu olhar ferido, chegar velho e cansado, para sentir-se agradecido pela mão da menina que agora o conduzirá. O Deus de Milton é eterno e nunca foi o dia um, seu hálito nasceu adulto, seu vento nunca foi brisa. Mas a recém-nascida Terra de Milton, e o poema, ele mesmo, seu encanto, esses são Um, início e espanto que se renovam sempre que um sopro-espírito-vento mais uma vez roça o nosso rosto e diz: ouve, presta atenção nas palavras.

A leitura de Jojô da descrição do Paraíso transforma não só o Paraíso, de Milton, mas toda a lembrança de Félix de seu paraíso perdido. Os versos naquela voz têm esse poder encantatório, mas é também outra coisa: a postura da adolescente, a umidade de seus lábios e o reflexo da luz do sol da tarde em seus olhos molhados enquanto lê para si mesma.

Quando Félix a surpreende lendo, sua boca um pouco aberta, tempo o bastante para a garganta ficar seca e ela unir os lábios, umedecê-los, cobrindo o de baixo com o de cima, e o de cima com o de baixo, depois engolir a saliva, passar a língua nos lábios, virar a página, apoiar a cabeça na mão, o cotovelo na mesa, ele vê o paraíso acontecendo, e poderia vivê-lo de novo, se não soubesse que é disso que se trata. O que o excita é ao mesmo tempo euforia e melancolia, porque sente que pode acabar, e quer manter dentro de si o prazer, depois que ele se for, um resto do seu paraíso, o sentimento tátil, com cheiro e afetos confusos. "Os verdadeiros paraísos são os paraísos que perdemos", disse Marcel, o narrador de *Em busca do tempo perdido*, de Proust. Só agora se lembrava dessa frase, não tinha entendido a verdade dela até ver Jojô lendo para si mesma, nem associara esse paraíso perdido da frase de Proust ao paraíso perdido de Milton, ou de Adão e Eva. Os três tão distantes entre si, no tempo, na cultura, no querer dizer moral e espiritual de cada época e pessoa. Mas devagar Félix sente, sozinho, que vai chegando em algum lugar que o aproxima mais e mais de si mesmo, e é a lembrança da saliva de Jojô descendo por sua garganta, invisível aos olhos, só o movimento muscular e seus lábios fechados enquanto a visão se mantém presa ao livro, esse movimento muscular do pescoço jovem, tão jovem, ajuda Félix a entender o que é isso que refulge, mais do que brilha, a palavra precisa ser velha, refulge e queima quando, e apenas quando, nossos olhos já não podem mais enxergá-lo, e isso é o paraíso. E que é o mesmo para Adão e Eva, para Milton, para Marcel e para ele, Félix, e o será para Jojô, não agora, mas quando o seu paraíso tiver terminado e a menina for velha como eles.

Félix se vê lendo pela primeira vez, não apenas o *Paraíso perdido*, mas livros, o sentimento do dia Um volta perdido para sempre.

Quando explica algo a Jojô, pega a Bíblia e aponta semelhanças com o poema, lê trechos de outras traduções, de outras narrativas épicas e outros poemas, relaciona-os com o *Paraíso perdido*, os olhos da pequena multiplicam a relevância do que ele diz. A intensidade da sua fome o confunde. É um espelho em que não se reconhece, mas gostaria de se reconhecer, esforça-se para fazer jus ao sopro poderoso que agita a inteligência e o coração da menina. Dentro dela muitas cordas e caminhos vão sendo criados e se entrecruzam sem parar. Ele sabe o que está acontecendo ali, já passou por isso, o seu primeiro contato com a literatura foi solitário, e talvez nada depois, nem mesmo o sexo, ou só o sexo, tenha sido tão violentamente transformador na sua vida. Ou nem o sexo. Principalmente não o sexo.

O pensamento sobre o sexo é um atrito agudo nesse estado que se instala em seu quarto com a lembrança de

Jojô. Conforme ele retorna à origem do que o tornou adulto — e só percebe que é adulto agora que retorna à origem do caminho —, o pensamento sobre o sexo e a memória das muitas trepadas lhe dão um certo enjoo. Cada trepada o dividiu, o fez em muitos, tirou-lhe os limites, seu corpo esparramou-se no outro e na cama, terra alheia. Ou cimento, casamata, lençóis, mesa, parede. Seu sêmen fora de si se lhe afigura atônico, jato sem substância geradora, fragmentos de forças astronômicas e estéreis. Ou o contrário. Toda sua potência, ele inteiro ali, no sêmen espalhado nos úteros e cus e areia, e cimento e lençóis, espermatozoides nadando e morrendo, sem nunca achar coisa nenhuma, atrito sem calor unificador. E aqui, agora, essa ausência perpétua de forma lhe é em tudo oposta à circunspecção necessária para que o limite circular do corpo astral chamado Terra se faça e nele o homem e a mulher possam nascer.

24

Vanda sai do Instituto Médico-Legal à uma da tarde. No ônibus, o cheiro de suor e o aperto entre os corpos ajudam a extinguir o frio que persiste dentro do seu corpo, o cheiro de putrefação que o banho não conseguiu tirar vai sendo substituído pelo de muitas pessoas vivas e cansadas.

O bebê é uma menina, já ouve, percebe luminosidade, dá cambalhotas que Vanda sente. Os ovários e o útero estão completamente desenvolvidos, no último ultrassom suas pernas dobradas e coladas ao corpo lembravam as de uma pequena múmia dentro de um jarro de cerâmica escura, deu para ver o risquinho entre as pernas. Tudo em miniatura e humano. Magrinha. O som do coração foi a coisa mais inesperada de toda a sua vida, pegou-a desprevenida.

No começo não entendeu que som era aquele, ouvia nitidamente, junto com a voz da médica e os barulhos do posto de saúde; aos poucos ele foi se sobrepondo aos outros, alguém fechou a porta da sala, a médica parou de falar, talvez não, talvez só o cérebro de Vanda tenha se deixado invadir a partir de fora pelo som ampliado que acontecia dentro de seu corpo. Uma cachoeira abundante. A médica passava gel frio em sua barriga, deslizava o bastão e a imagem da bebezinha se modificava no monitor. Ela apontava com o cursor os olhos, media o tamanho da cabeça, discorria sobre as etapas da formação do corpo humano. Vanda ouvia distraída, pois o som da cachoeira ocupava cada vez mais sua atenção. Até a médica falar:

— O que você está ouvindo é o coração da sua filha.

Aquilo era extraordinário, uma enormidade; ela se contraiu, distendeu, chorou. No monitor o feto também se mexeu, tremeu um pouco, afastou e aproximou os bracinhos do tronco, se acomodou novamente. Moveu-se lentamente, num ritmo aquático, a pequena cabeça, estranhamente grande para o corpo. Ela estava grávida de outra vida, de verdade, uma vida diferente da vida dela, um presente e um futuro distintos. Sentiu uma amizade astronômica e secreta por sua filha, aquela sapinha transparente. Mais do que amor, a palavra que lhe veio foi amizade.

Depois de quinze minutos de percurso, consegue se sentar. Não traz no pensamento o extraordinário daquela percepção acontecida dias antes, deixa-se ficar, nem mesmo se lembra de que está grávida, aproveita o mar que passa à sua esquerda, perde nele o olhar. Abre a apostila de história e durante uma hora concentra-se no Segundo Reinado, sociedade escravocrata e início das lutas abolicionistas. O vestibular para medicina será no início de dezembro, dali a seis meses. Estuda sozinha, com apostilas que compra no sebo, resolve provas antigas na internet da lan house ao lado da sua casa de quinze em quinze dias, assim consegue medir seu avanço. O mesmo método que usou para passar no concurso de técnica de autópsia.

Desce na Vieira Souto, entra pela porta de serviço no vestiário, abre o cadeado de seu armário, pega a roupa de ginástica. Se despe ali na área comum, coloca a roupa colante. Márcia, a funcionária que cuida do vestiário, entrega a Vanda um novo cadeado.

— Agora não é mais com chave, é com número. Você precisa escolher um código, uma senha.

Vanda pega o que ela oferece e lhe dá o antigo. Márcia fecha o cadeado velho com sua chave encaixada em torno de um arame junto com vários outros, formando um colar, ou uma cobra de cadeados prateados e dourados sobre o banco do vestiário.

— Por que resolveu ter o bebê?

Márcia pergunta sem pudor, provocativa e íntima.

— Porque sim.

— Tem pai?

— Tem mãe.

— Eu sabia.

— Que conversa é essa?

— Você é tão moderna, faz o que quer, com quem quer. Ninguém manda em você. Você era minha ídola. Alta, negona, cabelo black, parece até que nem é pobre, e daí isso.

Vanda ouve, não ri, mas acha graça, prende o crachá na alça do top.

— Eu não consigo te imaginar segurando um saco desses de supermercado numa mão e o bebê na outra, no ponto de ônibus de manhãzinha.

Vanda olha espantada para ela.

— No subúrbio. É isso o que vai acontecer.

— Que zica, Márcia!

— E meio gorda.

Vanda sabe o que ela está dizendo, conhece aquele futuro, ri e aperta o botão do último andar.

Márcia fica com o fio de cadeados enrodilhado no colo, é o que ocorre a Vanda, quando se lembra da conversa, que se dissolve assim que a porta do elevador se abre e ela vê, logo à frente, o grande vidro e o céu de junho sem nuvens. Camilo e dois meninos com os cabelos quase brancos de tão loiros olham para baixo. Ele imita gestos dos surfistas que veem no mar e explica os movimentos, os pequenos olham para baixo e para o professor que logo irá descer com eles. Além do trio, a sala está vazia. Camilo para de gesticular e de falar, ficam em silêncio e muito atentos, alguma manobra mais perigosa deve estar acontecendo lá embaixo. Não notam a aproximação de Vanda, que se coloca em frente ao janelão, ao lado de Camilo, do lado oposto aos meninos. No mar do Arpoador uma onda grande se dobra, formando um tubo, um surfista acaba de entrar, desliza rápido por seu paredão, some dentro do túnel, vários segundos se passam até que ele reapareça na outra ponta da onda, de pé, vitorioso, peito e braços abertos, manobra com habilidade a prancha que parece fazer parte de seu corpo. Os quatro suspiram felizes. Camilo, ainda olhando o mar, fala para os meninos e para si mesmo:

— São segundos que você não esquece, tem uma luzinha no fundo, um paredão do seu lado, o coração dispara. É uma coisa, um pânico, uma coisa linda, foda, é foda. Você tem que manter o foco, chegar na luzinha, o coração a mil.

— Cheguei.

Camilo vira-se para ver quem fala. É uma menina que no início ele pensa ser um menino; ao mesmo tempo, nota a presença de Vanda a seu lado. A menina tem o corpo moreno, o cabelo liso e pesado cortado como o de índio, em forma de cuia, magrinha, ainda sem nenhuma curva; veste, como os outros, uma calça e uma camisa de neoprene.

— Oi, como você se chama?
— Carmem.
— Quantos anos você tem?
— Dez.

A beleza e a mistura de gêneros nos traços da menina desconcertam tanto Vanda quanto Camilo. As crianças se juntam, terão aulas de surf a semana inteira com Camilo. Os meninos mostram a Carmem os surfistas no mar.

— Nossa, você é uma gatinha, é gaúcha também? — Camilo não disfarça seu entusiasmo.
— Hum-hum.

Ele começa a falar com sotaque gaúcho, a primeira reação da menina é de desconfiança, mas se descontrai, diz que já sabe surfar, mostra uma tatuagem de hena com motivo tribal na canela, faz algum movimento para exibir seu conhecimento de surf, muito superior ao dos meninos. Fica animada por ser admirada pelo professor surfista como uma surfista mirim.

— Meu bebê vai ser uma menina. Queria que ela tivesse esse jeito, essa luz.

Camilo fica paralisado.

— Você está grávida?
— Achei que você sabia.
— É... é...?

Vanda se espanta e se irrita com a dúvida dele.

— Não, não é seu.

Camilo relaxa todo seu corpo, dos ombros aos joelhos, principalmente a musculatura do rosto. Esvazia os pulmões, suspira.

— Você não... ainda não tem barriga nenhuma. De quantos meses você está?

— Cinco.

Ele cobre a boca com a mão, assopra algumas vezes, enquanto, mentalmente, faz as contas:

— Você não tem como ter certeza.

— Tenho, sim.

— Está mentindo.

— Eu não minto.

— Mas agora... eu sinto que...

— Você é um amor, mas não é disso que eu preciso agora.

— Não é do que você precisa que eu estou perguntando. O que é, Vanda? Eu tenho o direito de saber.

— Você não tem palavra.

— Como assim?

— Você não sabe o que dizer, você não tem palavra para me perguntar. Não sabe as palavras.

— Eu... por que você está sendo assim? Eu tenho palavra, o que eu combino eu cumpro. A gente não combinou nada.

— Isso mesmo, a gente não combinou nada.

— Mas eu preciso saber.

— Você não tem como saber, Camilo.

Por um momento Vanda quis que ele formulasse a pergunta: "O seu filho é meu?". Mas depois ficou feliz de ver confirmada sua hipótese, ele é um amigo sem palavras.

Quando tiver quarenta anos vai continuar mostrando a uma menina de dez anos seu desejo por ela com a naturalidade sem pudor de um cachorro velho. Olhar para Carmem e pensar em uma filha, e não em uma transa, é uma perversão na ordem do mundo de Camilo, e continuará a ser, mesmo que um dia ele venha a ter filho e filha.

— Você não quer saber — diz Vanda.

— Não é verdade, você não me conhece direito.

— Camilo, eu estou te vendo, você está na minha frente. Tá tudo bem.

Ele sai com os três alunos.

Qual é o problema? Carmem vai aprender a surfar, vai se apaixonar por ele e voltar para Porto Alegre feliz. Ele vai ensinar a ela com mais gosto e mais dedicação do que ensinará aos meninos, com força e malícia vai segurá-la em cima da prancha enquanto esperam a onda, ela sentirá prazer nas mãos dele em sua cintura, sem saber de onde vem aquela alegria, do mar, da onda, das mãos, uma expectativa de que tudo está para ser diferente e melhor.

25

Satã, Milton e nós olhamos para a Terra: luz, vegetação, céu e mares. Tudo já existia e mesmo nós, aqui no quarto, tanto tempo depois de tudo, nos assombramos ao pensar como deve ter sido ver a Terra pela primeira vez. O globo com dia, noite, chão e firmamento, separação entre o seco e as águas.

"Confusion heard his voice, and wild uproar
Stood ruled, stood vast infinitude confined"

Escreve Milton, e os portugueses traduzem,

"Assim que a voz de Deus foi proferida,
O caos obediente ouviu-a, — e logo
Seu estrondoso horror fica regrado;
Do infinito a amplidão confins recebe." (LL)

e

"A confusão ouviu-lhe a voz, e o estrépito
Se amansou, e houve fim na infinidade;" (DJ)

Em inglês o início do mundo é mais abrupto, a autoridade de Deus gera mudança de estado mais radical do que em português, o movimento da confusão e do indomável estancam. O urro incontido para, submetido, a vastidão infinita é confinada. Não são a ordem e a mansidão, mas o não-movimento que se instala. O princípio do eterno é a imobilidade.

Na quietude, o mundo se inicia pela separação: entre o dia e a noite — e foi tarde e foi manhã —, entre águas e águas — e à expansão chamou céus —, entre águas e seco — e Deus chamou ao seco terra, e às águas reunidas, mar-de-águas, e Deus viu que era bom.

Então a relva viceja na terra, gera semente de árvore que dá fruto, cada qual de sua espécie; o fruto cai sobre a terra e a semente viceja árvore-fruto. Nos céus fizeram-se dois luzeiros, um maior e outro menor, para governar o dia e a noite, para guiar o ano e orientar as estações; as estrelas são feitas. As águas fervilham, monstros marinhos fervilham, peixes e aves, cada qual de sua espécie, na terra, no mar, no céu e sobre a terra se espalham, Deus os bendiz: multiplicai, cumulai nas águas do mar, e que as aves multipliquem na terra. Vieram depois os animais-gado, os animais-fera, os répteis do solo, cada um segundo sua espécie. Deus criou o homem e a mulher.

"E Deus criou o homem   à sua imagem
  à imagem de Deus   ele o criou
  Macho e fêmea   ele os criou

> E Deus   os bendisse
> e Deus   lhes disse
> frutificai multiplicai   cumulai na terra
> e subjugai-a"
>
> (*Gênesis*, Haroldo de Campos)

Félix, imóvel na cama, lembra-se dos olhos de Jojô lendo. De olhos fechados, lembra-se de sua voz lendo Milton pedindo força e licença a Deus e à Luz, que ele mistura em um só ser, para narrar o esplendor que seus olhos não podem mais ver. Seu pedido é também um desafio, é essa carga de duplo sentido no diálogo entre Milton e Deus que faz a voz de Jojô hesitar. Ela lê e duvida ao mesmo tempo.

O vírus que faz a pessoa se deixar levar pela história e, ao mesmo tempo, exigir mais da história, desconfiar porque confia, nasce e se multiplica em Jojô, e Félix sabe que não haverá fim para essa inquietute. Aprender a ler é uma marca que não abandonará a menina e a tornará distinta. Daqui em diante sua comunhão com o mundo será defeituosa, um sentimento persistente de não fazer parte inteiramente de nada. Os outros ficarão incomodados com sua presença, com alguém que duvida, que vê e não enxerga o que está aqui, mas alguma outra coisa.

É o que ele tem de mais precioso a lhe oferecer, e fica emocionado com a hesitação na voz dela quando lê. Ouve o pensamento de Jojô funcionando, as palavras rolando a mil por hora e os instrumentos que não existem — conhecimento do idioma, familiaridade com a história, e tudo o que ela percebe que precisa para ir atrás daquele tiro que atinge sua sensibilidade — sendo criados não se sabe a partir do quê. Seu organismo produz o conhecimento necessário como se fossem pequenos seres nascendo, se desenvolvendo, crescendo e vendo a luz, começando a pensar e falar, para auxiliá-la na tarefa de ler. Oxigênio, carbono, calor, proteínas, energia e sinais elétricos; de onde vem a inteligência, a vontade de saber?

Jojô é séria nesses momentos. Sendo adulta, é um bicho bebê, quase ainda um bezerro coberto de placenta no pasto iluminado pela lua, a vaca debruçada sobre ele.

Milton segue, enfrenta o perigo maior que é ver o Rei; desde sempre, frente ao rei, qualquer rei, é preciso abaixar os olhos, sob pena de ficarmos cegos. É por isso que Milton fala de sua asa mais ousada, e da luz de Deus que brilha dentro dele. Para passar pelo Inferno e o Caos foi preciso coragem, mas para cantar a Luz e o Céu é preciso ousadia.

"*Thee I revisit now with bolder wing*"

"Revisito-te agora co'asa ousada"

Félix apresenta a Jojô os possíveis significados de *revisit* e *bolder*.

Thee I revisit now: eu te revisito, revejo, ou a ti eu volto agora?
with bolder wing: com asa mais impertinente, ousada, audaciosa ou corajosa?

Ele pede a ela que leia em voz alta o verso nas diferentes traduções que eles vão experimentando.

> Eu te revisito agora com asa mais ousada
> A ti eu volto com asa mais impertinente
> Revejo-te agora com asa mais audaciosa
> Agora, com asa mais corajosa, eu te revejo

O "mais", contido na escolha de *bolder*, no lugar de *bold* ("mais ousada", e não apenas "ousada"), dá o sentido de tempo, antes e depois, frisa que o poeta já esteve ali antes, e menos forte do que está agora. Reforça esta passagem do tempo, que já está presente no "*re*" do "*revisit*".

Jojô e Félix não se detêm na decisão entre os adjetivos — ousada, impertinente, audaciosa, audaz ou corajosa —, mas definitivamente resolvem que será necessário acrescentar o "mais" à tradução de Daniel Jonas.

O inglês de Jojô é fluente, errado e cheio de gírias e palavrões. Uma linguagem mais chula que o seu português, que, aliás, é surpreendentemente correto. A escola pública que ela frequenta é boa, sua irmã é severa e ela, precoce e inteligente. Dedicada, Jojô presta atenção nas explicações de Félix, estuda e vai aprofundando e corrigindo seu conhecimento de inglês. Félix admira e, ao mesmo tempo, lamenta seus avanços. As lacunas de seu inglês fazem com que ela vá preenchendo a tradução dos versos mais com o que deseja do que com o que entende, e isso às vezes os leva por caminhos bonitos, ainda que distantes do original.

Revisit, por exemplo, foi um problema que lhes deu prazer. Ela quis que ficasse "volto", porque "visitar" é de pessoa que está de passagem. Félix argumentou que "rever" seria bom, porque é da luz que Milton está falando, para quem ele está falando, e todo esse início trata da visão, ver e não ver, luz e sombra. Mas, acrescenta, rever tem uma intimidade que não parece correto existir entre um poeta e Deus, por mais impertinente que ele seja. Félix continua a experimentar as palavras: quem sabe "visitar" não é também do campo da visão? Talvez venha de um significado original de "passar a vista". Mas Jojô opina que "visitar" é leve demais e por isso não serve; o visitante é sempre aquele que passa e vai embora sem levar nada junto com ele.

Não é verdade, diz Félix, tantos livros de viagem em que o viajante se transforma completamente. É, diz Jojô, mas viajante não é o mesmo que visitante. Félix concorda e não concorda: a visita transforma o lugar que visita com seus olhos estrangeiros. Félix prossegue, agora na cama, lembrando-se e modificando a conversa que de fato existiu com Jojô. Ativa dentro de si uma máquina pensante de associações de ideias e tenta separar o que poderá contar a Jojô na sua próxima visita.

Não, não visita. Mas o quê? O que são aqueles encontros frutíferos, cheios, abarrotados de frutos, cada vez mais, frutos redondos, espichados, ovais. Entre as várias mangas, manga rosa, manga espada, manga Bourbon, manga ubá, tem a manga umbigada que termina com a forma de um bico de seio. No sítio da avó, em São João del-Rei, os meninos amassavam a manga fazendo o sumo se soltar da carne da fruta, arrancavam apenas a casca da ponta, e chupavam o caldo grosso. Mesmo sendo gordo e nunca tendo gostado de subir em árvore, a manga umbigada era uma que dava para pegar no chão e continuava boa de apertar, cortar com o dente e chupar. E Jojô vai embora, os frutos somem, mas não é triste o quarto sem ela, é boa a paz, a ausência de tantos estímulos sensoriais que transbordam da menina quando ela lê em voz alta, voz baixa, conversa, pergunta, engole a saliva, espreguiça-se e vira-se para trás sobre o espaldar da cadeira, suas costelas magrinhas sobem e cada um dos ossos e os pequenos seios aparecem sob a camisa branca do uniforme escolar.

E é um encontro, não um abraço. "Eu te revejo" é um encontro, e "eu volto a ti" é um abraço. Voltar tem algo de envolto, e é justo isso que Félix percebeu que Jojô queria entender. Ou queria decretar para o encontro entre Milton e Deus.

Ela abre os braços, anda pelo minúsculo espaço livre do quarto-e-sala, fingindo que voa, e para em frente a Félix com os braços abertos e o peito estufado. Fala com vibração, em um tom de super-heroína de desenho animado, feliz.

A ti eu volto, com minha asa mais audaz.

26

No Arpoador o sol já se pôs, resta uma luminosidade pálida. A tarde foi fresca e agora começa a esfriar, o cheiro de milho verde da barraquinha aumenta a fome de Vanda e ela não resiste. Come devagar, sentada no banco de pedra em frente ao mar. O milho amarelo e morno passa pela boca, garganta e barriga, é possível acompanhar o percurso de seu calor, chega até o bebê que se movimenta. Escurece, ela caminha sem preguiça, como sempre.

Passa no supermercado e compra o necessário para o jantar e a marmita do almoço; Maria Joana tem comido com Félix as refeições que Oneida manda. Vanda escolhe banana, frango, chuchu, beterraba, macarrão. Cheiro-verde, óleo, cebola, alho. Jiló, tomate, pepino. Farinha de mandioca, margarina. Leite. Chocolate, chocolate, na boca do caixa o chocolate lateja, chamando-a, ela resiste, não pega. A fila está longa, ela presta atenção na brincadeira de dois irmãos pequenos, um menino e uma menina. O pai lê um livro com atenção dividida; quando o barulho das crianças aumenta, olha para elas e isso basta para que abaixem o tom.

A menina esconde uma bola de borracha laranja fosforescente, do tamanho de uma bola de tênis, dentro do seu vestido de lycra, passa devagar em frente ao irmão, provocando, o menino avança, pega a bola, coloca-a debaixo de sua camiseta de listras amarelas e vermelhas do Barcelona e sai num trote rápido; a menina pega de volta, segura e corre, ele puxa a irmã pelo vestido, consegue tirar a bola dela e segue trotando em zigue-zague, tropeça, cai, a bola rola pelo chão e para debaixo da gôndola de revistas no caixa ao lado. No trajeto, dribla as rodas dos carrinhos de supermercado e os pés dos clientes. Os meninos gritam animados, o pai olha para eles, para a bola, avalia a situação, volta ao livro, a fila não anda.

Um grupo de adolescentes comprou uma garrafa de vodca. Pelo sistema de segurança antirroubo do supermercado, leva-se apenas a embalagem vazia ao caixa e, então, deve-se esperar (os compradores da bebida e todos os demais clientes na fila) até que um funcionário disponível vá buscar uma garrafa cheia no estoque distante.

A irmã, que é mais velha que o menino, corre até a gôndola ao lado, fica de quatro, empina o bumbum, espicha o braço fino e empurra a bola para fora. A esfera laranja sai girando no piso claro iluminado pela luz excessivamente branca do supermercado.

A visão da calcinha branca da menina interrompe a distração com que Vanda acompanhava a brincadeira. A bola iluminada segue girando, as crianças a apanham e agora jogam uma para a outra, quicando-a no chão, até encontrarem as pernas do pai.

Vanda lembra-se de Maria Joana, dois anos atrás, em cima do tamarindo do cemitério em Jaguaribe. Debaixo da árvore, o primo e o tio, Marcos e Túlio, olhavam-na, os rostos virados para cima.

A avó Joana demorou uma semana para morrer, o tempo de Vanda conseguir dispensa no trabalho, pegar o ônibus no Rio e ir para a fazenda dos avós, no sertão do Ceará. Do lado de fora do muro caiado de branco do cemitério brilhavam algumas bicicletas, duas motos, e, amarrada frouxamente na argola ao lado do portal, imóvel, a não ser pelo rabo que abanava as moscas, a mula que Vanda vira nascer no período em que morara lá. Não teria reparado na irmã em cima da árvore, não fossem os dois rapazes parados, olhando para cima com a boca aberta. Vanda virou-se e viu a calcinha branca, suja de poeira: aquilo era tão Maria Joana, era a síntese de sua infância inteira, uma menina suspensa no céu olhando para outro lugar. Ela se mexeu um pouco e abriu espaço por onde a luz do sol alto passou e atingiu em cheio os olhos de Vanda. Tudo ficou branco, Maria Joana, os galhos e a folhagem.

No meio dos túmulos, alguns caiados, outros revestidos de azulejos com fotos dos mortos, sobressaía a figura do avô alto, um índio com cabelo mais preto do que Vanda se lembrava.

Dentro dos muros baixos do cemitério, a luz do sol batia direto em todo canto, era rebatida e se dispersava, tornando as cores desbotadas e os contornos difusos. Ali, como em toda a região, não havia muitas coisas, nem pessoas. As árvores eram afastadas umas das outras e as casas também. Mas nesse momento, no cemitério, a família estava junta e formava um pequeno aglomerado em torno do túmulo da avó Joana.

Vanda trouxe a irmã de volta ao Rio. A casa de sua mãe não era mais frequentada por amigos variados, agora a mãe tinha só um companheiro em quem Vanda também não confiava. Não mais o angolano, seu pai, primeiro companheiro e sempre presente entre as viagens de meses. Nem o nipo-americano, que na foto é alto e tem o rosto oval, como o da filha Maria Joana, e os mesmos olhos puxados do avô. Vanda não o conheceu, pois só perto de Maria Joana nascer foi que a mãe mandou chamá-la de volta de Jaguaribe, para ajudar a cuidar da irmãzinha. Os que vieram depois não deixaram filhas nem filhos.

O pai guarda o livro e a bola laranja na mochila, segura as sacolas de supermercado em uma das mãos e com a outra toca os filhos para que passem na sua frente. Do lado de fora, na beira da calçada, o aglomerado habitual de final de dia espera para atravessar a rua, as crianças inquietas se empurram. A menina se desequilibra e o pai, atento, segura-a firme, puxa-a de volta. Aperta a mão dos filhos e os contém quando a turma de pedestres começa a atravessar a faixa, para ensiná-los a atenção necessária na hora de atravessar a rua. Inquietos, eles puxam a mão do pai, mas não conseguem sair do lugar. Movimentos imperceptíveis, dois potros, o pai espera até eles perceberem sua resistência. Os filhos olham para cima, para ele, esperam, avançam juntos e atravessam a rua.

27

Debruçada sobre a escrivaninha, Jojô relê o início do Canto III em silêncio. O trabalho do bate-estaca terminou, hoje é a algaravia de vozes dos operários e o ruído de roldanas e serras elétricas que ela, assim como Félix, não escuta. Lê duas páginas, volta três versos, segue seis à frente,

volta ao início do Canto, segue, volta. Fecha os olhos, suspira, bufa e começa de novo; para, decepcionada, e murmura:
— Não entendi nada.

Sentado em sua cama, com as pernas esticadas e recostado na parede, Félix pensa sobre a estranha imagem de almas que perdem as asas. Trata-se da ideia de almas que aos poucos perdem a conexão com o princípio original de onde vieram e mantêm-se em contato apenas com aquilo para onde foram irradiadas. No início as almas mantêm-se ligadas ao Uno transbordante e aos corpos para onde transbordaram, mas algumas, aos poucos, vão se encarnando mais e mais, e dessa forma desconectam-se de sua origem. Diz-se, então, que perdem as asas. Félix divaga sobre a materialidade das asas, imagina o par de asas audazes que Milton praticamente empunha em seus ombros ao falar com Deus, recobertas de longas penas castanho-acinzentadas, e a musculatura rija, como as de uma águia, ou, quem sabe, até uma asa de pterodátilo, com seu couro esfolado, meio verde, meio marrom. Porém, asas de alminhas, uma coisa tão leve e já em si flutuante, como seriam? Com certeza brancas. Ou transparentes e alongadas, como as de libélulas.

— Não entendi nada — fala Jojô, dessa vez para ser ouvida.

Ele olha para a menina, gostaria de poder enxergá-la melhor. Sua visão às vezes retorna com nitidez, mas acontece de passar mais de um dia assim, instável. Como se o mormaço fizesse tremular o ar e tornasse indefinidos os limites dos corpos e das coisas. Ele pede a ela que leia em voz alta os primeiros versos do Canto III. Ela lê tropeçando nas palavras que não entende, procurando sentido enquanto lê. Félix a interrompe, pede que leia apenas os três primeiros versos, pule os quatro seguintes, leia mais dois e pare.

— Leia devagar e não fique preocupada em entender o significado. Fale o som cheio, respire pelo nariz e solte o ar devagar, junto com as palavras. Fale de um jeito diferente do que você conversa, mas sem pompa. Não assim: "Salve Luz Santa, prole do Céu primeira" — Félix recita com voz empostada e gestos largos, exagerado.

— O que é "prole"? — ela pergunta.

— Descendência; filhos. Mas não se preocupe agora. Prole, proliferação. As palavras vão começar a pular feito saci na sua cabeça, mas agora faça com que elas corram no fluxo dos versos, não pare para olhar, vá em frente. Prolixo. Se preocupe em ler com calma, firmeza, ar, e sem besteira. Voz forte, mas para você mesma, com solenidade compenetrada, entende? As palavras têm que vir do pulmão e não da cabeça, nem do coração, não por enquanto, você vai ver que o poema começa a ganhar ritmo e você vai entendê-lo por outros caminhos que não apenas o mental. Pelo labirinto do ouvido. Não precisa ficar de pé, mas ajeite a coluna para não pressionar o diafragma, levante um pouquinho só o livro, assim você não precisa inclinar tanto os olhos e a cabeça, e pode deixar o queixo em ângulo reto com o pescoço para o ar sair mais livre. Um poema começa com o som, e som é sopro, voz e ar.

Ele ajeita o corpo de Jojô, que tem o hábito de deixar os ombros muito curvados para a frente, como é comum nas meninas no início da puberdade. Félix apoia a palma da mão no tórax e na base da lombar de Jojô, pressionando-os de leve para que a coluna fique ereta. A palma de sua mão roça e se acomoda entre os peitos protegidos pela curvatura dos ombros, um circuito de calor intenso e breve acontece entre os dois; eles não se olham. A mão entre os seios desliza e segura o pescoço delicado da menina, sobe até o queixo, ajeita a posição da cabeça.

— Pronto.

Então ela olha para ele, toda retinha na cadeira, em uma posição artificial, e sorri segurando o riso, seus olhos ficam ainda mais alongados e duas covinhas se formam nas bochechas de seu rosto moreno. O coração de Félix bate rápido, o sangue se agita nos braços, cabeça, sobe e desce, expande-se pressionando as paredes das veias e artérias. Ele se concentra no que tem a dizer, na voz a ser criada pelo pulmão e cordas vocais de Jojô.

— É assim que funciona, a gente brinca antes de ser sério — ele diz e se esforça para se manter preso ao poema.

O interesse no que está por vir se mistura e o excita na mesma medida que a possibilidade do sexo; o comedimento lhe dá prazer.

— Aqui é outra coisa. É como um teatro, um outro tempo.

Félix sente o ar circular entre eles, isso é bom. Continua:

— Uma brincadeira com as palavras, elas são diferentes do que costumam ser. Não é a rua e não é a escola, a gente pode brincar com elas antes de entrar na história.

Ele vai devagar, espera o tempo dela chegar.

— Leia os três primeiros versos, pule os seguintes e leia o oitavo e o nono.

Ela relaxa o corpo e se concentra na leitura. Marca com um lápis a numeração dos versos indicados por Félix, lê mais de uma vez em voz baixa, treinando. Apenas as pupilas se movem; na segunda vez, os lábios leem, ainda sem som. Finalmente se apruma e lê em voz alta.

"Salve Luz santa, prole do Céu primeira,
Ou do eternal co-eterno resplendor
Devo expor-te sem falta? Deus que é luz,

> (...)
> Cuja fonte quem sabe? Prévia ao sol,
> Prévia aos céus que eram eras tu,"

Acentua as pausas da pontuação, demora-se em cada sílaba, dá tempo para que o som se forme no ar. O ritmo do monólogo ganha um sentido próprio, assim como uma pintura abstrata ou uma sinfonia têm um sentido reconhecível, mesmo que não nomeável.

Félix ouve de olhos fechados, procurando perceber o quanto a luz do poema e a da menina já conseguem se encontrar. O som flui bem, e se ela conseguisse deixar-se penetrar pela melodia de sua própria voz tal como soa agora, no seu pequeno quarto, nessa manhã nublada, estaria aberto o leito para o rio de lava passar. Mas é nítido que ainda não existe um fluxo comum entre Jojô e o *Paraíso perdido*. Já acontece o encontro, mas é feito de dificuldade e atrito.

— Jojô, me lê o original do verso "Devo expor-te sem falta?".

Ela procura do lado esquerdo da página, onde está a versão original do poema.

— Eu não consigo. Nem sempre é na mesma linha. Eu não sei — ela o encara e fala enfaticamente —, eu não sei inglês!

Se irrita com sua dificuldade. Com a dificuldade dele em entender como tudo pode ser difícil para ela. Como é ruim saber pouco. Félix se arrepende na mesma hora, se deixou levar pela comunhão intensa que há entre eles, sem lembrar-se de sua assimetria. Ainda brava, é ela quem restabelece as posições entre eles.

— Procura você. Qual é o verso em inglês? O que ele diz?

Félix aproxima seus olhos do livro, ajusta e distância até conseguir algum foco e lê em voz alta o verso original:

"*May I express thee unblamed?*"

— É isso — ele diz —, na tradução ficou confuso. "Sem falta" pode parecer "depressa". No original ele está perguntando, mais ou menos, o seguinte: "Como falar de você sem te ofender?". Ou: "Posso te representar sem te julgar?". Ele está se dirigindo diretamente a Deus, ou à Luz, ou aos dois em um, e volta aquela ideia do perigo de falar com o poderoso. Na tradução antiga estava "Como te hei de nomear sem que te ofenda?".

"Na época em que Deus falava aos homens, depois da fuga do Egito, ele disse: 'Não farás imagens à minha semelhança', ele nos proibiu de representá-lo. Em lugares onde o nome e a coisa são o mesmo, não se pode falar o nome de Deus, porque é grande o risco de atrair sua ira. 'Como falar de e com você sem te ofender?', como falar com e sobre a nossa origem, o Pai, sem o risco de morrer?"

Félix olha para Jojô. Ela está concentrada no que ele diz. Difícil saber o que entende. Provavelmente, pensa Félix, nem ela sabe o que entende. E continua:

— Ou será que, na verdade, a tradução nova é mesmo a melhor porque guarda o duplo sentido do verso original? E se ele estiver dizendo: "Como falar de você sem que eu tenha culpa"? *Blame* quer dizer, mais do que "ofensa", "culpa". Ou seja, "como dizer teu nome sem culpa?", "como expor-te sem falta?".

"Os outros versos são mais complicados de entender, e acho que é para ser complicado mesmo. Deus e Luz: quem foi o primeiro? Onde começa um e termina outro? Ou são um só? O eterno é o 'sempre' para os dois lados, para a frente e para trás. Pense o passado expandindo-se, correndo para trás da mesma forma que o futuro não para de se desenrolar à nossa frente: isso é a eternidade. E Milton não consegue enxergar um tempo sem Luz; mas se Deus criou a Luz, antes de criá-la o que havia era escuridão. Se ambos existem eternamente, a Luz existe sem a participação de Deus, o que não é possível, então Deus é Luz, é e não é: 'eram eras tu.'"

A dificuldade de Jojô em aceitar a dubiedade de Milton ao estabelecer a antecedência entre Deus e a Luz, ou a culpa como um estado que se instaura entre o pai e o filho, e não uma ação com sujeito e objeto, traz de volta a Félix a sua própria dificuldade e o frio na barriga, de agonia e depois alegria, sozinho no quarto da casa dos pais, em Belo Horizonte, ao intuir pela primeira vez os possíveis sentidos do poema, e, mais ainda, ao ver o mistério. Lembra-se de dias úmidos, do cinza sujo da empena do prédio vizinho, a poucos metros de sua janela, para onde olhava e onde enxergava formas sempre diferentes, enquanto os versos dançavam incompreensíveis em sua cabeça.

Não é a emoção daquele primeiro momento que volta, mas a sua memória, e esse prazer novo é produzido ao contemplar a determinação e pressentir o frio e o calor de Jojô.

A voz dela ganha corpo, ou melhor, os versos se encorpam curiosamente viris na sua voz juvenil.

Félix senta-se a seu lado, na escrivaninha, encostam-se e se debruçam sobre o livro. Ela na cadeira dele, e ele num banquinho que costuma servir de apoio ao dicionário. Ela não tira os olhos do livro. Ele aproxima os seus da página, de modo a enxergar as palavras; se encanta ou se aborrece com a nova tradução, as letras borram-se, sua cabeça começa a latejar pelo esforço infrutífero de manter as palavras em foco. Pede a ela que leia pela terceira vez os mesmos versos. É curioso ouvir aquele *Paraíso* português na voz dela. É duplamente novo. Passagens que ele conhece de cor com outra tradução e voz produzem um tremor estranho, em geral bom, às vezes assustador, como se ele ficasse sem chão, como se a ponte, sobre uma garganta da qual não enxerga o fim, sumisse.

E que o reconhecimento do *Paraíso* na nova tradução aconteça sem que ele esteja sozinho, e mais, que isso lhe aconteça em uma posição diferente da de um leitor comum, ou de um estudioso, ou de um amante virgem ou devasso, mas que ele percorra novamente e pela primeira vez o *Paraíso perdido* como guia experiente e cego, que leva pela mão uma menina por um mundo novo, é algo revolucionário consigo mesmo; pás de terra sobre sua juventude.

Uma coisa leva a outra, e não por vontade sua, nem contra a sua vontade, mas o destino anda e ele se torna parte da irmandade de guias cegos do passado e do futuro, guias dos mortos e vivos, dos infernos e céus. Ele, um mineiro branquelo, de carne fofa, em Copacabana, epiléptico, incapaz de se sustentar por conta própria, aqui neste quarto-e-sala a se comparar com outros cegos, como Milton, e também como Milton, a se comparar com Tirésias.

Uma história tem que se cercar de histórias, uma menina precisa se cercar de mundo, um quarto, de ar e paredes, o mundo, de confins e água. A cegueira clareia os ouvidos e nos dá a antevisão, é isso o que contam os livros. É isso o que diz Milton para Deus, ou para a Luz:

> "Tão mais p'ra dentro tu luz celeste
> Brilha, e a mente plena de poderes
> Irradia, aí fixa olhos, purga
> E daí varre a bruma, que eu fale e olhe
> Coisas cegas à vista dos mortais"

É isso também — ele fica com os olhos marejados —, é isso também o que os livros lhe dão, não só lhe contam: a antevisão e ouvidos mais claros ao mundo quando nele seus olhos se afundam. A névoa se afasta, ele enxerga e conta.

Aqui, ontem e hoje, sem perceber, Félix enche a terra de Jojô de histórias, tudo ou muito brota daqui e dali, esse verso puxa uma coisa e aquele, outra, dos mortos e dos cegos. Não quer perder Jojô, os dois fechados no apartamento com vista para quatrocentas janelas mais as da favela do morro com seu verde sem vigor.

A voz feminina trouxe cores diferentes, ele tem que recuperar aquilo que não sabia no início. Não quer ser guiado pelo instinto, mas buscá-lo. Gosta de ficar de olhos fechados, mesmo nos dias em que consegue enxergar, para usufruir melhor da nova paisagem. Sentam-se lado a lado na mesa. Existe a eletricidade que passa da menina para ele, ele precisa ser o fio terra, para que o paraíso dela tenha chão. Não são as palavras que faltam ser explicadas, mas camadas de terra e árvores e ossos de homens e mulheres que apodreceram e se sobrepuseram para que o algodão pudesse brotar e dele ser feito o papel em que a filha de Milton anotou o poema, e brotar também a semente que alimentou o ganso cuja pena ela segurou. O pigmento da tinta foi o sangue apenas dele, Milton; a água da tinta, as nossas águas; e a voz é esse ar que preenche o céu. Há um mar de histórias a ser cruzado. Félix aqui e ali, hoje, conta do que veio antes.

— Bem antes dos hebreus e muito antes de Milton — Jojô ouve, sentada, cabeça baixa, olhando sem olhar as letras do livro —, Tirésias, um adolescente grego, subia o monte Citerão quando viu duas cobras fazendo sexo. Ele as separou e matou a serpente fêmea. Como castigo, foi transformado em mulher e assim ficou por sete anos. Durante esse tempo ele foi uma prostituta famosa, ou, segundo outra versão, se casou e teve filhos. Sete anos depois viu outro casal de cobras transando, matou o macho e voltou a ser homem.

"Zeus, que já havia matado o pai e libertado a mãe, discutia com Hera, sua mulher, sobre quem tinha mais prazer na cama, o homem ou a mulher. Chamaram Tirésias para resolver a disputa. Ele, que tinha sido homem e mulher, saberia a verdade. Hera dizia que era o homem quem tinha mais prazer, e Zeus, a mulher. Tirésias disse que se um ato de amor pudesse ser dividido em dez partes, a mulher ficaria com nove e o homem, com uma. Hera, furiosa por sua irreverência e impiedade com as deusas, o cegou. Zeus não pôde reverter a maldição, mas recompensou Tirésias dando-lhe o dom da antevisão e o privilégio de viver sete gerações humanas.

"Outros dizem que foi Atena quem o cegou por vê-la nua enquanto tomava banho. A mãe de Tirésias implorou para que a deusa voltasse atrás, mas a maldição não pôde ser revertida; em compensação, ela purificou seus ouvidos dando-lhe o dom de entender a linguagem dos pássaros.

"Tirésias passou a ver o futuro e o passado que não conhecera, e quando finalmente morreu, continuou a saber dos vivos e do futuro.

"Milton não pede a proteção de e nem se compara a Homero, o pai dos escritores, mas, como todos, segue o caminho aberto por ele, também cego, que foi um e foi muitos. As histórias que Homero escreveu já eram cantadas pela Grécia toda; ele juntou os versos e os escreveu.

Parece que tudo sempre vem de muitos cantores para um autor, uma história para muita gente, mas é uma pessoa só que lê: eu, você. Sempre, sempre."

Jojô se levanta, infeliz, sem ter onde estar, dá três passos, o espaço é pequeno, vai, pega um copo d'água, toma vários goles seguidos, porque tem sede e também para disfarçar sua aflição. Sem querer derruba um pouco na camisa, volta, senta-se na cama com a camisa molhada. Félix não para de falar. Está na banqueta e fala virando-se para ela, mas Jojô sabe que ele não a enxerga. Ela se deita de lado, em concha, as mãos unidas debaixo da cabeça, e continua a ouvi-lo entusiasmado com Homero.

— Ulisses, depois da guerra de Troia, navega por anos, lutando contra a ira dos deuses. Ele vai se encontrar com Tirésias no reino dos mortos para que o adivinho o oriente sobre como prosseguir a viagem de volta para casa. Antes de descer ao Hades, ele cava com sua espada um fosso onde derrama o sangue de um carneiro e de uma ovelha negra, porque apenas após beber sangue os mortos falam. No Hades, Tirésias lhe diz como chegar em casa, e o que lá encontrará. Ainda junto aos mortos, Ulisses vê sua mãe, tenta abraçá-la, é só sombra, tenta mais uma vez, é apenas sombra, e uma terceira, é um fantasma. É o próprio Ulisses quem conta, quem abraça, quem nos conta. Estamos no reino dos mortos com ele, tristes como o quê por não conseguir sentir nada, nada do corpo da mãe, apenas sua voz que diz da velhice do pai, em Ítaca, terra para onde Ulisses não consegue voltar. Ela conta do pai de Ulisses dormindo como um servo, próximo às cinzas, chorando pelo filho ausente ao lado do fogo apagado. E então, de uma hora para outra, Homero, como um hipnotizador, estala os dedos, nos acorda e nos joga para cima: Ulisses não está no Hades e não é para nós que conta a história. Está na sala de banquete dos feácios e conta suas aventuras para os anfitriões, encantados com as peripécias. Há tantos versos Ulisses contava sua história aos estrangeiros que, distraídos, nós nos confundimos com eles. Como eles, sentamo-nos no salão, de noite, e lá ficamos ouvindo a história de Ulisses em sua viagem para casa.

Jojô, na cama, coloca as mãos unidas entre as pernas. Félix continua:

— Da mesma forma, Milton nos confunde, e no começo do Canto IV acontecerá de novo. Mas aqui, no Canto III, quem não consegue ver a Terra? Quem é o cego às belezas divinas? A gente já falou sobre isso, mas por que a gente estranha? Porque o poeta não tem nada o que fazer na história além de contá-la. Os personagens são Satã, Pecado, Morte, Deus, Caos, Terra, e de repente aparece esse cego ousado falando diretamente com Deus. Essa maneira de nos acordar da ilusão da história e dizer: "ei, isso é uma história", já estava lá com Homero, e é bonito demais.

Félix segura o pé de Jojô, aperta com força para enfatizar a beleza da entrada do autor na história, um personagem envolvido, que acende a luz e se expõe sem medo de quebrar a magia do espetáculo, ao contrário, chama o leitor, seu irmão, estrangeiro aos mortos e estrangeiro às suas aventuras, e diz: veja, foi assim, está vendo? Somos fora e dentro, estamos lá e cá, eu, você, nós dois.

Jojô entende a pressão das mãos dele, entende também o que ele diz além da história, sobre o autor que entra e sai. Ela sabe que vai se confundir logo que ele a soltar e começar a gesticular de novo para ajudar na narração da história. Ele solta.

— Aqui não é nem o autor que entra na história, é o personagem, Ulisses, de quem a gente estava ouvindo a história, que vira narrador e nos faz virar personagens: nos transformamos em feácios. Ele chega ao país dos feácios, e, durante um banquete que o rei Alcino lhe oferece, um aedo cego (sempre cego) canta as batalhas da guerra de Troia, a rixa entre Ulisses e Aquiles. Ulisses ouve e esconde sua identidade. Mas, comovido, chora, e termina por revelar-se o herói de quem são cantadas as peripécias. Então ele mesmo continua a contar sua história para o rei e seus convidados.

Um drible. É o que fazemos aqui, pensa Félix. Diferente da rua, diferente da rua, com certeza diferente. No Céu e no Inferno, no Limbo, falando com Deus e com o Diabo e, principalmente, sendo Deus e sendo o Diabo, brincado de ser, e então podemos ser sérios, diferente da rua e dentro dela. É isso que eu gostaria de mostrar a ela.

Na verdade, agora, sendo guia, querendo ser, querendo ser cego, mesmo nos dias em que consegue enxergar, Félix entende de novo o caminho, entende que o caminho é dele.

Envelhecido e cego, precisa treinar a contemplação, ao invés da visão, e, principalmente, aprimorar a sensibilidade de sua audição. Nunca foi bom em guardar o que ouve, e sim o que lê. Até esse tempo com Jojô, antes de ter a crise e alguma coisa dentro de seus olhos haver se deslocado, o que ouvia não tinha a ver com o pensamento, as frases que entravam pelo ouvido não se encaminhavam para o cérebro, mas para o coração, o estômago e o pau. Se alojavam e se demoravam em seu espírito, esse lugar inexistente.

Por isso a leitura em voz alta, que faz para si mesmo, principalmente quando se preocupa demais com o significado de um trecho, a ponto de não conseguir ler o que vem depois, sempre foi necessária. Assim como parar de prestar atenção nos meandros dos fios do nó é importante para desatá-lo.

Mas nesse momento os sentidos se invertem: a visão deve ser contemplação e a audição, entendimento. O quarto está em silêncio. Sentando na banqueta, firma a vista no vulto de Jojô na cama. Ela dorme. Toca em seus pés descalços, acaricia-os. Ela continua aninhada, recurvada sobre si mesma, as mãos unidas no meio das pernas, apertadas pelas coxas. Os pés se mexem mansos, gostam; ela dá um gemido, pressiona uma coxa na outra e se aquieta, espera.

Enquanto faz carinho nos pés de Jojô, sem perceber o efeito do gesto nela e em si mesmo, Félix pensa nas vezes sem conta que se lembrou da *Odisseia* e das muitas associações que fez entre a história e outras histórias e a sua vida. Lembra-se dos diferentes momentos em que as associações afloraram: naquele quarto e em outros, na praia, lanchonete, lavanderia, sala da universidade, conversando com o pai e a avó, com a mãe, enquanto falavam sobre outras coisas. Uma cena que sempre o inquietou é a de Ulisses falando com a mãe e a mãe contando do pai dormindo como um servo no chão ao lado das cinzas chorando o filho ausente. Aquela imagem de um pai fraco e triste sem a proteção do filho guerreiro, impossibilitado pelos deuses de voltar para casa, muitas vezes lhe voltou.

"dorme junto aos servos quando esfria, à beira
do fogo, sobre cinzas: veste uns trapos míseros"

E quem lhe dizia da condição do pai era o fantasma da mãe no reino dos mortos, uma visão tão presente e vívida que ele tenta abraçá-la, e mesmo confirmando-se sombra uma vez, e outra, ele tenta de novo. A ilusão é muito forte, ou a vontade de que fosse verdade, de que aquele fantasma fosse a mãe verdadeira, e não uma imagem da mãe que não existe mais. E quem conta que a mãe conta, que a mãe não é a mãe, mas um fantasma da mãe, é Ulisses, e parece que conta para Félix, mas não, ele conta para os feácios, e não, quem conta é Homero. Uma sequência de fantasmas conta a Félix que o pai "dorme junto aos servos quando esfria, à beira do fogo, sobre cinzas: veste uns trapos míseros".

Olha para Jojô na cama, ela abre os olhos, entende, ela entende. O carinho da mão dele não subirá pés acima. Uma vontade tão grande se concentra em sua xoxota e um pouco acima, e na cabeça um alívio porque a mão dele não vai subir por sua perna e mais acima, e tudo é só aquilo, e, ao mesmo tempo, um esforço tremendo de se preparar para a decepção de que aquilo é só aquilo, um carinho no pé enquanto ele pensa em seus pais, Homero, Ulisses, Tirésias e aquele que dorme onde os servos dormem. Ele olha para ela, se embebeda na história maior, dá uns tapinhas na sua batata da perna, magrinha, magrinha, animando-a.

— A vida é boa, Jojô, porque a gente sabe das ilusões.

Se arrepende do pedantismo da frase antes mesmo de acabar de dizê-la. Ela espreme seus olhos com raiva daqueles tapinhas, encolhe as pernas. Senta-se.

— Você acha que eu sou muito pequena, não é?
— Não, não acho.
— Criança?
— Ao contrário. Nunca conversei tão sério com alguém como tenho feito com você. Eu estava perdido, você está me guiando, não vê?

— Não é disso...

Não era disso que ela estava falando, e fica envergonhada. Tudo é bom ali no quarto de Félix. Tudo tão do mesmo tamanho — a cama e a janela e a pia e a mesa nos mesmos lugares —, e, ao mesmo tempo, tudo tão maior do que o seu e de Vanda. Tão imenso. Como ela adora estar ali com ele. Adora ler, e o jeito de ele falar olhando para ela sem enxergá-la, e o jeito intenso de ele olhar para ela enquanto ela lê e enxergar todo o seu corpo de uma maneira que ela não consegue se concentrar no que lê, e passa a ter a consciência que nunca teve de cada parte, partícula de si, não só ombro, cotovelo, braço, antebraço, pescoço, peito, mas pele, textura, umidade, poro, cor, e a maneira como o ar entrando e saindo faz seu peito se expandir e contrair.

— E você é tão séria, parece uma alma antiga, às vezes. Quando você sai e eu sinto seu cheiro na cama, me deito logo na cama depois que você sai, penso que preciso crescer para ser do seu tamanho.

Ele sabe que não é sobre isso que ela estava falando, tudo se confunde, ele queria apenas alegria, que o mundo deles ali dentro fosse apenas alegria. Alegria, glória, graça. "Graça" talvez seja a palavra certa para *bliss*, que lá atrás, dias e séculos atrás ele procurou e não achou. Ler e interpretar um poema como o *Paraíso perdido* não tem a ver com alegria, menos ainda com graça. Com exultação, excitação, gozo, prazer, glória, sim. E às vezes euforia. Estados fortes e limítrofes. Ou introspectivos: compenetração, raiva, angústia, medo, desespero, melancolia, vazio. Lógica. Quando lia com Nildo, na praia, ou no Forte, houve momentos de riso, coisas ridículas, como a descrição kitsch dos guerreiros e suas armas, dos enfeites do filho de Deus, momentos de fraternidade marcial. A vontade de estar sozinho e não aguentar a solidão, fechado e no sol, e a fissura de transar muitas vezes, estar na sala de aula, e o desejo de não ouvir ninguém mencionar o nome Milton, como se isso fosse um insulto, ou algo ainda mais grave que machucasse profundamente seu esqueleto primordial. Sentir agora tesão por Jojô, sentir o tesão dela por ele e resistir com mansidão, é como saber que alguns versos são fechados para ele e assim permanecerão, esta é a sua beleza, o que ele chama de mistério. Tudo está no lugar certo, não há sofrimento nem negação do desejo. O desejo em si mesmo é a graça que ilumina os dois e tudo o que eles leem e conversam e entendem e não entendem. Essa é a graça que nunca havia recebido antes de estar cego com Jojô. Uma virgindade conquistada.

Jojô fala com voz adulta.

— Não. Não, eu sei do que você está falando. Já me falaram isso. Não que me falaram, mas eu sinto que é assim, um pouco assim com meus amigos na escola. Um pouco velha, também, um pouco muito velha, oitenta e sete anos.

Os dois riem. Ela continua.

— Eu acho que entendi o que é brincar.

Jojô senta-se na escrivaninha e volta a ler. Lê em voz alta, baixa, lê de novo, canta enquanto lê, fala as palavras articuladamente, e desarticuladamente, brincando, esquentando a voz, e além da voz, desconcentrando os pensamentos do corpo.

— Pronto. Vou recomeçar a sério.

"Prévia aos céus que eram eras tu, e à voz
De Deus como com manto agasalhaste
Medrante o mundo de águas mate e fundas,
ganhas ao vácuo e ao imenso informe."

— A Luz, à voz de Deus, envolve sua esfera recém-parida. Como na Bíblia, a Terra de Milton, que a Luz agasalha, é um mundo líquido, escuro e fundo; a Luz, que é também o próprio Deus, ganha do vazio e do que não tem forma.

"As dúvidas vêm beber o sangue derramado antes de se expor. A Luz agasalha o mundo ou agasalha a voz? O mundo nasce de águas fundas e escuras, ou é feito de águas escuras e fundas? Há diferença entre nascer da água e ser feito de água? Escura e funda. 'Ganha' no sentido de vencer, ou no sentido de separar, conseguir, tirar? 'Vencer o vazio e o que não tem forma' seria mais belo. Mas é isso o que Milton diz?"

Félix recita de memória o verso original de:

"Medrante o mundo de águas mate e fundas"

"*The rising world of waters dark and deep.*"

Jojô repete algumas vezes "*dark and deep*", apreciando o som das palavras: *dark and deep, dark and deep, dark and deep*, segue criando uma pequena melodia apressada e dura, como música de índio quando segue o ritmo do bater dos pés em uma dança em círculos.

Livres do toque entre mãos e pés, despertos da fantasia de histórias sem fim, novamente envolvidos no trabalho ativo e braçal, eles abrem espaço na mesa, empurrando dicionário de inglês, copo d'água, bolinha de tênis, um resto de maçã com a polpa escurecida, caneta, caderno, outros livros, e abrem o dicionário Aurélio. Jojô lê em voz alta o verbete.

medrar: 1. Crescer, vegetando; desenvolver-se: "Lá no solo onde o cardo apenas <u>medra</u>/ Boceja a esfinge colossal de pedra/ fitando o morno céu." (Castro Alves, *Obra completa*, p. 292). 2. Ganhar corpo; crescer, desenvolver-se: "Eram dois selvagens criados à lei da natureza, <u>medrando</u> à bruta na calçaria da roça e das senzalas." (Coelho Neto, *Rei Negro*, p, 14). 3. Prosperar, adiantar-se. 4. Aumentar, crescer, ampliar-se. 5. Manifestar-se com exuberância.

Jojô gostaria de reescrever o poema conforme vai segurando fiapos de sentido. Estabelecer um só sentido e não deixá-lo mais escapar, misturando-se com tantas outras possibilidades que dançam à sua frente cada vez que olha para o livro como se ele fosse um caleidoscópio a formar combinações sempre diferentes.

— Então Deus mandou a Luz cercar um pedaço de terra que cresceu de um mundo de águas escuras e fundas que estava sem forma. É isso? — ela pergunta, um pouco irritada.

— Vamos seguir — diz Félix. — O mundo é recoberto, as águas são fundas, o caos é contido.

Ele não sabe como fazê-la entender o que ele chama de mistério, que é a possibilidade de entender sem entender. Às vezes o perde, não consegue ter a segurança de que o mistério existe ou é importante, e, nesses momentos, a leitura do poema torna-se dificultosa, árida, ou, nos trechos em que domina bem a paisagem, o sentimento e o caroço do debate, tudo lhe soa bobo ou sem beleza alguma. Quando Félix entendeu a permanência e a importância do que chama mistério, não quando o desvendou, mas quando o construiu, o *Paraíso perdido* se transformou em um lugar possível de existir. Quando o sentido parou de ser o problema principal, Félix começou a entender os versos.

28

Vanda prepara a galinha. Comprou uma inteira. Lava e esquarteja com habilidade. Sabe também matar e dar bom fim ao sangue, mas não tem como comprar galinha viva em Copacabana, não de forma descomplicada, dentro do circuito trabalho-supermercado-casa. Guarda as partes em pacotinhos no congelador, o pescoço e a cabeça ficam juntos, para o caldo. Liga o forno, tempera a sobrecoxa com sal, pimenta e limão, pica cebola, refoga e coloca no forno. Limpa a pia, tira a roupa, lava calcinha, sutiã, camisa, torce com força e estende no varal. Põe água para ferver. Dependura a calça no armário, veste uma camiseta larga. Liga a TV. Coloca o macarrão na água que borbulha, fatia um tomate, passa creme no rosto e nas mãos.

Senta-se com o prato de comida na cama, em frente à novela. Quase nunca assiste, conhece mais ou menos a história porque em todo lugar se comenta, no Instituto, no ônibus, na academia e na fila do supermercado. Vendo um capítulo ao mês sabe quem é quem, em dois minutos identifica qual é a personagem que descobriu que o pai não é o pai e que o verdadeiro é ainda um mistério. O pai de criação não quer que a filha, Dalila, se exponha a uma grande decepção. Há tanto amor na relação deles, por que essa procura por alguém que nunca se interessou por ela? Dona Cristina, do Instituto, disse que não sabe se o pai biológico realmente quer conhecer a filha, e quais as suas intenções. Pode ser um oportunista ou, quem sabe, uma pessoa direita, mas que concordou em se encontrar com a filha porque, moralmente falando, é o que se deve fazer, mas não por amor sincero. Pai e filha trocaram e-mails, ela pegou o avião e foi para Lisboa. Ninguém conhece o pai, além do nome, só se sabe que é português. Nem o ator as pessoas sabem quem é, o mistério foi cultivado com afinco nas últimas semanas.

Todas as noites Vanda come na sua escrivaninha, lendo um livro ou apostila. Em geral quem vê televisão é Maria Joana. Mas hoje Vanda está cansada e é um dia especial da novela, toda a cidade comenta esse encontro. Ela resolve deixar para estudar depois do fim do capítulo.

Maria Joana caminha pelo corredor acompanhada pelo som do comercial que passa no canal da novela, vindo de todos os apartamentos entre o de Félix e o de Vanda. Ela abre a porta, fecha e, guiada pelo olfato, dá dois passos, desvia-se da cômoda sobre a qual está a televisão, mais três e está em frente ao fogão. Pega no escorredor um resto de macarrão, rega com o molho do frango que sobrou no tabuleiro e senta-se com o prato na cama, ao lado da irmã.

— Você não jantou?

— Hum-hum. É que o cheirinho tá tão bom... O que aconteceu?

— A Dalila desceu do avião sozinha, em Lisboa.

Maria Joana explica:

— Eles combinaram de se encontrar num lugar perto do rio, ele vai estar com uma camisa azul.

— Para se identificar?

— É. E ela avisou que vai com um vestido branco.

A novela volta com o sol refletido sobre o rio Tejo, a água ondula, a luz dourada de final de tarde se quebra em pedacinhos, vemos o barco de passageiros que agita as águas ancorando em um píer de pedra. Com um vestido branco, Dalila desembarca ao lado de outras pessoas. Olha em volta, alguns homens trajando camisa azul andam apressados por ali, outros esperam, conversam, olham o rio apoiados na mureta, mulheres de branco caminham, param, seguem em frente. Música romântica, Lisboa inteira vista de cima.

— Por que ela resolveu procurar esse pai? — Vanda pergunta sem tirar os olhos da tela.

— Porque ele é o pai verdadeiro.

— Mas ela tá precisando de dinheiro? Alguma coisa assim?

— Ao contrário, ela é rica e ele é pobre.

— Mas, então? E daí que é verdadeiro? Qual a lógica?

— É novela, Vanda.

— Não, eu sei, mas na novela eles falam o quê? Porque ela gosta do pai de criação, não é?

— Adora.

Dalila tira seu celular da bolsa, surge uma mensagem: *Um imprevisto me retém. Se não aparecer em uma hora, escrevo novamente. Desculpe-me, pequena. Tiago Corção.*

— É o pai.

Dalila senta-se na mesa de um café e espera. Cenas de outros personagens. Vanda não se interessa, Maria Joana também não. Ela fala como se não se importasse muito com a resposta:

— E se a sua filha quiser saber quem é o pai dela?

— Por que ela iria querer?

— Pode acontecer, não sei.

— Você nunca quis. Não foi atrás.

— É, mas eu sei quem ele é.

— Não sabe nem o nome, só uma foto e umas histórias inventadas pela mãe.

— É. Pensando bem, não faz falta mesmo. Vai ver era só mais um pra azucrinar.

Maria Joana pega o resto do macarrão e raspa a forma.

— Na verdade acho que não jantei, acho que a gente esqueceu de comer. Eu estou com muita fome. Tem mais macarrão? Posso fazer?

— Pode. O frango ainda não congelou, dá pra fazer também, é um minuto. Quer que eu ajude?

— Não precisa, tô com fome de macarrão.

Maria Joana coloca água para ferver, joga dentro um punhado de sal.

— O Félix ainda não sabe que você está grávida.

— Ele sempre foi meio cego, e essa barriga quase que nem é barriga ainda. Quase ninguém nota.

— Quando ela começar a crescer ele vai saber.

— É.

— E aí?

— Aí nada.

A novela recomeça no Tejo, o sol se põe de vez, as luzes do passeio público que margeiam o rio se acendem. Dalila está debruçada sobre a amurada de pedra, olha a água escura, o reflexo comprido das lâmpadas urbanas. Seu rosto se ilumina com a luz do celular.

Não conseguirei encontrar-te hoje. Não sei se estarei livre amanhã. Até quando ficarás em Lisboa? Não posso deixar de te ver. TC

Os olhos de Dalila ficam marejados, mas ela não chora. Com uma expressão de jovem mulher decidida, ela tecla:

Me dá teu endereço que vou até aí agora. Dalila

Anda de um lado para o outro. A luz do celular se acende:

Não quero encontrar-te aqui, é um lugar triste. TC

Mas eu vou. D

Estejas preparada para o que vais encontrar. Rua Cândido dos Reis, 92, 2º andar. TC

— A água está fervendo — diz Vanda.

Maria Joana despeja todo o pacote de macarrão na água.
— Não!
— Já foi, desculpe.
Ela senta-se de novo na cama. Outros personagens, outras histórias. Comercial. De volta a Lisboa, ruas e ruelas, alamedas. Dalila caminha com um mapa na mão. Maria Joana come uma montanha de macarrão. Dalila para em frente a um sobrado verde claro; sobre uma porta grande, no térreo, há uma placa de ágata esmaltada, antiga, com letras azuis: "Laboratório de Análises Clínicas Hormonais e Bacteriológicas". Ao lado, no alto de uma porta estreita e aberta, uma placa discreta: "CAT Oeiras". Ela entra e sobe a escada encardida, ouvimos vozes exaltadas de homens. Um pequeno hall, uma escrivaninha com um funcionário de jaleco branco e atrás dele, escrito na parede: "CAT Oeiras — Centro de Atendimento a Toxicodependentes". Ela, intimidada, fala baixinho:
— Posso falar com Tiago Corção?
Ouve-se uma voz exaltada:
— Eu preciso sair agora. Solte-me! Deixe-me!
A porta que dá para o interior da clínica abre-se de supetão, sai de lá um homem completamente alterado, camisa azul, cabelos desgrenhados, olhos vermelhos. Logo ao atravessar a porta e se deparar com Dalila, para e a encara, como pedindo ajuda. Ela recua, assustada. O homem avança em sua direção, um médico aparece e o segura firme pelo braço. A moça olha para os dois, entra o comercial.
— O pai é o médico — diz Vanda.
— Como você sabe?
— Isso é novela.
Na volta do comercial, o olhar entre Dalila e o médico se prolonga e a música confirma o amor sincero entre eles.

— Bobagem — Vanda se levanta.

Maria Joana lava a louça, seca, guarda, toma um banho demorado. Quando sai, Vanda está dormindo com a cabeça apoiada na mesa, em cima da apostila. A irmã toca de leve seu braço, rijo e negro.

— Vem para a cama.
— Dormi. Vou fazer um café.
— Já são quase onze.
— É, imagino que sim, mas preciso ler mais algumas páginas. Tá tudo programado de hoje até o dia da prova; se eu atraso um dia, tenho que pagar no outro.
— Você nunca faz o que você quer. É sempre por obrigação.
— É o contrário, eu sempre faço o que quero: a obrigação que eu escolhi fazer.
— Não é o que você quer. O seu corpo quer dormir.
— O meu corpo não sou eu.
— Claro que é.

Espreguiça-se, morta de sono, lava o rosto, espera a água ferver.

— Sou um corpo que pensa.

Maria Joana pula sobre a cama de joelhos, pula e deita, senta.

— Você vai quebrar o estrado, o colchão é fino, não está vendo?

Ela para.

— Eu queria te perguntar uma coisa sobre sexo.
— O que é?
— Com quantos anos você transou pela primeira vez?
— Eu tinha treze anos.
— Foi na fazenda?
— Foi.

— Com o tio Túlio?
— É.
Ficam em silêncio. Vanda não voltará a estudar.
— Por que está perguntando?
— Ele me contou.
— Eu sabia que ele ia contar. A gente tinha a mesma idade. Na época eu gostava dele.

Túlio era o irmão mais moço da mãe de Vanda e Jojô, a mais velha de uma família de doze filhos. Ele se confundia com a geração dos netos, eram todos bichos soltos que só se aproximavam da casa para comer e dormir.

Maria Joana prossegue:
— Ele não te forçou?
— Não, até posso ver ele te contando, dizendo que fez e aconteceu. Mas foi a primeira vez dele, também. Foi bom. Ele ainda não era um animal, era tímido.
— Eu nunca te contei direito o que aconteceu. Talvez eu tenha pensado errado, não sei se foi aquilo que eu te disse, quer dizer...

Maria Joana começou a conversa alegre, uma bobagem pequena, ela pulando na cama. Mas era sobre isso que queria conversar. Ela não se encolhe, nem sua voz some, mas não sabe exatamente o que quer dizer. Em um tique muito seu, começa a beliscar o braço de leve.

— Você não precisa falar — diz Vanda.
— Mas eu quero. Só não sei o quê. É porque eu estou feliz que eu quero falar. Eu quero ficar bem. Eu não sei, é uma coisa que precisa sair da frente.
— Então fala.
— Você matou o tio Túlio, não foi?
— Não.
Pausa longa.

— E, de qualquer maneira, isso é um assunto meu.

— Mas você voltou lá quando eu já estava morando aqui. Foi pra isso que você voltou, não foi?

— Voltei pra garantir a parte da mãe no testamento da Vó Joana. Não era nada, mas era alguma coisa e você sabe como eles são meio atrapalhados, quando convém. Eu e o Túlio discutimos, ele bebeu muito. Eu disse que enquanto eu estivesse lá, ele não ia dormir na mesma casa que eu. Ele sabia que eu sabia o que ele tinha feito com você, estava com medo de mim, sabia que eu era bem capaz de matar ele de verdade. Ele bebeu mais e mais, eu disse pra ele ir embora que eu queria dormir, ele pegou a moto e saiu. Acho que, no final, ele quis morrer. Foi um acidente besta, não precisou de ninguém mais além dele e de uma árvore sozinha no meio do nada.

— Ele não me machucou.

— Você nunca disse que ele tinha te machucado.

— Ele mexia comigo e acho que no começo eu gostei, eu disse pra ele que achava bom, eu queria, mas depois não queria mais.

— Ele tinha mais de vinte anos.

Maria Joana não está mais argumentando.

— Eu comecei a subir cada vez mais alto nas árvores, ele não conseguia me achar. Mas não dava pra ficar lá o dia inteiro, eu ficava com fome e era um ano seco, tinha pouca comida. Quando ele saía pra cuidar do gado com o avô, eu podia comer em paz. Se eu ouvia o barulho dos pés dele se arrastando, meu coração disparava e dava vontade de vomitar. Em casa não tinha onde me esconder, subia nas árvores, cada vez mais alto, mais longe. O tempo que eu ficava na escola era um paraíso. Mas mesmo com isso tudo, ele nunca me machucou. Era horrível, mas eu não sei por quê. Quer dizer, era horrível ser obrigada a fazer o que ele queria, quando ele queria, do jeito que ele queria. Eu nem sabia mais o que eu queria, e o que antes era bom ficou ruim, tudo era ruim.

— Acho que porque a escravidão é sempre horrível. Mesmo que seja escravidão de uma coisa boa.

— É.

— E o que ele queria era mesmo ser capataz, talvez mais até do que te bolinar.

— Ele nem, nem... ele dizia que eu tinha que pegar, lamber, e ele também me pegava e punha, aaaa! aarrr! ããã-nhãnhãnhããããã! mmmmm! aaaaaaa!

Maria Joana chora alto, sem esconder o rosto nas mãos, sem se jogar na cama, chora ajoelhada na cama, como se cantasse uma música desafinada e longa, sem se importar com mais nada. Vira o rosto para cima e uiva, chora um grito agudo, o som some e depois volta alto de novo. Ela parece querer se cansar, exaurir todas as suas forças. Não é tristeza nem raiva, Vanda vê e não sabe o que fazer. Senta-se a seu lado e a abraça, no começo não faz diferença, mas com o tempo Maria Joana vai amolecendo e deita-se no seu colo. Para de chorar, enxuga o rosto molhado no lençol, senta-se novamente.

— Você matou o tio Túlio.

— Escuta, eu sei que você não acredita, mas você não tem nada a ver com isso. O que eu fiz não foi pra te defender, você já estava comigo, livre dele, o que eu fiz tinha a ver só comigo mesma.

— Mas foi por minha causa. Um castigo, mesmo que ele não fosse fazer de novo, mesmo que comigo ele não fosse fazer de novo.

— Maria Joana, escuta, vamos acertar o seguinte: eu não matei o Túlio, está bem? Vamos deixar assim? Ele era um pobre coitado, uma besta, um jegue, um corpo com pau no meio. Ele não era assim quando nós tínhamos treze anos, era romântico, cantava músicas antigas, aprendeu a tocar violão com a Vó Joana e me ensinou. A gente ia passear de noite, sozinhos. Mas a pessoa muda, e ele mudou pra pior, tomou gosto em ser mau, mas era desses tão covardes que só conseguem ser donos de escravo criança.

— E se foi ciúme?

— Como assim?

— Assim: deu tudo errado porque eu me meti numa história que era de vocês. Você ficou com ciúme dele comigo, ou ele quis me fazer mal por sua causa, porque você foi embora e deixou ele sozinho quando eu nasci.

— Eu, com ciúme?

— É, e se foi?

— Acho que não. Ele já era mesmo um bicho. Eu não gostava mais dele, você não gostava dele e ele não tinha mais jeito de gostar de ninguém.

— Você acredita em recuperação?

— Que uma pessoa que faz algo errado pode se recuperar?

— Isso. Salvação.

— Depende. Mas não sou juiz, nem Deus. Só acho que alguns não merecem a chance de se recuperar.

29

Félix está livre como nunca foi. Sozinho, sente pena de não conseguir enxergar; gostaria de escrever, sua mente está clara e as ideias, estáveis. Desde a última crise não rabisca. Seus desenhos de corpos de mulher são esquemas, cinco traços, um círculo pequeno entre as pernas, dois médios entre os braços, um maior acima. As pernas e os braços podem estar abertos, dobrados, um assim e outro assado, a cabeça com cabelos lisos ou crespos, mas sempre quatro círculos em seus lugares. Além de mulheres, ele risca linhas a esmo nas folhas e na areia. Às vezes, do encontro das linhas, surgem formas que completa com olhos, rabo, orelhas, bigode, formando ratos, tigres, homens com chapéu.

Ele acende a luz do abajur da escrivaninha que, junto com a lâmpada do teto, ajudam-no a enxergar alguma coisa. Começa a desenhar no verso de uma folha usada. Desenha a linha da porta, ao lado, a linha da quina da parede e a linha do espaldar da cama; o travesseiro encostado na parede, parte da cama com o lençol amarfanhado, uma linha para o encontro do chão com a parede. Refaz o desenho duas vezes, não consegue saber se ficou bom por causa de sua visão deficiente. Enxerga sem nitidez os contornos da cama, o volume do lençol e do travesseiro, e não é capaz de discernir quase nada do seu próprio desenho. Gostaria de ter um prego e uma pedra mole e nela gravar o pouco que enxerga para depois poder ver com a ponta dos dedos o que desenhou.

Quando a cidade se aquieta, o som das televisões e dos carros penetra pela janela e pela fresta da porta do quarto de maneira incômoda, mas aos poucos os ruídos se aglomeram em uma massa sonora homogênea, vêm e vão como o marulhar das ondas e Félix consegue deixar de ouvi-los. Agora que Jojô se foi e nada se agita fora dele, Félix nota como a falta de foco da visão apaga a singularidade dos volumes. A cama e o lençol, por exemplo, são uma só forma que se prolonga no chão. O friso de luz que vem do corredor torna incandescente a base da porta e a faz flutuar.

Agora que enxerga pior, percebe melhor as grandes linhas horizontais e verticais que dão harmonia à disposição dos móveis em seu apartamento. Anda devagar por ele e se coloca em cada um dos quatro cantos do retângulo de dezesseis metros quadrados. Fica fascinado ao descobrir a relação entre a horizontalidade do estrado da cama e da linha formada pela união da parede com o teto com a verticalidade da estante e do canto onde as duas paredes se encontram.

De perto, ele sabe o que são os objetos sobre o tampo da escrivaninha, mas, a dois metros de distância, já não os distingue, enxerga apenas manchas.

As linhas do quarto e dos móveis se combinam de forma harmônica e simples porque são grandes e poucas. Qualquer movimento de uma dessas linhas mudaria o todo. Se a estante e a cama estivessem em lugares trocados, por exemplo, ou apenas a porta aberta, e não fechada, o quarto seria outro. Mas a maçã mordida, os livros, o copo d'água, nada disso é relevante, poderiam estar em qualquer lugar que não mudariam o todo. Ele e a cadeira estão entre um e outro estágio. Entre ser alguma coisa e ser coisa alguma, a depender se ele se coloca mais solto das linhas, ou mais próximo a elas. Se está de pé, ou mesmo sentado, no meio do quarto, ele ainda é singular, mas, por exemplo, se fica deitado, para uma visão embaçada como a dele, formará um mesmo volume com a cama. Claro que a luz altera tudo, e o movimento também. Quem se mexe torna-se visível. Mas no seu desenho tudo está imóvel, e assim ficará para sempre. Na Bíblia também, no poema e no eterno também.

No eterno do passado é mais fácil admitir a imutabilidade, no eterno do futuro é que é difícil. Mas para quem tem a presciência, como o Deus de Milton, o mundo está posto também no futuro, o papiro infinito já foi escrito e está desenrolado. Se agora, nesse momento, ele quiser folhear até o fim o livro do mundo, todas as páginas já terão sido escritas; por mais que Deus diga que presciência não é destino, o mundo está posto antes de seu início. Mas onde início e onde fim? Fim e início, não existem tais palavras, por isso o mundo e seu tempo não são um livro, nem um papiro, são sempre apenas parte da história, em um tempo-tempinho. Parte da história que aconteceu naquele tempo que faz parte de um tempo sem fim; e que sentido há em chamar de tempo algo que não tem início nem fim?

> "quando um dia
> (Porque tempo, mesmo na eternidade, aplicado
> ao movimento, mede tudo o que é durável
> No presente, passado, e no futuro) nesse dia"

Ao contar sobre o dia do nascimento do Unigênito, filho único e divino de Deus, Rafael precisa explicar a Adão a existência dos dias dentro da eternidade. Um dia Deus reuniu os anjos de todas as hierarquias e disse:

"Nesse dia eu concebi aquele que eu declaro meu Filho único [*My only Son*]"

E completou a apresentação:

> "por cabeça vos decreto;
> E todo o joelho do Céu há-de dobrar
> Ante ele, confessando-o Senhor"

As histórias são movimento, por isso dizemos: aqui começa, aqui termina. O nascimento, o filho. O homem, a vida e a morte, por exemplo. É disso que se trata. E também o amor. Não, Félix recua, o amor é o pai. O amor é um universo circunscrito ao pai. Dele sai e para ele deve voltar, e em torno dele dançar. É o que exige de Lúcifer, do Unigênito e de Adão (e de Eva, se Eva valesse alguma coisa a não ser como instrumento que o pai cria para entregar Adão nas mãos de Satã). Trata-se aqui — nesse Canto IV que é preciso atravessar até chegarmos à nossa Queda — da aparente contradição entre o livre-arbítrio e a eternidade antevista por Deus. "Presciência não é fado", Deus diz, "o homem fez seu próprio motim."

Félix senta-se novamente em frente à escrivaninha, pega cada um dos objetos e sente seus contornos; não seria capaz de transcrever a sensação tátil em desenho. Fecha os olhos e engatinha muito devagar pelo quarto, sente os grãos de areia no chão, a quina da cama, a textura do lençol, mais uma vez o cheiro de Jojô. O quarto se refaz tal como nos dias em que ele enxerga bem. Abre os olhos e o ambiente nublado retorna, permanece sentado no chão, ao lado da cama. Fecha novamente os olhos para, com a memória, retomar o espaço e os móveis. Levanta-se sem se apoiar em lugar algum, sempre de olhos fechados abre os braços e ergue-os acima da cabeça, abaixa-os até a altura do ombro, concentra-se e tenta observar a si mesmo de fora, dentro do quarto. De pé, com os braços abertos e os olhos fechados, percebe, com a audição e pelo ar que se desloca, a distância entre seu corpo e as paredes. Ele é grande, alto e pesado. Os pés são bases sólidas no chão. Mantém a cabeça parada e move os braços muito lentamente, alterando, a cada nova posição dos braços, a relação de seu corpo com o espaço. Ele, seu corpo, é também o espaço. Abre os olhos, fica tonto, apoia-se no espaldar da cadeira que, surpreendentemente, está ao seu lado no quarto pequeno, senta-se.

Quando Milton fala que Deus fez o homem livre para que pudesse pecar sem colocar a culpa nele, que conversa é essa? Como desenhar essa aberração? Milton teve que dizê-lo ao contrário, disse: fiz o homem livre para que me obedecesse por sua própria vontade. O que isso tem a ver com desenho, linha, tato? E esse sentimento de liberdade inédito?

Ele fala: "todos são livres porque assim eu quis, assim eu fiz, livres os que caíram, livres os que ficaram. Se eles não fossem livres, anjos ou homens, os que fiz, se não fossem livres, que uso teria eu de sua obediência? Que prova eu teria da sinceridade de seu amor? Da sua lealdade? É o seu amor verdadeiro? Que prazer eu tiro da sua obediência, se a vontade e a razão (razão é escolha), despojadas da liberdade, passivas, servissem à necessidade e não a mim? Não seria diferente se eu não previsse, não há sombra do destino em sua transgressão. Adão e Eva (e nós, depois deles) me desobedecerão tendo sido

'em tudo autores de si
Do que julgam e do que escolhem; para tal
formei-os livres, livres ficarão,
Até de si serem reféns.'"

Félix arruma a escrivaninha, o que não fazia há vários meses. Os objetos foram se ajeitando de acordo com as ações do dia e da noite, os gestos da escrita, da fome, da dificuldade com a tradução e entendimento dos versos, da conversa com Jojô. Hoje ele joga o resto de maçã no lixo, lava, seca e guarda os copos e pratos, guarda uma pilha de livros na estante. Não faz diferença enxergar bem ou mal, conhece os cantos e sabe os próximos passos. Coloca na vertical, encostados na parede no canto da escrivaninha, os exemplares do *Paraíso perdido*, os dicionários e seus cadernos. Guarda em uma pasta de elástico as folhas soltas.

Toma banho, veste uma roupa limpa. Sabe que deveria sentir fome, mas não sente. A noite está escura e fria, as luzes da favela brilham como estrelas de muitas pontas, por causa delas é possível saber o contorno do morro. Deixa-se ficar debruçado na janela do seu quarto.

Pega o canivete, senta-se mais uma vez na cadeira em frente à escrivaninha, agora limpa, e grava as linhas do quarto no tampo de fórmica branca. Ocupa todo o tampo. No início manuseia a lâmina afiada como um lápis, riscando quase sem fazer pressão. Observa à sua volta, pensa de qual ângulo seu quarto é visto, que olho desenha aquelas linhas. Sente a cadeira, a escrivaninha e ele mesmo no meio das linhas, flutuando, o que o ajuda e atrapalha na definição do ponto de vista: o quarto o circunda e é isso que precisa ser capaz de gravar no tampo da escrivaninha. No segundo traçado, reforça a maior parte das linhas originais, algumas ele corrige fazendo novas linhas e abandonando as antigas, ou forçando um pouco para a direita ou a esquerda o caminho do primeiro traçado. Desenha a linha da parede, a linha do chão, da cama, da estante, o contorno da porta de entrada, a linha do chão, faz a linha da porta do banheiro que está meio aberta, vira-se para se assegurar da sua posição, segue em frente, desenha a bancada da pia, a forma do fogão, continua. Terminado esse segundo traçado, levanta-se, apoia-se na mesa e joga o peso de seu corpo sobre a mão direita para, dessa forma, poder calcar com mais força a ponta do canivete. Segura o cabo com o punho fechado, abre sulcos na madeira deixando ver a cor castanho clara do compensado sob a fórmica, o canivete escapole e fere o polegar de sua mão esquerda. Ele chupa o corte, foi só um susto, um pouco de sangue na mesa e no canivete. Olha para o dedo, a lâmina fez um corte reto na almofada da última falange do polegar, continua sangrando. Félix sabe que o sangue vai parar naturalmente de sair, tanto faz ficar sugando o corte, ou amarrar um pano em torno do dedo. Ele segura o antebraço esquerdo com a mão direita e vai dirigindo-o devagar para que as gotas de sangue caiam dentro do sulco aberto na madeira. Quando o sangue para de sair, ele amarra um trapo em volta do machucado, para que não o incomode o corte melado.

Todos somos livres para pecar, e livres para não aceitar a salvação nem o amor do Pai que coloca o Filho, delícia de sua alma, dentro do ventre da mãe para que, em momento de assombro, ela dê à luz. Livres para amar porque nos foi dado um corpo; e, por não sermos capazes de corresponder com o amor verdadeiro, nos será dada a infindável morte. Mas isso será mais tarde, por hora é o espaço que se forma, e dentro dele só existe harmonia. Seus olhos não são mais capazes de reconquistar a pureza original, que não tem a ver com amor, mas com ausência de vergonha e de medo. Ele tem medo de machucar Jojô.

Vontade de ir embora. Fechar a mala, fechar a porta, jogar-se pela janela. Nunca tinha sentido o desejo de morrer, e agora ele é forte e pesado. Não o de se matar, mas o de morrer. A corrupção que sente é pesada e difícil de carregar. Ele sente um estufamento que vem de algo podre dentro da sua barriga. Não tem nenhum interesse em ser bom ou virgem.

Como já aconteceu antes, sem que se dê conta do momento exato, sem que entenda como ou por que acontece, sua visão volta ao normal. Ele decide sair. Vamos, vamos! Vamos sair! Para fora daqui, esse é o objetivo, para fora, fora-daqui! O que lhe vem à cabeça é o corpo de Jojô. Para fora! Vamos! Sente uma raiva monumental por ter criado para eles essa armadilha chamada pureza, chamada primeira vez, chamada virgindade. Embora! Embora daqui!

Quando Satã chega no limiar da Terra ele se contorce, oh, ele se contorce, seu rosto é feio. Ele se contorce de dor porque carrega o inferno dentro de si, onde quer que vá, "eu sou o inferno", diz Satã. O inferno não são as trevas e o fogo, o inferno é o não-céu, é o conhecimento. O céu é a ignorância. Quanta mentira! Milton mente, Deus mente, Jesus morre, Maria dá à luz virgem. Jojô é uma flor.

Satã na beirada da Terra admira a obra de Deus, reconhece nela a natureza divina, da qual ele também é feito e que renegou.

> "Aonde vá o Inferno vai. Eu sou
> o Inferno."

> "*Wich way I fly is hell. Myself am hell.*"

Seu quarto desenhado na mesa de fórmica é atravessado pela sombra de nuvens que encobrem a lua. O sangue foi sugado pelo compensado, agora é só um trecho castanho mais escuro. A raiva de Félix contra Milton e contra o cristianismo some na hora em que o luar ilumina a fórmica branca. A vontade de morrer desaparece. Ele quer comer e depois descansar.

Uma música alta começa a tocar ali perto. Félix fecha a janela de vidro, seu quarto não tem persiana, cai na cama sem tirar a roupa e dorme. Acorda e dorme, o quarto está frio e abafado, puxa o cobertor. Junto com a música, que o vidro não bloqueia, começa uma arruaça, alguém grita no microfone, caixas de som ruins amplificam e distorcem a voz, ele não entende nenhuma palavra, só ruídos e a batida eletrônica. Dorme, acorda, dorme. Sonha que faz repetidamente alguma coisa, acorda exausto e aflito. Duas da manhã.

30

Vanda cobre a irmã com uma colcha, levanta-se para fechar a janela. Lá fora a noite clareou, a favela aparece nítida no morro. Algumas nuvens passam em frente à lua que brilha forte, perfeitamente redonda; a sombra perpassa o morro, o rosto de Vanda, todo o quarto. Ela recolhe a roupa seca do varal. Fecha a veneziana de alumínio, dobra camisa, calcinha, sutiã, a camiseta do uniforme de Maria Joana, e guarda-os no armário. Apesar de cansada, não consegue ter sono. Com preguiça de trocar a irmã de lugar, deita-se na cama de baixo, apaga a luz. O colchão de espuma é fino, dá para sentir as tábuas do estrado. Vira-se de um lado para o outro, começa a adormecer, quando a célula fotossensível da iluminação do corredor é ativada; a luminosidade entra pelo vão da porta e bate direto em seu rosto, quase ao rés do chão. Ela ouve o rangido de um solado de borracha, vira-se e reconhece o tênis velho de Félix andando sobre o granilite cinza claro. Continua ouvindo os passos depois de a luz se apagar. Depois de o som do carro do elevador cessar, depois de a porta se abrir, fechar e o carro se pôr em movimento, o som dos passos permanece no sonho de Vanda.

Seu pai ajoelhado em frente a um pequeno oratório; ela, menina, de pé ao seu lado, ambos de branco com xales de algodão cru nos ombros. Ela usa um lenço de chita florida na cabeça e ele, um turbante simples, feito de juta. De pé, Vanda é da altura dele ajoelhado. Estão na clareira de uma mata baixa, vegetação crestada e parca, árvores tortas, chão arenoso, o oratório é uma pedra grande de granito cinza, curiosamente abaulada nas pontas, como se desgastada pelo bater da água, com uma cavidade no centro, cheia do sangue de um pequeno animal selvagem, cujo corpo jaz degolado em cima da pedra. Apesar da vegetação de caatinga, não há pó, mas cheiro de mar e viço úmido no ar. Eles oram agradecendo a Deus o fato de o filho de seu pai, irmão de Vanda, ter atravessado o deserto, atravessado o oceano e o céu e chegado são e salvo a alguma terra distante. Seu pai é forte, alto e negro, fala uma língua que ela não conhece, mas entende. A oração é acompanhada por um rangido muito leve, no ritmo dos passos no corredor que se afastam, mas nunca terminam de ir embora. É o som dos troncos e galhos das árvores ao redor, cuja madeira flexível range sob o efeito do vento, cede e não se parte. A oração conta da travessia do menino que agora é um rapaz e poderá seguir sozinho; venceu o deserto, o oceano e o céu. Narra, em tom monocórdio e ritualístico, aventuras, obstáculos, mortes no caminho. É uma cerimônia de passagem na qual o pai entrega o destino do filho à divindade e agradece: "bendito sejas, que me isentaste da responsabilidade por este rapaz".

Quando termina de falar, não existe mais nenhum ruído, quem andava já se foi, as árvores não precisam continuar em seu balanço entre ceder e resistir. A clareira está em silêncio, Vanda ajoelhada ao lado do pai. Ele abaixa a cabeça, e assim fica por muito tempo, então se apoia no ombro da filha para se levantar, o que não consegue mais fazer sozinho, é pesado e velho. Descobre a cabeça da menina, já é uma mulher, beija-lhe a testa e vai embora. Ela é o filho, e ele parte. Em cima da pedra, uma fila de formigas sobe e desce, outras cercam e devoram o animal degolado.

O sonho muda de lugar. Vanda está sozinha na sala de autópsia do Instituto, o jaleco, em vez de marrom, é branco, chove muito lá fora. Maria Joana entra com seu uniforme de escola encharcado, suja de barro e sangue, e traz no colo o corpo ferido da irmã menor, uma criança albina.

— Eu tentei salvá-la, mas eu não vi, eu tentei, mas eu não vi, eu não vi, eu estava lá, mas eu não sabia, eu não ouvi, ela me chamou, mas eu não ouvi. Eu era forte, eu era sã, eu era alegre, e não soube cuidar da minha irmã, meu sangue.

O sangue que suja Maria Joana é o da menina albina, o pescoço dessa criança tem uma fenda vermelha onde o sangue já coagulou. Por ordem de Vanda, Maria Joana deixa a irmã menor em cima da maca, abre uma porta de vidro e, debaixo da chuva, acompanha o trabalho da irmã mais velha. Seu corpo treme, o som dos dentes batendo é alto e machuca Vanda, que ainda não sabe o que fazer para salvar a irmã albina. A cor morena vai sumindo de Maria Joana, junto com o sangue da criança no seu uniforme e o barro do caminho que atravessou com ela no colo, agonizante. Do lado oposto à porta de vidro, uma voz ameaçadora aproxima-se pelo corredor, cada vez mais poderosa:

"Aquele que abençoou Abraão, Isaac, Jacó, abençoará e curará as irmãs porque a mais velha fará caridade e então ele as fortalecerá e mandará cura completa dos céus a seus 248 órgãos e 365 músculos."

Se o dono da voz entrar na sala será o fim da menina albina, depois o de Maria Joana e, finalmente, sobrará no mundo apenas Vanda e sua filha, que agora aparece na consciência de Vanda, no sonho, dentro de sua barriga muito redonda. A menina nascerá e terá que cumprir sua sina no mesmo mundo das tias mortas, o mundo do homem da voz. A voz é fatal, é preciso que Vanda faça algo para que seu dono suma, algo que desdiga a voz, algo mais forte do que ela, para vencê-la.

Vanda pede que Maria Joana, já completamente limpa, e quase sem cor, entre e a ajude. Ela atravessa a porta, pega um pano em uma sacola que estava no chão e se seca. É um pano bordado com linhas coloridas, grande que não acaba mais; esfrega bem os cabelos e o corpo, ganha sua cor de volta, os lábios roxos ficam vermelhos. Com o mesmo pano bordado, agora úmido, limpam a menina albina, tiram sua roupa e a sala de autópsia transforma-se em uma sala de cirurgia. Vanda é médica e Maria Joana, sua assistente. A luz sobre a mesa cirúrgica é potente. Ela abre o corpo da menina, seus órgãos são idênticos às figuras do atlas de anatomia, ela sabe o que deve fazer. Os órgãos vivos e coloridos ficam ainda mais vivos quando ela os toca e nomeia. Eles têm as cores artificiais dos desenhos impressos, mas são quentes, palpitam, ela tem que tomar cuidado, fica alegre porque, diferente do Instituto, aqui ela precisa e sabe ser delicada ao manusear cada um dos órgãos do corpo aberto. Seus seios se enchem de leite ao manipular o intestino, o fígado, o rim. Não faz nada, só os apalpa. Tenta, mas não tem tempo de achar o útero, ele está baixo, atrás da bexiga, afundado na cavidade abdominal, e ela precisa fechar logo o corpo, pois o coração começa a fraquejar. Conforme costura o corte, a cicatriz vai sumindo e a criança começa a cantarolar uma música que ela não conhece.

A irmã albina acorda, transformou-se em Maria Joana e não reconhece Vanda. Vanda quer dizer algumas palavras, sabe que a irmã está indo embora e nunca mais se verão, sabe que vai sentir saudade e que a vida é assim, não quer impedir, mas é importante dizer algumas palavras de aconselhamento na despedida. Maria Joana não entenderia sua língua, nem sentiria qualquer vínculo de parentesco ou afeto.

Vanda acorda triste. No preciso momento em que abre os olhos esquece algo importante. Procura e não acha. Ao sair do banho, ouve Maria Joana choramingar baixinho, ainda dormindo. Lembra-se que não costurou o corte no pescoço da irmã albina, o machucado principal, talvez por isso não reconhecesse a canção, por causa de sua voz. Tenta se lembrar como é a voz de Maria Joana na vida real, mas não consegue, não consegue se lembrar da voz de ninguém. Fala: "como é a minha voz?", apenas para ouvir a sua própria voz e pensar se conseguiria se lembrar do seu timbre e se teria palavras para descrevê-la para si mesma. Será que é por isso que não consegue se lembrar da voz da irmã? Porque não sabe as palavras para descrevê-la? O choramingo de Maria Joana termina, Vanda lembra-se de como era, lembra-se também do grito fino e fundo que ela deu durante a conversa entre as duas sobre Túlio, mesmo sem ter palavras para descrevê-lo. Era isso que esquecera, algo ligado ao lugar da garganta de onde vinha esse grito, a fisiologia da garganta de Maria Joana, lembra-se de ter pensado nisso enquanto a irmã chorava, e de ter esquecido logo que acordou. Esqueceu se o corte na garganta da criança albina teria sido feito exatamente no mesmo lugar de onde saía o grito fino de Maria Joana.

31

A lanchonete de Oneida já fechou. Félix caminha para o Forte de Copacabana, a sentinela o reconhece e o deixa entrar. Costeia o alojamento dos soldados, passa em frente ao museu e segue, não cruza com ninguém, os que estão no quartel dormem. Senta-se no rochedo vazio e admira o mar alto que não reflete a lua, mas sua luz esparrama-se por toda a superfície. Não vê nenhuma montanha nem avenida à beira-mar. Enxerga bem; não tem nada a enxergar a não ser a ondulação do luar na água escura. Chegou em algum lugar e está pronto, mais forte do que quando saiu, cansado e mais próximo da morte. Veio até ali com fome e se encontrasse Nildo não acharia ruim, mas sente alívio por não ouvir seus passos. O que teria a lhe dizer? Sente tesão? Quer transar? Nada, sente, sim, quer. Mas hoje gostaria de pagar pelo sexo, o que nunca fez. Ou de ser pago, o que seria mais razoável, já que tem pouco dinheiro; apalpa os bolsos para se certificar. Não faz diferença o lado em que estiver, hoje ele quer o poder que a coisa deve ter quando se paga ou se é pago.

Ele é jovem, alto e não é feio. Tirando isso, tem consciência de que nada mais o favorece. Não é bonito: é branco, cabelo liso e meio seboso, um pouco curvo, um pouco gordo, usa óculos fundo-de-garrafa. Talvez o sucesso que faz com as mulheres aconteça justamente por ser desajeitado. Quando elas têm tempo de conhecê-lo, seu jeito de olhar deve causar alguma empatia, talvez revele uma compaixão entre os fracos, e há também a voz aveludada.

"Compaixão entre" e não "compaixão por", pois ele mesmo é um fraco. Não que seja "fraco", nem jamais pensaria Oneida, Carla ou Bianca como "fracos". Ri ao lembrar-se das três potências, ri amargo, agora que tem raiva das mulheres, de todas elas. São "fracos" no sentido de humanos, no sentido inerente que o cristianismo atribuiu ao conceito de ser humano. E no sentido mais curioso que o cristianismo atribuiu à palavra "irmão", ambos sempre juntos, fracos e irmãos. O que os faz irmãos é justamente sua fragilidade frente ao pai e seu amor, um amor maior do que as forças de um sozinho; é preciso uma irmandade para suportá-lo e nunca se desgarrar do rebanho. Sim, compaixão entre os fracos é o que seu olhar talvez revele e o que atraia aquelas que alimentam, vestem e limpam.

Com Vanda e Nildo sempre foi outra coisa. Vanda é o mais diferente dele que o alcança, e Nildo é ele mesmo em seu reverso, o homem que ele não é mas reconhece. Com os dois ele se sente ao abrigo do pai e, talvez por isso, sabe que com eles, e por eles, corre o risco de ser morto.

E "voz aveludada" porque é a única qualidade mundana que, com certeza cabotina e constrangida, sabe possuir. Sempre teve um pouco de vergonha de sua voz de cantor romântico dos anos 40, mas quem sabe hoje, numa necessidade assim, ele não possa usar sua "voz aveludada" para conquistar um ou uma cliente e cobrar por isso? Só de pensar em "voz aveludada" ele enrubesce, de tão ridícula que lhe soa a expressão, mas que outra qualidade dar à sua voz? Que outro adjetivo se não esse que sua bisavó usava? Depois de seguidos acidentes vasculares, ela ficara com o vocabulário reduzido, e, sabe-se lá por quê, "veludo" e "aveludado" foram das poucas palavras que guardou.

Os bens dos pais libaneses de seu bisavô: tecidos e aviamentos. Linho, algodão, chita e juta. Botões de todos os tipos, fitas, linhas, lãs, alfinetes, agulhas e o metro dobrável de madeira. Montado em seu jegue, o tataravô ia sozinho comerciar de casa em casa, sítio em sítio, fazenda em fazenda, onde recebia pouso, contava e ouvia histórias. Com o nascimento dos filhos brasileiros, passou a levar consigo o mais velho, bisavô de Félix, quando ele fez sete anos. De noite, na sua casa em Belo Horizonte, o pai lhe contava a história dos antepassados enquanto consertava joias das clientes da sua loja de antiguidades. Durante as tardes solitárias, a bisavó lhe mostrava o bauzinho de veludo bordô e contava a história de cada joia que ele já tinha guardado e a situação em que havia sido vendida para o estabelecimento da família no Brasil. Um anel de brilhante se foi na compra do jegue e da primeira leva de mercadoria; um bracelete, na reforma da casa antes do nascimento do terceiro filho. Depois dos acidentes vasculares, ela não conseguia falar mais do que poucas palavras, e estas serviam de evocação para as histórias que Félix já sabia de cor. Ele era pequeno, carregava o baú pela casa, cheio de vidros coloridos, e o exibia dizendo: "meu tesouro". Era um bauzinho feito de cedro, reforçado com tiras de latão, e o estofamento interno, de veludo bordô, era o que mais encantava Félix. Protegido da luz ao longo dos anos, ele continuava brilhante e macio. Talvez por isso as palavras "veludo" e "aveludado" fossem caras na relação entre a bisavó e ele. As joias foram o bilhete de entrada do casal no Brasil. O que veio depois foi trabalho, trabalho e trabalho; e filhos. Mas então já tinham um jegue e a primeira leva de mercadorias.

E aconteceu de o menino ter puxado a voz de outro ramo da família, de portugueses para quem aquela terra já era antiga quando os libaneses chegaram: já tinham tirado dela pau, pedra e ouro, criado gado e plantado cana e café. Já tinham sido donos de escravos, matado e sido mortos por eles. Abriram fazendas, ergueram escolas, construíram ferrovias e cemitérios. Ramo também de africanos e índios sem fotografia nem nome. Terra e homens brutos, domados, esfalfados, trabalho, trabalho e trabalho; e filhos. Do final das plantações de café, seu pai contava de mulheres que usavam chapéus de palha com a aba larga sobre lenço amarrado em torno do cabelo. Por cima da calça de algodão grosso usavam vestido e casaco de lã. Mulheres e homens trabalhavam o dia inteiro no meio do cafezal, formado de arbustos folhudos, com a saia arredondada. O pai conta que, quando era criança, gostava de sentar-se na borda da plantação, sobre uma pequena elevação, e admirar as mulheres puxando os grãos de café dos ramos das pequenas árvores. Elas, jovens, bonitas, braços fortes, mais de três da tarde, já sem os casacos grossos, seguravam grandes peneiras feitas de palha trançada e jogavam os grãos de café para o alto, buliam com os que caíam de volta, balançando a peneira de um lado para o outro, de maneira circular, e assim iam limpando o que não era fruta, tirando fora folhas, terra e pedrinhas. E o saco de estopa com a boca aberta na terra ia se enchendo de grãos polpudos. Félix lembra-se do pai movendo discretamente os braços para cima e para baixo, e sua voz fazendo o café voar alto, e os olhos das mulheres — de quem ele descrevera também com gestos delicados o lenço sendo amarrado em torno da cabeça com um nó na nuca — subindo e descendo junto com os grãos rubros; o pai usava essa palavra: rubros.

Os bens se foram, eram de novo pequenos, e a família passava à frente a voz grave, naturalmente aveludada. Desde criança foi assim, era até estranho, uma voz maior que o corpo e em desacordo com sua timidez. Estranho justo agora, em um estado de desamparo, lembrar-se desse canto protegido de sua infância com a bisavó e o pai. Justo agora, quedo em um canto oposto, uma desvalidez sem pena de si mesmo. Ressentimento, talvez seja o que sinta, por não fazer parte de algo maravilhoso que chegou a vislumbrar e se perdeu; não, nem isso, nem saudade nem tristeza; sim, um certo prazer cínico no sentimento de penúria espiritual que o toma. Espírito, nesse contexto, lhe parece um lugar adequado de existir em seu corpo. Não um lugar a ser preenchido por *bliss*, seja lá o que isso possa ser em nossa língua — sente na saliva grossa e no estômago uma gastura por ser mau —, mas um lugar que se chama espírito para ser vazio, machucado, isso ele entende e localiza o lugar, no pulmão, perto do coração.

Ou quem sabe seu sucesso venha de transar com mulheres pagas por seu pai pelos serviços que usa: comida, quarto e roupa lavada? Como um brinde que vem junto? Talvez faça parte da estada no Rio de Janeiro que ele lhe oferece para que conclua seus estudos sobre o *Paraíso perdido*. (Vanda e Nildo sempre, sempre outra coisa, o estranho e o inverso.)

Seria bom se ao invés de brincar de ser miserável pudesse contentar-se com o calor do rochedo e o oceano à sua frente, simplesmente ter sono e dormir. Acordar, pegar o ônibus e ir trabalhar em uma ótica onde lixaria lentes já no grau certo para o colega encaixar no aro escolhido pelo cliente, deixar a poeira de vidro voar do esmeril para o ar e ir se depositando sobre o tampo da mesa. Usar óculos de proteção e avental branco com o logotipo da ótica, ouvir o tagarelar dos vendedores da loja, na sala da frente. No final do dia, pegar um ônibus e voltar para casa. Ter uma televisão e ver televisão, ter dinheiro e ir ao cinema, ler jornal, gostar de futebol, torcer para um time e saber o nome dos jogadores. Vai dando preguiça de imaginar tudo o que não é nem gostaria de ser, mas às vezes pensa que, se fosse, seria uma pessoa mais densa. Enxergar o mundo, ter olhos e ver. Mas não. Sempre na órbita dos cegos, orgulhoso com sua cegueira, enfurnado e vendo o que não existe, pureza e podridão.

Na fronteira do Éden, a ponto de nos perverter, Satã diz: "Ó, tivesse Ele me ordenado anjo de menor hierarquia, estaria eu feliz, livre de qualquer ambição". E logo depois reconhece que não, sempre cairia na tentação de elevar-se um grau acima. Faz parte do mundo não estar nele, talvez? Mas quem não está onde? Por que o quarto é menos mundo do que a rua? Por que viver o mal é conhecer mais a vida do que ser bom? Por que esmerilhar uma lente é mais real do que ler um livro?

Chega! Félix levanta-se, sacode o cansaço do corpo e as baboseiras da cabeça. De fato, não metaforicamente, sacode-se como um cachorro molhado, dos quadris aos cabelos. Sai e se despede do soldado da guarita. Dá uma estremecida final, jogando para fora resto da autopiedade que ficara presa em seu corpo.

32

"Adeus esperança pois, e adeus ao medo
Contigo e ao remorso. Foi-se o bem.
Ó mal, sê tu meu bem."

Satã passou pelo Limbo, percorreu extensas solidões e finalmente chega à fronteira do Éden. Antes de atravessá-la, despede-se de qualquer esperança. Mas, afinal, que esperança poderia ter Satã, a essa altura dos acontecimentos, para precisar despedir-se dela? Ainda não se convenceu de que seu caminho é sem volta? Já não viu a Terra e soube-se, ao primeiro olhar, fora de sua esfera, para sempre banido do amor verdadeiro? O que ainda poderia fazê-lo retroceder, hesitar em seu plano de ferir a alegria do Pai?

Fomos nós que o fizemos parar e ter que reafirmar mais uma vez a ausência do bem, de todo o bem que ainda poderia carregar consigo. Fomos nós, um homem e uma mulher. Escondido, Satã vê Adão e Eva.

Ah gentle pair, ah gentle pair, ah gentle pair, ah gentle pair

Ó, par gentil! Félix anda sem pensar para onde e repete as palavras de Satã, chuta à toa uma lata vazia de refrigerante na rua, par gentil, par gentil. Ó, Inferno! O que veem com luto estes meus olhos? O par gentil. Ó, par gentil, quão pouco sabem da mudança que se aproxima. Quanto maior for sua alegria agora, maior a dor depois. Vamos morar juntos, irmãos, amantes inocentes, vocês comigo, ou eu com vocês. Qualquer casa, a minha ou a sua, terá sempre sido feita por Ele; a casa da minha prisão, onde os receberei em breve, é também obra Dele. De agora em diante, quanto maior for sua alegria, *ah, gentle pair*, maior será nossa ligação.

Satã, pousado sobre a árvore da Vida, vizinha à do Conhecimento, "que nos ensina o bem co'o mal tão caro", avista o homem e a mulher, nem barro nem espírito, mas eretos, vestidos de nudez real e felizes. Avista a natureza com seus frutos, flores, cheiros, relevo suave, onde feras mansas brincam para distrair os filhos de Deus. O Paraíso disposto não com arte, mas singeleza, a mais bela vista que jamais se viu. E no seu centro aqueles para quem foi construído tal deleite, reis do Universo dignos, em seus olhos resplandece a imagem de seu autor. Jogos de carícias e ternura, riso claro, de mãos dadas caminha o mais belo par que o amor já conheceu. A sós.

"Ah, par gentil, mal sabes o quão próximo
Estás de mudar, quando estes teus deleites
Sumirem e te derem à dor, dor
Que mais dói quanto mais goza o teu gosto."

A alegria ser o mal, e o bem ser a vergonha, que horrenda perversão! E tudo por causa da briga entre Lúcifer e o Unigênito, atiçada por um pai obcecado pela fidelidade dos filhos, a exigir provas irrefutáveis de seu amor verdadeiro, submissão desimpedida. Por causa de um pai escravo da paternidade, em pouco tempo a vergonha será sinal de graça.

Mas a ira divina não será suficiente para desunir homem e mulher; a lealdade não será mais natural, pois que conheceram o mal (a fraude de Satã e o descomedimento do Pai), a lealdade entre homem e mulher, apesar e além do mal, será para sempre... o quê? Refúgio, abrigo? De que precisaremos nos refugiar? Ter uma mão amiga, o amor ao alcance de um gesto, de um pedido do coração, mesmo aquele que não consegue chegar à boca; saber que mesmo no erro o amor do outro estará conosco, que mesmo no mais imperdoável dos erros não haverá perdão (porque o amor não perdoa), mas haverá compaixão, irmandade.

Eva e Adão trazem o sexo como os macacos e os javalis, livres, nada a esconder, sem culpa ou vergonha desonesta (*dishonest shame*). Entretanto a honra desonrosa (*honour dishounourable*) triunfará sobre o natural, e a marca do pecado se abaterá sobre os homens, banindo de sua vida a felicidade singela e a inocência sem mancha.

Satã se comove com a beleza do casal primeiro, feita à semelhança do Pai, e com a ignorância abençoada do amor que os une. Satã chora por eles, como sabe que ninguém chorou nem chorará por ele. "Ó, inferno! O que os meus olhos veem com pesar?" Ninguém, em todo o poema, nos compreendeu tão completamente e nos amou como Satã um segundo antes de nos perverter.

O próximo chute de Félix é interrompido. Uma mão ágil segura sua canela, pega a lata no chão e num segundo já está longe. A menina corre e joga a latinha em um saco aberto no meio do calçadão. Olha para ele e ri. Ainda sem entender bem, ele ri de volta. Outra criança, um menino pouco mais velho, remexe em um latão de lixo. São três da manhã, quase todos os bares da orla fechados, eles estão na calçada da avenida Atlântica do lado dos prédios, alguns porteiros de hotéis com seus uniformes brasonados dormitam em cadeiras de plástico. Os dois meninos estão sozinhos, um grupo de adultos dorme debaixo de cobertores de cor indefinida em frente ao tapume da obra de um novo museu.

Ela procura latas em uma lixeira e o menino, em outra. Uma névoa fina embaça a iluminação forte da avenida Atlântica, eles são rápidos, não é possível distinguir seus rostos. Serão bonitos? O corpo da menina é gracioso em sua desarmonia de pernas e braços compridos. Ela saltita para alcançar o irmão, ou namorado, ou amigo, que anda de uma maneira estranha, tem um peso maior que sua magreza. Os dois somem por uma rua transversal, aparecem com mais latinhas, que jogam no saco plástico preto de cem litros, a boca aberta no calçamento de pedras portuguesas pretas e brancas, em forma de ondas. Antes, colocam as latas no chão e pisam com força, transformando-as em discos.

Debaixo da marquise de um prédio, Félix recosta-se em uma coluna para observar o movimento dos dois. A menina percebe que ele está ali, passa de um lado para o outro, lança olhadelas em sua direção. Ele acha graça, no começo. Espera a próxima vez que ela for passar, espera ela virar o rosto, fica alegre porque ela vira, se prende a seu movimento, aguarda o que lhe parece ser uma piscadela, que vem junto com seu sorriso, e uma ligeira diminuída no ritmo. Tenta ficar ainda mais imóvel, se misturar à coluna e à sombra da marquise. Em um de seus vaivéns, ao passar na frente da coluna escura, a menina dá duas estrelas e continua seu caminho. No meio do círculo de pernas e braços, Félix se prende ao seu rosto, é rechonchudo.

Satã, cosido à terra, toma a forma de sapo e dentro do tímpano de Eva, que dorme inocente, verte com cuidado seu veneno. Com negra arte tateia os órgãos internos de sua fantasia feminina para neles forjar, a seu bel-prazer, ilusões, sonhos, fantasmas, e neles infectar espíritos animais que o sangue puro carrega como sopros gentis de alvos rios, paixões sem breque.

Félix deixa-se levar por uma alegria pura, não, por uma excitação sem freio, jogo de criança que se mistura com medo e confusão. A menina cruza com seu amigo nas idas e vindas, ele é quem manda, e ela obedece feliz, quase sem parar de saltitar. Passa ainda uma vez em frente a ele, para, brinca, não pensa em machucar ninguém; como sua alegria poderia ser a corda que vai enforcá-la? Ela continua, vai verificar uma última lata de lixo a poucos metros da coluna à qual Félix se mistura; na volta, dá uma paradinha, vira-se de costas e abaixa a calça, mostrando para ele seu bumbum de criança, coisa de um instante, logo levanta a calça de malha justa e velha e ri alto, ele ouve pela primeira vez a sua voz, ela ri e sai correndo. O menino vai arrastando o saco já pesado para uma rua transversal ao mar.

Ele ri, foi fisgado e é um monstro, fica apavorado. Espera um pouco e segue o par. Na rua por onde entraram, grupos de moradores de rua dormem embolados uns aos outros, protegendo-se do frio sob feltros, cobertores e jornais, encostados a portas de enrolar pichadas. O saco plástico com as latinhas está largado na calçada do segundo quarteirão. Félix não enxerga logo as crianças. Na próxima esquina, em um boteco ainda aberto, elas conversam com dois homens. Félix atravessa a rua e se coloca na calçada do lado oposto, no escuro, atento.

A mesa onde os quatro conversam está na calçada, é a única ocupada. Dentro do bar um cliente no balcão conversa com o atendente, a televisão está ligada. Um dos homens coloca a menina no colo, ela come batatas fritas, ele oferece cerveja, ela não quer, ele insiste, coloca o copo na sua boca, ela toma e faz uma careta; os três, inclusive o menino, riem. Enquanto come batata frita, os homens falam com ela, ela responde qualquer coisa para poder continuar a comer a batata e o bolinho de bacalhau frio, qualquer coisa em qualquer língua. O menino está de pé, ao lado da mesa, encosta-se, também se serve. O homem que não tem a menina no colo faz cafuné no cabelo encaracolado do menino, comprido até os ombros. Ele se vira com uma firmeza nada infantil. Félix observa seu perfil, tem buço e não é uma criança. Um menino velho, um adulto que não acabou de se formar. É bonito e feio; dependendo da expressão que faz, é assustador. Ele recebe dinheiro dos adultos e guarda no bolso da bermuda. O homem que está com a menina no colo faz carinho na sua cintura, levanta a camiseta e segura com apetite comedido seus mamilos expostos, puxa o rosto do menino-homem e faz com que ele lamba as duas pequenas aréolas escuras no peito da namorada, irmã, amiga. O outro homem enfia a mão na calça do menino e aperta de leve sua bunda enquanto ele chupa os peitos da menina. Tudo é demorado e sem pudor. Na rua, exposto; além de Félix, ninguém vê, o garçom continua a conversar com o freguês dentro do boteco, ambos virados para a televisão no fundo do bar.

Na mesa do lado de fora, os dois adultos abaixam a calça da menina. Um, o que está com ela no colo, pressiona sua xoxota enquanto fala alguma coisa para ela, doce e depois agressivo, dá uns tapas de leve no seu rosto, a menina ri nervosa, vira-se para enxergar o rosto do homem, entender melhor o que acontece, o que deve fazer, ele fica bravo, torce seu rosto para a frente, com uma mão apenas enlaça todo o seu pescoço, aperta de leve, ela se engasga. Manda que o menino lamba a xoxota da irmã, namorada, amiga, afasta-o, enfia seu dedo, olha nos olhos da menina que parece sentir dor, tudo está indo um pouco mais longe do que ela parece conhecer. De repente as crianças estão vestidas, o garçom chega com a conta, eles pagam, e saem. Félix segue o grupo de longe; os dois homens e as duas crianças se enfiam em uma galeria e param um pouco depois da entrada, onde uma grade fecha a passagem. Félix, do outro lado da rua, se agacha na reentrância da porta fechada de uma loja, de onde consegue enxergar bem a entrada da galeria, os dois homens e as duas crianças. Claro, escuro, lusco-fusco, a luz da vitrine de uma das lojas internas ficou acesa. A menina chupa o pau do homem, que enfia em sua boca a ponto de quase sufocá-la, depois mais raso, leve, fecha seu narizinho fazendo com que ela não consiga respirar, solta, aperta, com delicadeza. A mão da menina é pequena, mão de criança, Félix fica impressionado com as mãos de criança daquela criança com o pau na boca procurando fazer certo o que precisa ser feito. Na primeira vez em que o homem fecha seu nariz ela se assusta, depois entende que ele vai soltar, mas a cada vez tem um pequeno sobressalto e se controla; ele não deixa que ela solte seu pau, mantém sua cabeça pressionada, indo e vindo. No meio do movimento, pressão, sufocamento, glote fechada e aberta, ela vira um pouco o rosto e vê Félix que, escondido no escuro, se masturba. Ela tem os olhos aguados, do engasgo ou de medo; ele quer que ela siga em frente e sofra mais; suas mãozinhas são o que mais o impressiona e excita; em contraste com o membro do homem cada vez mais grosso, as mãos são o que ela tem de mais infantil. Ela olha para Félix com o pau do homem em sua boca, suas sobrancelhas são grossas, ela fecha os olhos e volta a se concentrar no desejo do homem, que força sua cabeça para a frente. Onde está o menino? O outro homem enfia o dedo no cu da menina, que está ajoelhada. Ele deita-se no chão, coloca a cabeça entre os joelhos dela, e chupa com força sua xoxota. O menino surge ao lado de Félix quando ele está quase gozando, concentrado na dor e nas mãos da criança. O menino velho segura o pau de Félix, que se apavora, demora a entender o que está acontecendo.

— Precisa pagar.

— Eu, eu, eu...

— Tem que pagar.

Com ele na sua frente, Félix não tem como sair sem empurrá-lo. O menino fala um valor, Félix se levanta, tira do bolso o que tem e entrega para ele, o pau, ainda grande, mas agora não tão duro, fora da calça; Félix entrega o que tem. O menino:

— Isso é nada.

Diz novamente o valor, não é nada de mais, mas Félix não tem.

— Não tenho, isso é tudo o que tenho.

— É pouco.

Félix está acuado, quase em pânico, apesar do menino-homem ser pequeno. A menina grita, ambos se viram para ver. Um homem a segura com as pernas abertas e o outro ataca pela frente. O menino corre e empurra o grupo.

— Isso não! — ele berra.

É um solavanco inesperado, os homens estão de pé, se desequilibram e ela se solta.

Os dois saem correndo, ela nua, magra, mãos de criança, os dois correm pela rua e desaparecem.

33

Nossa mente supõe mais ordem e regularidade nas coisas do que elas de fato possuem. Como na natureza há muitas coisas singulares e cheias de disparidades, procuramos, e supomos encontrar, paralelismos, correspondências e relações que não existem. É preciso, pois, encarar os próprios fatos particulares e suas séries e ordens, renunciar às nossas intuições ou crenças e habituar-se ao trato direto das coisas.

Maria Joana acorda com os olhos tão inchados que tem dificuldade em mantê-los abertos. Mas está serena. As irmãs não tocam no assunto da noite anterior. O caminho até a escola é percorrido em silêncio, nem sequer a tradicional pergunta, "estudou toda a matéria?", é feita. As duas conversaram, de noite, sobre o período prolongado de molestamento; de manhã estavam mais silenciosas que o habitual. Não que o assunto tivesse se encerrado, foi até bem pouco o que se falou, aproximações alusivas, sentenças incompletas, poucos fatos, mas o caminho ao passado estivera desimpedido, a estrada era clara e poderia ser percorrida sempre que se quisesse. E então, a janela aberta naquela noite, em que tudo pareceu natural de se dizer, de manhã já estava fechada.

Como tratar diretamente das coisas se nem sempre elas se mostram? Existem as oportunidades, fendas por onde brotam os fatos passados de forma tão concreta que podemos enxergá-los sem esforço, e o trato direto das coisas torna-se possível. Nesses momentos as palavras correspondem às coisas, como *homem, cão, pomba*, e às qualidades, como *quente, frio, branco, preto*. Mesmo palavras cujo entendimento raramente é o mesmo entre os que conversam, como *substância, qualidade, paixão*, e até as palavras mais traiçoeiras, como *pesado, leve, denso, raro, úmido, seco, corrupção, atração, repulsa, elemento, forma*, no curto espaço de tempo em que a janela se mantém aberta, todas correspondem a noções lógicas e físicas perfeitamente definidas e adequadas ao que se quer dizer.

Mas então o solo trabalha novamente e a fenda se fecha, o que brotou perece, resta um acontecimento morto (assassinato e molestamento) diferente do que aconteceu, não sabemos se é o que foi, e as palavras que se mostraram tão naturalmente apropriadas já não fazem sentido para descrever o acontecido. Não conseguimos mais enxergar o *fato passado* com olhos comuns, às vezes não conseguimos enxergá-lo de maneira nenhuma.

As duas caminham juntas e em silêncio os doze quarteirões entre a rua Francisco Sá e a escola; os olhos inchados de Maria Joana são uma marca dos assuntos da noite, a coisa em si não dói mais. Nessa manhã radiosa de junho, ar leve, temperatura fresca, parece que o importante foi dito, e pronto, tudo certo.

Maria Joana ficou bem, fará as provas hoje e amanhã e depois terá mais de um mês de férias. É a melhor aluna da sala, ou deve ser, não dá para saber pois as notas não são números, mas letras que não querem dizer muita coisa. Vanda gosta de pensar que Maria Joana é a melhor aluna da sala, que resistiu bem ao trauma porque, se olhamos os problemas de frente e lutamos com determinação para resolvê-los, seremos, em geral, bem-sucedidos. É preciso discernimento e coragem. Desconfiar de nossas primeiras percepções, pois é comum que tenham mais a ver conosco do que com o universo. Não nos deixar levar pelo que é mais adequado ou esperado de nós, não agir para estar certo, mas porque estamos certos. Desconfiar das palavras que nos são impostas por quem está acima, pois em geral bloqueiam espantosamente o intelecto e nossa capacidade de interpretar e reagir. E, finalmente, nos precaver da religião que está presente na própria religião, mas também na ciência, nos cadáveres, no samba e na política, principalmente na conversa de que seremos um país melhor. Não seremos.

Um funcionário do Instituto, Risério, acaba de ajudar os policiais a colocar três corpos dentro de um carro funerário. Os homens fecham a porta, se despedem, o carro vai embora. Ele fica parado, olha o furgão se afastar, se abaixa, pega do chão uma folha de jornal velho e uma lata de refrigerante vazia e joga na lixeira. Vanda entra junto com ele pelo portão lateral, dão a volta pela área externa do prédio. O Instituto ocupa um anexo da Faculdade de Medicina de Itabró, um prédio grande e antigo. O jardim, pelo qual eles caminham devagar, apesar de fazer parte do jardim do prédio da faculdade, com a mesma vegetação e desenho, e ter sido construído ao mesmo tempo, foi separado do jardim principal por uma cerca e hoje é como um jardim secreto, abandonado, a vegetação descuidada tornou-o mais sombreado, favorecendo o surgimento de musgos pelo chão e folhagens escuras.

Risério respira fundo, expira devagar.

— Junho é um mês bom, tudo conspira a favor da paz.

Ele tem cinquenta anos, é mulato, miúdo e melancólico. Hoje está feliz.

— É fresco — diz Vanda.

— Fico impressionado como os maus vão-se embora da mesma maneira que os bons, são como os meses e os humores: bons ou maus, todos partem. A diferença com os meses e os humores é que eles voltam.

— Estes que foram embora hoje eram maus?

— Sem nome.

— A vida é que deve ter sido má com eles.

— Como saber? Eles não tinham nome.

Ele se abaixa e recolhe papéis sujos do chão, fica com eles na mão, não há lixeiras no caminho.

— Não sei se a morte é ruim. Ela é feia, mas fico pensando se é ruim. Claro que é boa para a ecologia do planeta, e a fila andar, haver a sucessão de indivíduos, é uma maneira eficiente de aperfeiçoamento da espécie. Em termos biológicos, a morte é essencial à vida. Vida e morte como movimentos, não uma coisa em si. Mas, em termos de sentimento, o que a gente sente?

Eles chegam à porta de entrada, Risério olha no relógio, eles ainda têm um tempo; segura com delicadeza o braço de Vanda, fazem meia-volta, a caminhada continua. Vanda gosta de conversar com ele, antigamente eram do mesmo turno e, na pausa para o café, ou quando não havia trabalho, costumavam conversar sobre medicina e ciências em geral. Ele que a convencera a tentar o vestibular para medicina, a não se contentar em ser técnica de autópsia e seguir estudando. Mas, depois que a mulher o abandonou, ele pediu transferência para o turno da noite, virou uma pessoa triste, passou a falar mais de filosofia do que de medicina. Lê de tudo e nunca quis fazer faculdade. É autodidata e não gosta de intermediários entre ele e os livros.

Vanda se impacienta com sua fase atual menos científica, nem sempre ele se esforça para ser lógico, perde-se em divagações fora do tema inicial, e ela começa a pensar se não está deixando de fazer algo mais importante. Mas hoje veio com o coração estranho, Maria Joana tinha crescido. Onze ou treze anos, Maria Joana tinha crescido e ela não se dera conta. "Estudou para a prova?" já não fazia muito sentido. Ou fazia, iria continuar a perguntar até o final da vida, pois continuaria a ser sua irmã mais velha até o final da vida. Até o final de qual vida? Não era uma só, mas duas. Maria Joana tomava a si o que era seu, uma história diferente da sua, Vanda, diferentes passados, diferentes futuros. E o que era ser irmã mais velha? Afinal, o que era ser irmã? Não precisava pensar, muito menos duvidar, ela sabia o que era ser irmã, e Maria Joana também, mas a extensão carnal ia se esgarçando, a menina pulando na cama, a menina chorando e uivando fino, sua calma hoje cedo de olhos inchados. Cada vez mais a pessoa que ela sempre foi, Maria Joana, ia se mostrando. Hoje cedo, na porta da escola, quando beijou a irmã, sentiu que se despedia dela por um tempo mais longo do que as poucas horas que efetivamente separavam a manhã da noite. As fibras da corda desfeitas, uma corda de sisal rompendo fibra por fibra, um resto, um fiapo resta, sim, é assim que deve ser, é assim, mas seu coração dói. Andando ao longo da lateral do prédio do Instituto Médico-Legal de Itabró, num pequeno parque com mangueiras imensas e um emaranhado de costelas de Adão e corações de boi trepando por seus caules, conversar sobre a morte com Risério desoprime seu peito, começa a dar preguiça de entrar e encarar a morte em pessoa, por mais um dia e outro e outro. Chegou mais cedo, o trânsito fluiu bem, falta ainda meia hora para o seu horário. Continuam e dão a volta por trás, onde a parte do parque que cabe ao Instituto se amplia. Ninguém passeia por ali, apesar de ser um lugar aberto ao público; quem haveria de querer passear nos fundos da casa dos mortos? Nunca tinha lhe ocorrido que ali a morte estava presente de forma mais assustadora do que no cemitério. Ali o assunto eram os corpos, no cemitério a conversa já era com a memória.

— Por que queremos viver mais? Essa é a minha pergunta.

— Para fazer mais coisas.

— Não, mesmo quando a vida está ruim nós queremos ficar vivos. A morte é sempre ruim. Por quê? E não me refiro àqueles que ficam, quer dizer, a morte de um pai, por exemplo, pode ser ruim para o filho que fica, principalmente se ele ainda for pequeno e precisar do pai para crescer com o amparo que a infância pede. A morte de um filho, insuportável para o pai. Mas por que para quem morre — vamos dizer, o pai —, morrer seria ruim?

— Por que ele quer cuidar do filho?

Risério se pergunta se o caminho de sua argumentação está correto, se ela o acompanha.

— Veja, esses seriam motivos para manter-se vivo, algo operacional: preciso chegar cedo para ter tempo de fazer isso, isso e aquilo, antes de começar a trabalhar. Ou: preciso ficar vivo para cuidar do meu filho por mais tantos anos, até ele se tornar independente. Mas o pânico da morte vai além da questão funcional, de termos ou não alcançado os objetivos de nossa existência. Por que seria ruim estar morto?

— Estar morto é diferente de morrer.

— É?

— Estar morto é um tempo depois de morrer.

Risério assente, pensativo. Pergunta:

— Você acredita em vida após a morte?

— Não.

— Acredita em Deus?

— Não.

— Definitivamente não?

— Sem nenhuma dúvida, não.

— Então esse tempo depois de morrer significa a ausência de sujeito, certo?

— Como?

— Quem estaria nesse tempo após a morte, se não há existência após a morte?

— E daí?

— Por que temer a não existência? É esse o meu ponto.

No meio das mangueiras há um grande pau-formiga, alto, de copa vertical, carregado de flores cor-de-rosa. Quando o vento bate, ou a flor fica mais pesada, ou seu pedúnculo perde o viço, se esgarça e se parte, as flores caem girando como pequenos helicópteros. Uma, depois outra, uma pausa, e então mais três, assim vinha acontecendo, sem que Vanda ou Risério tivessem prestado atenção às novas flores que chegavam ao chão enquanto conversavam. Quando um vento sopra no alto, bate na copa do pau-formiga e, por um minuto inteiro, eles admiram a revoada de flores caindo em piruetas até o chão. Nem todas ali, ao lado do banco em que conversam; a aerodinâmica das flores funciona como hélices de helicóptero e leva algumas flores para fora das grades enferrujadas do pequeno parque. A forma giratória de seu voo tem uma vivacidade animal, como se fossem pequenas mariposas. O chão em torno do banco é de terra batida, sem plantas e sem lixo. Quando acontecia de não haver acidentes nem assassinatos durante a noite em Itabró, Risério aproveitava o tempo livre para passear por ali recolhendo papéis sujos, latas vazias e bitucas de cigarro. No chão limpo, Vanda repara nas flores cor-de-rosa. As flores e os pensamentos passam rápidos pela cabeça dela, inclusive a imagem de Risério caminhando de noite, catando lixo. Pequeno, curvo, andando por ali e talvez pensando na inexistência após a morte. E os corpos começando a se decompor no prédio ao lado.

No IML há um setor para examinar os vivos. Pessoas que são detidas e precisam ser avaliadas antes de entrar na prisão, ou vítimas de estupro, motoristas bêbados, crianças espancadas. A entrada para o consultório onde são feitos os exames é diferente da dos mortos, mas a sala de espera é a mesma.

Hoje há uma excitação que não é comum aos acompanhantes de pessoas mortas. O advogado e a mulher de um homem bêbado conversam em voz alta com um policial, falam ao mesmo tempo sobre réu primário, dolo e culpa, procedimentos regulares, o que pode e o que não pode.

— Os corpos das pessoas que ele atropelou foram para o hospital, mas daqui a pouco estarão aqui. Pegou três no ponto de ônibus — comenta Risério.

O homem está machucado no rosto, fala mole e não entende o que ainda está fazendo ali.

— Já fiz o exame, por que não vamos embora logo?

O policial não deixa, não ouve o que a mulher e o advogado argumentam, ordena ao grupo que fique ali e sai. Volta acompanhado de outro policial, logo atrás entram dois rapazes, um deles com uma máquina fotográfica. Há confusão, a mulher fica exaltada, o homem chora descontrolado, o advogado segura seu cliente de um lado e o policial o segura de outro. Quando o grupo sai — os policiais levando o homem, que, exausto, já não reage, seguidos do advogado, que não para de argumentar, e os rapazes zunindo em volta como marimbondos —, a sala fica silenciosa.

Uma senhora miúda, com olheiras grandes, está derreada em uma das cadeiras velhas. Dentro da sala, agora sem tumulto, Vanda se dá conta de que o frio é maior do que do lado de fora, como se ali a cidade ainda estivesse um pouco antes do nascer do sol, quando o frio sobe do chão e tudo fica gelado. Apesar do frio, a senhora está apenas de camiseta, os lábios e as unhas roxas. Risério já entrou no setor de autópsia. Vanda olha para ela, que levanta a cabeça e, sem nenhuma força na voz, cumprimenta:

— Bom dia.

Vanda é pega de surpresa, não é costume se cumprimentar ali dentro.

— Bom dia — ela responde e entra para trocar de roupa e se aprontar para o trabalho. A tristeza da senhora a acompanha.

No corredor, Tizinho limpa com concentração uma maca de metal, as pernas pintadas de branco já meio descascadas. Passa um produto especial para dar brilho ao metal. Outra maca vazia, suja de sangue e barro e igualmente velha, está na fila do banho.

Na sala de autópsia Dra. Marieta trabalha sobre o cadáver ainda fechado e inteiro de uma moça jovem, rosto arroxeado e bonito. Hermano lhe dá assistência.

— Asfixia.

Vanda acompanha o serviço dos colegas.

— É parente dela? A senhora na sala?

Dra. Marieta:

— Uma magrinha? É tia.

O trabalho continua. Vários órgãos são analisados, medidos e pesados, inclusive os pulmões, com suas marcas vermelhas. Hermano abre o estômago e coleta o material para a análise. Vanda faz o mesmo com os rins.

— A tia disse que foi inalação de gás do aquecedor de banho — diz Dra. Marieta.

— Acidente ou suicídio?

— Ela diz que suicídio.
— Couve, alface, acelga. Castanha de caju, feijão — vai listando Hermano —, maçã. Um início de úlcera no duodeno.

As unhas eram roídas. Havia também cortes nos braços, e um maior em cada pulso, que não chegaram a cortar nenhuma artéria importante.

Uma hora depois, Dra. Marieta conclui suas anotações e sai da sala. Hermano enche o corpo com serragem e Vanda costura a incisão. Durante todo o tempo da autópsia ela pensou em Maria Joana e na tia da adolescente, na sala de espera. A jovem morta deveria ter quinze anos, no máximo, era virgem, sem tatuagem, sem furo na orelha para brincos, nem em qualquer outro lugar do corpo. Parecia tão intacta... Mesmo o fato de ter comido antes de se suicidar, um jantar completo, fruta de sobremesa, dava-lhe um sentimento maior da inocência da suicida.

— Era bonita, não é? — pergunta Hermano.
— É.
— Muito mesmo. Os peitos eram durinhos.

34

O sol nasce em Copacabana e vai ao encontro do coração de Félix. Ele inspira a beleza da aurora que "todas as mágoas afugentam/ salvo as que são do desespero filhas", e sua luz machuca o pulmão despedaçado.

O pau de Félix dói, seu coração, mais ainda. A memória da mão da criança os envolve e aperta sem dó. A dor não passa. Às vezes é esquecida, seu corpo habitua-se a ela, mas basta pensar em se mexer, levantar-se e, finalmente, começar a andar em direção a seu quarto pequeno e protegido, com porta para se trancar e cortina para se fechar, quando pensa em se mover, o corpo se apresenta e, com ele, uma aflição medonha.

> "memória amarga
> Do que foi, do que é, do que deve ser
> Pior;"

O dia nasce, o bairro se ilumina, até mesmo o vão de onde Félix não consegue sair, horas depois de tudo — não tem, nem quer ter palavras para descrever o acontecido —, se ilumina. Na penumbra do início da manhã, o ar fresco penetra todos os lugares, afugente ou não as aflições da noite. Todos os alvéolos do pulmão de Félix estão impregnados de veneno. Como um filtro às avessas, suas narinas, boca, olhos e ouvidos têm um filtro que perverte o que cheira, olha, ouve ou pensa em comer. De nada adianta fechar os olhos e contrair o rosto, nem parar de respirar o fará livre do envenenamento que é estar vivo. Cada poro de sua pele é recoberto pelo filtro que coa o ar da manhã e lhe acrescenta aflição.

> "Chamo-te,
> Mas não com voz de amigo, e uso o nome,
> Ó sol, p'ra te dizer como te odeio
> Os raios que me lembram de que alturas
> Caí,"

Mas não, não tem estatura para odiar o sol, sua aflição é do homem mortal que nunca esteve nas alturas. Nunca inventou uma história, nem teve filho; sua aflição é a do personagem, e não a do criador; é a do filho de Adão a quem o pai fez livre para ser desgraçado. "Foi-se o bem", é assim que Satã despede-se de sua origem. Com Félix — sentado na calçada, as primeiras pessoas, poucas, começam a passar, daqui a pouco serão as crianças e adolescentes indo para a escola, os porteiros com suas vassouras e esguichos —, o sol foi outro. Há tão pouco, ontem mesmo, ele tinha o bem, Jojô no quarto, lendo. O que quer que fosse, lendo o que cada vez mais interessava aos dois ler. Dormiam e acordavam sobre as palavras. Um paraíso, foi nisso que ele transformou suas tardes com Jojô. Por que tudo não podia ter sido mais normal? Uma alegria urbana misturada com o barulho das roldanas, que eles deveriam ter ouvido, das buzinas, com o ar poluído, junto com a doçura do par original — a sós — e o desespero magnífico de Satã? Não, transformou Jojô em Beatriz, a de Dante, archote do Paraíso que ia se descortinando na medida exata dos passos dela. Um tempo presente que inexistiu, puro desejo, transformava o passado e antecipava o futuro; ali, no quarto, o tempo não se desenrolou, e sim o encantamento do desejo. "(...) todo bem foi mal/ Em mim, e só maldade fez."

Por que não a comeu, como ela, quem sabe, gostaria de ter sido comida? Percebe muito solidamente que é capaz de voltar a se excitar com a lembrança dos homens atacando o corpo da menina de rua. A memória vem, ele a incentiva, detém-se nos momentos em que os olhos da menina pediam ajuda; pediam ajuda?, prazer, pânico, medo, susto, dele, dela, o movimento do pau entrando e saindo na boca demasiado aberta, porque pequena, os engasgos, o cabelo comprido puxado com violência para trás, para que o homem pudesse admirar o tamanho de seu membro duro penetrando a boca infantil; Félix para no rosto boçal dos homens, e isso o excita mais e mais; para. Não tem lágrimas para chorar, nem vergonha para sentir, é tudo maior, mais complicado e mais vazio.

Alguns moradores de rua dobram seus cobertores, onde eles ficam durante o dia? Onde ficam os cobertores dos moradores de rua durante o dia? A pergunta se prende a Félix, quer ficar com ela enchendo sua cabeça para não correr o risco de pensar em outras coisas. Onde ficam os cobertores dos morados de rua durante o dia? Um grupo, mais adiante, continua a dormir. Os mais próximos de Félix se espreguiçam, quase todos com a pele da mesma cor de suas roupas, cor sem nome, cinza, talvez ferrugem. Uma das adolescentes do grupo senta-se no degrau da entrada de uma loja ainda não aberta e amamenta seu bebê muito pequeno. Félix olha o bebê mamando e consegue, aos poucos, não pensar em nada. A moça troca o filho de peito, segura seu mamilo entre o dedo médio e o indicador e força de leve sua entrada na boquinha do recém-nascido, deve ser um recém-nascido. A boca é tão perto do nariz, e o peito tão grande, que lhe cobre a entrada de ar, ele solta o mamilo e franze o rosto, mínimo, mínimo, colocando a língua rosa para fora. A mãe o ajeita de novo, mantém o peito um pouco pressionado, seguro pelos dedos, para deixar o narizinho do filho livre. Ele volta a mamar, parece uma maquininha, suga, suga, suga, a mãe dormita, encosta a cabeça na porta de correr, e o bebê continua a sugar. O grupo já se dispersou, os cobertores ficaram dobrados ao lado da menina com o bebê no peito, os dois estão sozinhos. Ela abre os olhos e, sonolenta, olha para o filho mamando, ele levanta os olhinhos. De onde está, Félix não enxerga os olhos do bebê, só percebe que se encontraram com os da mãe. A mãe sorri agradecida, a alegria deles é da mesma natureza corpórea do leite que passa de um corpo ao outro. A criança mexe a mãozinha e acaricia o peito da mãe, ela a segura e brinca com os dedos tão pequenos entre os seus.

Trabalhadores passam na sua frente, pela rua que o separa da mãe com o filho. Sentados no degrau de uma loja fechada, a mãe e o filho estão na altura dos olhos de Félix, agachado na reentrância entre dois prédios. Ele, um sapo da altura de um sapo, no chão, enxerga os que passam: são altos; acima de suas cabeças, os prédios longos sobem no céu azul pálido da manhã não completamente nascida.

"Hoje com teu pecado te pareces",

disse Zenon para Satã, na discussão que travam após o anjo surpreendê-lo cochichando confusão no sonho da adormecida Eva. "Não me reconheces?", pergunta Satã. E Zenon responde: "pensas que ainda és quem eras?". Assim como Morte, no Inferno, o anjo lhe explica: o mau é feio e o bom é belo.

Félix é qualquer um, também de uma cor sem nome, chumbo?; a menina de rua e seu filho foram embora, os cobertores sumiram, nunca saberá onde ficam os cobertores dos moradores de rua durante o dia. Quando Rafael, obedecendo ao Pai, desce à Terra para aconselhar Adão a acautelar-se de si mesmo, homem livre, olha o nosso planeta de muito longe, um mundo pequeno e em nada diferente dos inúmeros outros globos brilhantes. Aproxima-se em voo célere, distingue a Terra e o jardim de Deus, coroado com cedros sobre os montes. Quando Galileu viu os astros através de sua luneta, a lua ganhou chão. E as terras enevoadas do novo continente (mancha nebulosa longínqua) foram batizadas Cabrália, Porto Seguro, Rio de Janeiro. Félix ali, anfíbio preso ao chão, parte da crosta terrestre, por mais perto que chegasse o olhar de Rafael ou que a luneta de Galileu mirasse Copacabana, e, uma vez aportados, franceses ou portugueses esquadrinhassem as terras dessa baía, nem assim ele, a menina e seu bebê deixariam de ser distintos da paisagem.

Crianças com uniforme escolar passam diante dele. Estudantes maiores seguem atrás e vão em direção à avenida Nossa Senhora de Copacabana; os pequenos são acompanhados pelas mães, outros pelos irmãos maiores. Os pontos de ônibus começam a se encher.

Félix anda até a avenida, segue uma moça com três filhos uniformizados. O uniforme das escolas municipais é laranja, azul e branco. Um menino mais velho segue sozinho, lê um tabloide de esportes aberto na página sobre a vitória do Flamengo. É tão bonito ver o menino andando para a escola, lendo uma notícia sobre o Flamengo às sete da manhã em Copacabana. Anda ereto e lê o tabloide. Félix segue a mãe e seus três filhos. Quase todas as lojas ainda fechadas, os bares e padarias abertos, um bairro e seus moradores. O cadarço da menorzinha está desamarrado, a mãe e os filhos param. Félix os ultrapassa para não pensarem que estão sendo seguidos e observados por quem precisa desesperadamente do movimento de crianças uniformizadas caminhando para a escola com seus pais.

Deus — que exista Deus! — livre de mim o peso que me constringe a respiração e a existência, a pedra que me aperta coração, pulmão, garganta, céu da boca, dentes e língua. Abra a pele de meu tórax, da garganta ao púbis, quebre minhas costelas, enfie sua mão sem luva e me arranque de mim. Deus, vá embora, vá se foder! Deus, meu Deus, deixe-me livre com meus passos; que eles um dia possam ser da mesma medida e natureza que os passos dos pais que levam os filhos para a escola.

Ele se vira para trás e vê o grupo ainda parado, a menina menor de mão dada com a mãe, o pezinho apoiado no degrau de entrada de um edifício, e o irmão mais velho agachado, amarrando seu cadarço. Por que se emociona com crianças uniformizadas indo para a escola, um número crescente de crianças de laranja, azul e branco caminhando com seus pais ou mães para a escola? Crianças radiantes. Não, não é atraído pelos corpos das crianças. Deus o atendeu e foi-se embora. Aos poucos mais calmo, com o peso de seu corpo voltando ao normal, até mais leve, conforme entra no fluxo dos grupos que andam na mesma calçada que ele, no mesmo bairro, hora e dia, conforme ele entra em sintonia e começa a ouvir a música da manhã já nascida de Copacabana, é atraído pelo passaredo de pais e filhos, de crianças soltas, do menino lendo jornal, outro amarrando o cadarço da irmã, e param juntos na esquina esperando o sinal ficar vermelho para os carros. Ouve uma conversa miúda de criança com a mãe. Ele, insone, chora, continua a andar e deixa as lágrimas caírem gordas. Gostaria de ficar o dia inteiro seguindo o fluxo das crianças uniformizadas sendo levadas por seus pais para a escola.

E o menino solitário ia distraído com o jornal dobrado debaixo do braço. Félix pensa se já foi assim. Alguém o vendo de fora, quando tinha essa idade, um menino solitário indo para a escola, poderia ter pensado a mesma coisa? Algum dia, na sua adolescência, ele foi assim inteiro e tranquilo? Quem sabe? É tão estrangeiro no Rio de Janeiro como foi durante sua infância e adolescência, onde quer que estivesse. Não, na infância, ao lado do pai, ouvindo suas histórias, da bisavó e seu baú aveludado, e da mãe, não foi estrangeiro. Mas um dia se deu conta de que há muito tempo não reconhecia nada à sua volta como seu. Deixou de ser natural à sua casa, ao caminho para a escola, ele não pertencia a mais nada. A cada dia tinha que descobrir o caminho até o banheiro, reconhecer os poucos quadros dependurados na parede, aprender de novo o caminho para a escola.

Ele continua a andar, dois, cinco, seis quarteirões; cada vez mais mães, pais e crianças. O que ele acompanha é mais bonito que o rosado brilhante no céu do mar de Copacabana quando o sol nasce, e ele o vê de frente, abismado. Tem de igual o colorido e o movimento, naturais e imprevisíveis, mas com as crianças a caminho da escola os sentimentos não o invadem de fora, mas emanam de gente com quem se mistura.

Chega até a porta do colégio, para um pouco afastado e fica olhando. O menino solitário entrou junto com outras crianças, a moça responsável pelo portão chama-o e eles conversam. Félix fica com medo de que a moça não o deixe entrar, o problema é que ele está de sandália de dedo, enquanto todos os outros calçam tênis ou sapatos, mas é uma conversa rápida, ela autoriza, e ele entra no prédio da escola.

Na porta do colégio os pais se abaixam, o filho dá um beijo na sua bochecha e o pai beija a testa da criança. Os filhos vão-se embora para dentro da escola, os pais para a rua, o pensamento de Félix fica no fluxo das despedidas amorosas.

Félix vê Vanda e Jojô, que caminham juntas, em silêncio. Um outro planeta se aproxima, astros de outra galáxia invadem com familiaridade errada a atmosfera do amor cotidiano da vida matutina do bairro. Elas não notam sua presença do outro lado da calçada (sempre do outro lado da calçada). Os olhos de Jojô estão inchados, e ela, tranquila, quase feliz; um pequeno sorriso, deve ter se lembrado de alguma coisa boa. Vanda se inclina, segura o rosto e beija a testa de Jojô, que aceita, amável, e entra na escola sem olhar para trás. Vanda vê a irmã desaparecer dentro do prédio, distinta em sua luz própria.

35

Chamava-se Simone, a jovem suicida, e Isabel, sua tia, espera o laudo na sala do Instituto. Dona Cristina pegou dengue e está há quinze dias em casa. Quem entrega o documento é Vanda.

— E a Simone?
— O corpo?
— Sim, o corpo de Simone.
— Será liberado quando o carro da funerária chegar. A senhora já chamou?
— É, deve estar chegando.
Ela olha o atestado de óbito.
— Foi confirmado o suicídio?
— Ela morreu de sufocamento. Outros exames vão ser feitos com o material que colhemos.
— Eu trouxe uma roupa para colocar nela, posso vesti-la agora?

As duas vão para o cômodo ao lado da sala de necropsia. Isabel pega, sobre um aparador, o casaco com o qual ela cobrira a sobrinha. Ela e Vanda começam a vestir o corpo de Simone. O corpo vazio de órgãos e cheio de serragem, sem ossatura nem musculatura que segure as abas da pele que foi aberta e costurada, é assustador por sua semelhança e diferença com a pessoa que morreu. A tia vê o corpo nu, os pontos largos feitos com linha grossa, a barriga igual à de uma boneca de pano; Isabel vê sua sobrinha.

— Quando cheguei colocaram Simone em uma maca suja, deixaram no corredor, esperando não sei o quê — Isabel fala calmamente. — Fiquei furiosa, gritei, e estava certa. Mas agora queria pedir desculpas pela maneira como falei. Não queria ter me descontrolado. Mas queria que isso não acontecesse com outras pessoas que chegarem aqui, que isso, a maneira como trataram Simone, não acontecesse mais. É muito ruim, muito ruim mesmo. Errado, vocês precisam entender que é errado. Mas gritar, principalmente num lugar desses, não vai ajudar ninguém. Estou falando com você, não consegui falar com outra pessoa que me olhasse, entende?

Dói no ouvido de Vanda cada vez que Isabel fala "Simone" e não "o corpo de Simone". Ao mesmo tempo se arrepende de tê-la forçado a falar "corpo", quando ela perguntou pela sobrinha, após receber o laudo. Sabia ao que ela estava se referindo, ainda assim insistiu: "o corpo?", obrigando-a a falar "o corpo de Simone". Forçou-a a perguntar por uma coisa, e não por uma pessoa. Agora, enquanto vestem a moça, o corpo da moça, ela se arrepende de sua crueldade involuntária. Nem tão involuntária assim. Quando perguntou "o corpo?" sabia que reagia à imprecisão do estado das coisas, mais do que à descrição do estado das coisas. Falar "Simone" era trazer a moça para o lado delas, de Vanda e Isabel, concretamente. Não a manifestação de um desejo, ou a negação da morte, mas a abolição da morte. Agora, enquanto ajuda a tia a colocar um vestido de flores miúdas e pálidas na sobrinha, pensa que a ausência da palavra corpo foi consciente, é a maneira como ela entende a sobrinha morta.

— Eu sou uma pessoa sem religião, o corpo é a única coisa que temos, não deve ser tratado de qualquer maneira, ficar abandonado em uma maca suja.

O raciocínio de Vanda gira em falso. Se estivesse presente quando Isabel protestou contra a maneira como trataram o corpo da sobrinha, ela sabe que, como resposta, teria dito: "mas é só um corpo". E agora entendia que a tia sabia exatamente o que estava falando. Exatamente, é um corpo.

— Nós nos definimos, nossa civilidade, pela maneira como nos relacionamos com nossos mortos, mesmo aqueles desconhecidos — ela falava devagar e emocionada, tinha ficado pensando nisso nas horas em que esperava, com frio, pelo final da autópsia. — Civilidade é o que nos faz humanos, além de animais. Muito mais do que o polegar opositor, a habilidade para a linguagem ou a matemática. Que tipo de civilização tem essa tribo? Começamos pelo trato com a morte, depois vamos para os recém-nascidos, as crianças órfãs, os loucos e desprotegidos.

— Por que ela se matou?

Isabel fica em silêncio.

— Desculpe, não devia ter perguntado.

— Não, estamos aqui, só nós duas e ela, podemos falar. São os últimos momentos em que eu estou com ela. Nós éramos muito ligadas, desde que ela nasceu. Há três anos sua mãe, minha irmã, morreu em um acidente e ficamos ainda mais próximas. Quando eu sair daqui o tempo vai passar mais rápido, amanhã ela já estará enterrada. Vamos falar dela na sua presença, me faz bem; depois, depois...

Isabel soluça, fica um tempo quieta.

— ... eu vou me lembrar de ter conversado sobre a Simone olhando para o rosto dela.

Elas terminam de colocar a roupa.

— Eu não sei por que ela se matou — diz Isabel olhando para o corpo da sobrinha.

— Era tão bonita. Acho que não aguentou.

A voz treme, ela espera a emoção diminuir.

— Foi uma coisa tão pequena, um namorado que a traiu, a amiga que ela viu dando um beijo no namorado. Acho que foi isso, uma traição que ela não suportou, pegou ela num momento ruim, estava fraca. Não pode ser só isso, não é? É muito bobo, pequeno, uma traição, o namorado que... enfim, e pronto, ela se trancou no banheiro, colocou a toalha molhada vedando o vão da porta, encheu a banheira, fechou a tubulação de exaustão do aquecedor, ligou o gás e apagou a chama. Entrou na banheira com uma faca de serra, dessas de descascar fruta, e começou a se cortar. Se tivesse resistido um dia, vinte e quatro horas, quem sabe?

Alguém vem avisar que o pessoal da funerária chegou. Eles vestem luvas descartáveis, cada um pega o corpo de um lado, e o colocam no caixão. Tizinho vem ajudar, e Isabel pede desculpas a ele pela maneira como falou. Fala com palavras precisas, de uma forma que não deixa espaço para ele, nem para Vanda, responder: "não, não foi nada, não se preocupe com isso, a gente entende". A tia vai embora com a sobrinha.

Tizinho conta a Vanda que, quando o camburão da polícia chegou, perguntaram onde podiam colocar o corpo e ele indicou a maca que estava ali perto. Eles deixaram e foram embora. A tia, que veio junto, esperou um pouco e depois entrou pelo corredor da área restrita a profissionais para saber o que eles iriam fazer com sua sobrinha. No momento em que o corpo chegou, não tinha ninguém mais para cuidar do assunto, todos estavam ocupados. Tizinho explicou que o corpo ficaria ali até a sala ser liberada e empurrou a maca para perto da parede, para não atrapalhar a circulação do corredor.

— Ela estava vestida? — perguntou Vanda. — Você a cobriu?

— Cobrir com o quê? Não, quer dizer, ela não estava pelada, estava com um lençol molhado e manchado de sangue. A tia colocou seu casaco na parte de cima do corpo da sobrinha e começou a gritar, disse que ia chamar a polícia, que isso não era maneira de tratar as pessoas. Ela gritou "pelo amor de Deus, ela é só uma criança". Eu não sabia o que fazer e disse: "mas está morta", e a tia falou: "exatamente, não vê que ela não tem ninguém para ajudá-la?".

36

Félix não consegue voltar para casa, passa a manhã perambulando pelas ruas internas do bairro. Não vê o mar, o horizonte aumenta seu desassossego, prefere andar ladeado por prédios, com o barulho alto dos carros e ônibus bem próximo do ouvido. Carregadores levam engradados de cerveja vazios da saída de serviço do supermercado para os caminhões estacionados no meio da rua; as rodas do carrinho onde os engradados vazios são levados arranham no chão. Engradados cheios de cervejas são levados pelo carrinho para a porta de serviço do supermercado, as rodas do carrinho com a borracha lascada arranham o chão. As garrafas se chocam, umas nas outras, o barulho do metal da roda que arranha o chão fere o ouvido de Félix. O ruído do motor do caminhão e o ronco intermitente do escapamento urgem Félix a estar a postos.

Seres sem ser. Pare! Pulsar fora de mim sempre e sempre dentro o pulsar. Meu coração; me atordoo com o golpe.

Me esmigalhe você que pode. Você pensa que está fugindo e dá de cara com você mesmo, é sempre tudo o que você encontra, você em tudo.

Um pouco antes da uma, ele está em frente à escola. Jojô sai junto com as colegas, cada uma de um tamanho, forma e cor; mesmo que não sejam todas bonitas, são todas bonitas, falam alto, alegres com o final da aula. Os estudantes são os donos da rua em frente à escola, saem em grupos mais ruidosos que de manhã. Os pais que buscam seus filhos já não se destacam, não há nada de particular, só o coletivo a se esparramar. Conforme se distanciam, o conjunto vai se esgarçando e mistura-se com os pedestres do início da tarde. Um grupo grande espera no ponto de ônibus mais próximo. Ônibus cheios de adolescentes vestidos com uniforme escolar espalham-se pela cidade.

Félix não segue ninguém, nem mesmo Jojô, principalmente não Jojô. Voltou à proximidade da escola na hora da saída na esperança de que a algaravia das meninas e dos meninos mais uma vez lhe aliviasse o espírito. Fica ali, na calçada em frente, até a escola se esvaziar completamente.

Volta a andar, primeiro devagar, distraído e sem rumo, depois mais rápido, aflito. Vai à procura de Jojô, já faz tempo que ela dobrou a esquina; precisa achá-la antes que chegue à portaria do prédio, antes mesmo que entre na rua Francisco Sá. Qual é o caminho dela de todos os dias? São doze quarteirões, duas vezes ele fez esse trajeto hoje cedo, sem nunca chegar em frente ao prédio. O cansaço o levava para perto de casa, mas, conforme começava a reconhecer o cheiro de sua vizinhança — casa de sucos, padaria, restaurante português, lanchonete de Oneida —, antevia seu quarto e ficava enjoado. Como entrar, fechar a porta e ficar sozinho? Embrenhou-se por ruas mais distantes, passou em frente ao lugar onde encontrara a menina de rua ontem à noite, seguiu, voltou, vomitou na calçada, junto a um tapume. Era o tapume da obra do novo museu? Onde os cobertores? Horror, horror, um horror medonho de si mesmo. Não suporta sua pele, o hálito ruim, a alma escura. Que fosse, era tudo ruim, principalmente ele, naquela manhã; nem só horrível, nem só horrível, quando se lembra da pequena menina, afinal ela quis. Depois, mais uma vez o horror, o estômago vazio.

Lembra-se do corpo suave de Jojô, e os seios que sob roupas brancas apenas despontam: "não acorde tão cedo, Jojô, que do seu olhar agora tenho medo", ele recita sem conseguir lembrar a que poema pertence o verso. O desejo preso por tantos dias e noites em seu peito, cheio de pudor, amedrontado com a luz dos olhos dela, agora desembesta, e a lembrança da maciez da perna de Jojô deitada na sua cama, ela se espreguiçando e curvando-se para trás, balançando a cadeira de seu quarto, pulula por todo o seu corpo, a consciência destemida de seu desejo multiplica sua potência por mil. Ela quer, ela provoca, joga comigo o tempo todo, sou um brinquedo nas suas mãos. E, afinal, por que não? Não precisa doer. E se for uma alegria para os dois? É preciso ser sério com o que é sério, e não com ninharias; Deus e Milton são dignos de todo esforço e preocupação, mas o homem, o homem foi feito para ser um brinquedo dos deuses, com isso se conforma e brinca, deve saber brincar os jogos que o destino traz, pensa Félix, e logo dispensa, irritado com o cinismo para o qual o desejo o conduz.

Quando Satã se comove com Adão e Eva, chora por eles, reassegura-se de sua missão e segue em frente no caminho sem volta para ele e para nós, nem aí Milton consegue fazê-lo absolutamente mau. No momento preciso em que nosso destino é selado, não conseguimos deixar de nos identificar com a busca de irmandade do triste Satã. Ele é e não é cínico. Se sua ação é estratégia, cálculo frio, é também o desespero do afogado que, para fugir da morte, nos leva junto.

> "Busco em estreito nó a ti unir-me;
> Quero contigo ter mútua amizade,
> Tão vinculada que morremos ambos,
> Tu em mim, eu em ti, para todo sempre."

Essa é a comunhão almejada por Satã aos ouvidos de Lima Leitão. Nos versos de Milton, não é a morte o que Satã nos traz (esta deveria ser o presente de Deus), mas a eterna companhia em uma casa comum, nosso corpo.

> "*And mutual amity so strait, so close,*
> *That I with you must dwell, or you with me*
> *Henceforth*"

"Uma amizade tão estreita, tão próxima, que eu com vocês deverei morar, ou vocês comigo, daqui em diante." E Lima Leitão traduziu *dwell* por "morrer". Troca "morar" por "morrer". E isso é muito bonito, morrer de amor, morrer por você, morrer em você.

Morrer seria a glória, mas morar?, inferno! — volta Félix ao seu coração carregado de fuligem untuosa e escura —, ter o mal por companheiro para todo o sempre? O tormento a que Deus nos expôs, sua armadilha, em que caímos cheios de inocência, é que o Mal não nos ocupa por completo, mas divide nossa morada com o Bem. A miséria invadiu o jardim de Deus, e lá se instalou. O Éden não foi expulso do nosso corpo, nós o levamos conosco junto com a miséria. Somos a abundância e a fome. E é a fome o que nos faz ambicionar o bem. Somos indigentes por natureza, não importa o quanto obtivermos, porque coisas mistas não podem ser saciadas. Só pode se saciar quem é capaz de atingir a plenitude por sua própria natureza. Mas a figura das meninas o toma de fora, e por inteiro. É fora de si que ele precisa buscar. Um olhar de que não é completamente dono, que a razão não comanda, transforma a menina de rua e Jojô na salvação de sua penúria. São carne porque ele é carne, são objetos porque ele é objeto. Os três tomados por uma loucura fruto de útero de mulher. Ele é a vontade de transar com Jojô, brutalmente, de machucá-la para que sofra, que olhe para ele com o mesmo medo e malícia que viu nos olhos da menina sem nome, sem nada. Malícia? Era uma criança! Ele senta-se no chão e chora, era uma criança pequena. Recupera-se. Jojô não, já é uma adolescente, vai brincar e gostar do jogo, esteve o tempo todo esperando por seu sinal e ele, envolto pelas histórias, não soube ver o que estava acontecendo ali na sua cama, Jojô se molhando, a xoxota de Jojô palpitando por ele.

Onde está? Sentado na areia da praia, ora dormindo, ora acordado, exausto, com os olhos vermelhos e o desejo ardente em todo o corpo. Quem sabe Jojô pegou seu almoço com Oneida e foi bater na porta de seu apartamento? Com certeza ela está aberta, não se lembra de tê-la fechado quando saiu ontem, ou anteontem, um mês atrás, para andar na noite. Olha para seu dedo, sim, lá está o corte no dedão ainda não cicatrizado. Olha para seu braço, o corte que fez com o canivete, na praia com Nildo, já está cicatrizado, uma cicatriz fina, quase da cor da pele, é preciso passar o dedo por cima para senti-la. Naquela noite ele quis provar ao amigo que era um homem; assim como o sangue é sangue, ele é um homem mortal, tem um corpo... não se lembra mais o que queria provar ao amigo, qual argumento lhe faltou para que precisasse mostrar o sangue escorrendo por seu braço.

Depois de perverter Eva, de ela comer a fruta da árvore proibida e oferecê-la a Adão, Satã desce ao Inferno para levar a boa-nova a seus camaradas. Lá chegando, conta dos perigos que enfrentou, de sua coragem e astúcia, não conta do amor por nós, nem de sua tristeza. No final do poema Satã gaba-se como um marginal vulgar. Nada em nós merece piedade: "imaginem só", diz ele aos comparsas, "para seduzi-los e roubá-los de Deus bastou uma maçã".

"Seduzi-o,
E p'ra apimentar o vosso pasmo,
Só com uma maçã."

"A dificuldade foi chegar lá, ultrapassar os nove portões do Inferno, enfrentar a tormenta do Caos e a ira dos Anjos obedientes a Deus, que tentaram me impedir de despertar a fome de Eva. Ameaçaram-me com armas que poderia vencer, mas preferi outro caminho. Os anjos que nunca ousaram pôr os pés fora de casa não conhecem a fraude. Transformado em sapo e em cobra eu os ultrapassei e cheguei, em primeiro lugar, ao sonho de Eva, mais tarde à sua vontade consciente. Bastou uma maçã, tão indefesos se encontravam. E é mesmo para rir: o outro (Deus), ofendido, desistiu dos dois, do amado homem e do mundo. As portas estão abertas, Pecado e Morte preparam seu banquete, a casa está livre para o nosso mando, que o outro não soube exercer."

Irmandade? Par gentil? Não sobrou nada, como se nunca tivesse existido. Sua conversa sempre foi com o pai, uma história de vingança; nós, os irmãos caçulas, fomos criados apenas para contar a história, alguém precisava inventá-la, para isso o pai nos criou.

Satã termina de falar e espera a ovação da audiência: silêncio. Seu corpo se contorce, transforma-se, não por vontade própria, em serpente. Os companheiros tentam falar, mas como répteis, animais peçonhentos e bestas em que se transformam, apenas silvam e grunhem.

"A anfibesna cruel, o escorpião, a áspide,
A cerasta chifruda, a hidro, a dípsada.
O elope"

Que não entenda os nomes dos animais, nem em inglês, nem em português, os torna ainda mais asquerosos: imagina o pior que há em si e é deste sentimento que nascem em sua fantasia as formas em que se transformam os corruptores de nossos pais. "Na forma em que pecou", "Lembrando o crime a pena": o crime gravado em meu corpo por uma máquina velha e mal ajustada que escreve com uma lâmina de fio gasto; conforme escreve, afunda a lâmina em minha carne e o sangue que brota embaralha a leitura das palavras que descrevem o crime pelo qual devo sofrer, mas não morrer.

Duas da tarde, o sol não o faz suar, abençoado junho, tudo conspira a favor da paz. O frescor, o poema, haver poesia no mundo. Lá, sim, existe refúgio. Jojô, ontem à tarde em seu quarto, olha para ele: um sorriso de luz brilha nos olhos escuros de bordas escuras, alongando-lhe os lábios longos.

Não, nenhuma paz!

E se Jojô o seduzir? Explicitamente? Félix brinca com um graveto na areia grossa a seus pés. Suavemente remexe. Escrever uma mensagem para ela. Pode ser que permaneça. O quê?

EU.

Algum pé pisoteia de manhã. Inútil. A água apaga. A maré vem até aqui, uma pocinha perto do pé dela. Me abaixar, ver meu rosto ali, espelho escuro, respirar nele, se mexe.

SOU. UM

Coisa mais inútil a areia. Não cresce nada. Tudo fenece. Lança longe seu graveto, que cai na areia grossa, espetado.

Estas pesadas areias, grãos, conchas, cacos de ossos, restos de papel, lixo indefinível são linguagem que a maré e o vento inscreveram aqui. Areias e pedras. Grávidas de passado. Assinaturas de todas as coisas que estou aqui para ler, ova marinha e alga marinha, a maré entrando, aquela lata enferrujada. A maré sobe, seus lábios lambem, lábios de ar descarnado. Fecho os olhos e vejo.

Jojô confia em mim, suave sua mão, os olhos ciliados. Agora para onde dos reinos do cão eu a estou levando? Tocar-me. Olhos suaves. Mão suave, suave. Estou sozinho aqui. Ah, tocar-me logo, agora. Estou quieto aqui sozinho. Triste também. Toque, tocar-me. Devagar ele pressiona seu pau sob a calça grossa; num trecho vazio de praia, se esfrega na areia e, assim embalando-se, dorme.

Acorda com Jojô acariciando seu cabelo.

— Eu te procurei em todo lugar. Lá do Forte, olhando para a praia, eu te achei. Não acreditei que pudesse ser você. De longe parecia uma mancha tão pequena na areia, achei que fosse um cachorro. Mas eu fiquei olhando, olhando. É você, eu estava certa.

Não é possível, sua voz tão doce, os dedos finos na sua testa. Não é possível!

— Eu dormi pensando em você — ele diz.

Apesar do frio, ela veste shorts; ele, ainda deitado, vira-se de lado, para vê-la, e toca de leve sua coxa. Ela ri, envergonhada. Ele faz um carinho suave, observa sua reação. Embaraçada, ela continua a falar.

— Fui no Forte de Copacabana.

Não pense, não pense, siga falando, mantenha a conversa.

— É mesmo? Se um amigo meu te encontrasse lá, não ia resistir a tanta beleza... minha bonitinha.

Ela ri, tira a perna, afasta a mão dele.

— Para, Félix — fala com meiguice. — Eu fui lá, nunca tinha ido, é bonito.

Ele se apruma e senta-se ao lado dela.

— É, é lindo.

— Eu copiei umas frases do museu, dos soldados que defenderam o forte.

Tira da mochila seu caderno escolar, de espiral de metal já meio amassada. Tudo cativa, tudo é inocência. Ela lê:

— 7 de julho de 1922: "*Aos queridos pais ofereço um pedaço de nossa bandeira em defesa da qual resolvi dar o que podia, minha vida*", Mario Carpenter. Estava escrito em um pedaço da bandeira do Brasil que acharam no bolso dele, morto, no meio da rua. Está lá a bandeira, suja, a letra dele. Não é bonito? "Resolvi dar o que podia, minha vida." Ele não tinha mais nada para dar, e deu tudo. Eu chorei quando li.

Ela olha comovida para Félix em busca da comunhão das coisas boas com ele.

Não prestar atenção, não pensar. Não pensar na morte, bandeira do Brasil, Brasil, soldado, coração de Jojô.

— É lindo.

Félix senta-se, enlaça a cintura de Jojô, puxa-a para si e lhe dá um beijo no pescoço. De um salto ela se levanta, olha para ele, cobre sua boca aberta, cheia de espanto, e sai correndo.

Ele nunca viu uma decepção tão funda; de cortar o coração. Deveria tê-la agarrado, não deixado fugir, ter dado logo uma mordida, ela teria ficado, passado o susto, iria se entregar. Eu deveria... Uma decepção e um horror tão definitivos. Um véu o cobriu, ou descobriu, e o que ela viu foi insuportável. Não seria fundo o seu horror se fosse outro homem a agarrá-la, mas, que tivesse sido Félix foi o pior. O mesmo corpo, o mesmo rosto e voz amiga. Tinha procurado em todos os lugares, com o prato de comida embrulhado em um pano, o nó em cima fechando o embrulho em forma de alça, ainda quentinho, ela com o prato chegando no apartamento, vendo a mesa com os rasgos feitos pelo canivete, tudo limpo, arrumado, e a escrivaninha rasgada. Agora não eram mais os raios da lua que iluminavam o tampo de fórmica branca. Ela deixou lá o prato e continuou a procurar. Ele vê sua Jojô, nunca mais sua, com o prato na mão, passando os dedos longos no rasgo da fórmica branca, esperando o elevador, pensando onde ele poderia estar. O sol já desce, mais de quatro horas. Ela andou por aqui, por ali; estava preocupada? Ou era só o amor? E agora eu, eu-monstro.

Não quero o universo nem a eternidade, nunca quis, e agora quero menos ainda. Nem a vida, nem a morte, muito menos o sonho. A simples ideia de Deus é uma ofensa; que ele tenha qualquer poder sobre mim, principalmente de redenção, é a corrupção suprema. Levo meu corpo comigo e não busco salvação. Vou entrar no mar e me afogar em água salgada, que tornará ainda mais atroz a secura que me arde a boca, cola minha língua pastosa no oco da caveira, mandíbula, caverna de onde saem palavras muito piores que eu. 'Se um amigo te visse não iria resistir, minha bonitinha', que história é essa? Quem é esse idiota que fala uma cafajestice dessas? Que agarra Jojô tão entregue e querendo ouvir as belas palavras que eu tinha a lhe dizer, tantas, e ouve tamanha boçalidade. Não tenho palavras originais nem para ser idiota.

Está tudo certo, a vulgaridade era necessária; se houve erro foi não tê-la segurado com mais força. Está tudo certo, precisava ser feio, descer ao pântano também nas palavras. Deveria ter falado: "minha putinha", ter logo beliscado o bico de seu peito, de forma a doer e ela me olhar brava e entender que era sério; ela não teria mais como escapar, aí, sim, iria começar o jogo.

Vamos, pequena, diz Atena à Nausícaa, filha do rei dos feácios, apressa-te com teu enxoval. Leva ao rio tuas roupas brancas, enxagua e bate com força, pois não serás virgem por muito tempo.

II

37

— Ei, Félix, o que você está fazendo aqui?

Está sentado em um banco de ripas de madeira verde, na borda de um pequeno parque que une Copacabana ao Arpoador. "Garota de Ipanema", chama-se o parque. Ele arregala os olhos, ainda sem olhar para Vanda, surpreso por ouvir seu nome. Ela senta-se a seu lado.

— Estou aqui — ele diz, abobalhado.

— Estou vendo.

Sete da noite, o céu já escuro.

— Está com hálito ruim, há quanto tempo não come?

— Não tenho ideia. Nem sei que dia é hoje.

Vanda tira um cacho de banana da sacola de supermercado, dá uma para Félix e pega outra para ela.

— Hoje, no Instituto, ajudei na necropsia de uma adolescente que se suicidou.

— Como ela se matou?

— A morte foi por sufocamento. Deitou-se na banheira, tapou todas as frestas e ligou o gás.

Ficam quietos. Félix come a banana, pede mais uma. Fala quase sussurrando, como se estivesse com dor de garganta e fosse um esforço falar. Enquanto conversam, olham para o parquinho em frente, onde duas crianças brincam e a babá, vestida de branco, namora um soldado fardado.

— Por que ela fez isso? Quantos anos tinha?
— Quinze. Catorze.
— Por que ela se matou?
— O namorado partiu seu coração.

Depois de um tempo quietos:
— Você tem dois reais para me emprestar? Preciso comprar uma água.

Vanda dá o dinheiro, ele vai à barraca da praia. Demora para chegar lá, demora para comprar a água, demora-se olhando o mar.

No parquinho a babá e o soldado se beijam, ele segura o rosto dela e olha com carinho demorado, fala alguma coisa, rindo, dá um beijo pequeno em cada um de seus olhos; ela o abraça forte, apoia a cabeça no ombro dele, sorri. As crianças brincam na gangorra.

38

Surpreso por ouvir seu nome naquele lugar ermo por onde anda, Félix quase não entende a pergunta. Seu pensamento já havia ido para tantos lados, que não estava mais em lugar nenhum. Toma um gole d'água e o frio dói em seus dentes. A voz de Vanda, "o que você está fazendo aqui?", é sólida, vem de um mundo do qual ele já quis ter forças para fazer parte.

— Hoje eu beijei Jojô e ela saiu correndo.

Diz antes mesmo de sentar-se de volta no banco ao lado de Vanda.

— Acho que, mais do que partir seu coração, eu enchi ele de raiva.

Félix fala com o casal à frente ocupando algum lugar de seu cérebro. A confissão mistura-se com o carinho de seus gestos.

— Você forçou?

Ele não responde logo; pensa. Era a sua intenção, mas não, não forçou. Foi devagar, não usou a força como ela, talvez, esperasse que ele usasse. Claro que não. Agora tudo está tão distante, que não se lembra mais por que imaginou que Jojô gostaria de ser forçada a transar. Quando se lembra dos dois na areia, sentados, ele se espanta com o que de fato aconteceu na praia. Foi tão menos do que o turbilhão interno: acariciou sua perna, falou palavras idiotas, beijou seu pescoço. Não com a delicadeza daquele soldado, mas foi isso: a mão na sua perna, palavras cafajestes, um beijo.

— Não. Estávamos na praia, eu tinha passado a noite fora de casa, ela me achou, me acordou de mansinho, com um cafuné, foi um sonho, e saí dele para o pesadelo.

— Você forçou Maria Joana?

Nos olhos de Jojô, não foi dor o que ele viu. Não, não a forçou; ele a traiu.

— Não, foi pior.

— O que você fez?

— Ela esperava uma coisa de mim, que eu ouvisse o que ela me dizia, e eu não escutava nada, via sua boca, perna, pescoço. O que eu fiz? Fiz carinho na sua perna, abracei a cintura dela e beijei seu pescoço. Ela se assustou, me olhou, não me reconheceu e saiu correndo.

O soldado conversa alegre e confiante de que é escutado com atenção, a babá ouve com um olho nele e outro nas crianças. Sua alegria é muito bonita, a confiança dele constrange Félix, será possível isso entre um homem e uma mulher? O que ele fala? Do seu dia, provavelmente; entrega seu dia a ela, e ela recebe, alegre também. "Eu nos traí", Félix pensa.

Os dois irmãos sobem no escorregador, apostando corrida. O menino desce cada vez de uma maneira, de frente, de costas, deitado. A capa de Batman atrapalha, mas quando corre, olha para trás e verifica o efeito do vento no pano preto, seu poder de voar compensa a dificuldade no escorregador. Calça um tênis que acende luzinhas fosforescentes quando pisa mais forte no chão. A menina tem franjinha, duas tranças curtas, uma fivela com laço rosa no cabelo. Veste uma blusa amarela com a estampa de uma gatinha e dois macacos. Seu rosto é redondo, as bochechas gordinhas, o nariz pequeno, dois olhos de jabuticaba, muito vivos.

Enquanto comprava água e olhava o mar, pensou na menina abusada pelos dois homens e pelo menino-homem, pensou que ela nunca se mataria, nenhum namorado seria capaz de lhe partir o coração. O amor já tinha sido achincalhado muito antes, quando era pequena. Mas não, o que ele vira não tinha nada a ver com amor. Este ainda poderia colhê-la, elevá-la e, então, arremessá-la do penhasco. Talvez ainda exista um pedaço do seu coração para ser machucado; quem sabe, até conhecer o amor, seu coração, diferente da xoxota, ainda esteja intacto. E, quando cair nos espinhos do fundo do penhasco, talvez ela não resista e ligue o gás.

39

— Eu tive medo de que isso acontecesse, mas não sabia definir o que Maria Joana não esperava. O que foi, Félix, por que ela não quis o seu beijo?

Sua pergunta não é retórica. Vanda procura a resposta, não consegue imaginar a situação dos dois na praia. O que Félix conta diz mais dele do que da irmã.

— Ela se espantou, foi muito forte, maior do que ela. Ela não esperava, de jeito nenhum... ela...

Para de falar.

— Ela o quê?

— Nem eu esperava. Quer dizer, eu queria demais. Quando dei um beijo no seu pescoço, queria muito mais que o beijo; não tinha a ver com ela, era uma coisa dentro de mim. Não sei, eu fiquei nu. O jeito de ela me olhar era de tal horror... Eu fiquei pelado e era um homem horrível.

— Você ficou pelado?

— Não, Vanda, porra, não fiquei pelado. Estou dizendo que parecia que eu tinha ficado nu aos olhos dela, e com um corpo que era asqueroso.

— Nojento?

— Deixa eu falar as minhas palavras!

— Não, está errado, você não fala o que aconteceu, você inventa, o tempo todo não para de inventar o que aconteceu. Não é que mente, inventa.

— Você só sabe ouvir com um ouvido. Existem muitos e todos são verdadeiros. Olha em volta, Vanda. Você diz que eu não enxergo nada, mas e você?

— Eu o quê?

Félix foi ficando sem voz. Falava com raiva, tão alto quanto sua garganta machucada lhe permitia. Recuperou o fôlego.

— Não sei, espere que depois você entende, não fique querendo que eu conte assim, de bate-pronto. Eu não invento nada, eu não consigo inventar coisa nenhuma. Tudo é ruim, difícil para mim, difícil falar. Tão difícil. E bom, que bom que você está aqui.

— Eu posso ouvir o que você fala. Mas você não fala, às vezes você vai para outro lugar que parece ter a ver com o que estamos falando, mas não tem. Você se perde dentro de você, eu fico esperando aqui fora, e Maria Joana a léguas de distância.

— Nojento é uma palavra horrível. Tem desprezo demais.

— Fala pra fora. O que aconteceu? Esquece as palavras, fala sobre Maria Joana na praia.

— O jeito que ela me olhou depois que eu dei o beijo no seu pescoço me revelou o que ela esperava de mim e o que eu não era, e no que eu tinha me transformado. Eu estava nu, pelado, despido, e ela enxergava o meu verdadeiro corpo, que era feio.

Vanda segura o rosto dele com as duas mãos e o balança com força para um lado e outro. Chacoalha de tal forma que seus óculos caem.

— Pelo amor de Deus, sai de dentro de você! Você viu Maria Joana? Viu de verdade, viu o rosto dela? Não quero saber o olhar dela, o seu horror. Quero saber se você enxergou Maria Joana.

Ela fala alto, a babá e o soldado olham para eles e entendem que não é nada sério; a babá senta-se no balanço e o soldado a empurra devagar enquanto continuam a falar. As crianças brincam no quadrado de areia. A iluminação pública é feérica.

— Para, Vanda. Não consigo nem entender o que você está falando. Por que está me sacudindo? Para!

Ele a afasta, pega os óculos e os coloca mesmo sujos de areia. Ela diz:

— Você é muito idiota.

— Com certeza sou, mas não sei de qual parte você está falando.

— O que você acha que aconteceu com Maria Joana?

A menina corre e senta no colo da babá. O soldado empurra as duas. O menino senta no balanço ao lado. As crianças cantam animadas uma música enquanto se balançam.

> *Bam-ba-la-lão, senhor Capitão,*
> *Espada na cinta, ginete na mão.*
> *Senhor ferreiro, me faça um facão*
> *Comprido, comprido, que arraste no chão.*

Repetem a música desafinados. O menino joga as pernas para a frente e a cabeça para trás, depois inverte, as pernas se dobram e a cabeça vai com força para a frente, quer se balançar mais alto do que a babá e sua irmã.

Vanda, mais calma:

— Ela gosta de você, em todos os sentidos, dá para perceber quando ela fala de você, ou quando não quer falar de você.

— Eu não entendo as mulheres.

— Filho da puta! Isso é a pior coisa que você poderia ter dito. A coisa mais egoísta do mundo. Quem você acha que entende alguém? — Ela fica furiosa. — Que coisa é essa: mulheres? Como assim, "eu não entendo as mulheres"? A gente tá falando de Maria Joana, uma menina que você conhece muito bem, que estava enfeitiçada por você. Que merda é essa: eu não entendo as mulheres?

— Você está certa, eu não entendo ninguém. Estou apavorado. Eu não me conheço mais.

O telefone celular da babá toca. Ela faz um sinal para as crianças pararem de cantar e atende.

— Estamos na pracinha. Sim, sim, senhora, estamos indo, desculpe, me distraí.

As crianças não querem sair, ela se despede do soldado com um beijo rápido, ele quer mais, a segura, as crianças choram, escapolem, o menino para cima do escorregador, a menina para o alto do trepa-trepa. Ela dá um berro, os três obedecem: o soldado fica dentro do parquinho e os dois pequenos saem atrás dela.

40

A braveza de Vanda confunde Félix, ele não entende em qual direção ela vai. Está pronto para aceitar toda a humilhação do mundo, o que vier ainda será pouco diante de seu corpo e alma abomináveis. Mas não consegue entender o que ela fala. Não quer pedir desculpas, não quer que lhe tirem quase a única coisa que tem nesse momento, a culpa. Mas, sim, começa a entender, é contra a sua culpa que ela vocifera.

— Você pode me dar outra banana e falar mais baixo?

Vanda lhe dá a banana. Ele limpa os óculos na camiseta, ajeita-os de novo sobre o nariz. Está sério, pronto para ouvir o que ela tem a dizer. Ele pergunta:

— O que você acha que aconteceu? Me diz, você sabe?

Vanda responde:

— Acho que ela se assustou em pensar que é só uma menina gostosa, apenas isso, para você. E eu sei que agora, no quarto ou onde estiver, ela está pensando que para você ela sempre foi só isso, que nada do que achou que existisse existiu mesmo, que literatura e poesia e paraíso foram só uma estratégia para você chegar até o que ela era para você, uma menina gostosa.

— Você fala como se fosse pouco. É enorme, porque ela está certa, e não está. É horrível.

— Ela está certa, mas não é horrível, é isso aí. A vida é assim.

— Machucar Jojô é horrível.

— É?

— Eu não entendo o que você está dizendo.

— Estou dizendo que você não conhece Maria Joana. Que você não sabe quem você machucou. Que você machucou o seu amor, o seu corpo ficou asqueroso, você, você, um monte de coisas horríveis aconteceram com você. Não sei qual é o seu pecado, Félix, mas se você sair de você, talvez consiga ver Maria Joana. O que aconteceu é uma das coisas mais tristes do mundo, tem adolescentes que se matam, mas em geral a gente resiste, o mais normal é isso, a gente resiste e passa, e acontece de novo, e passa de novo. Ela é pequena, e isso é mais triste ainda. Mas não é horrível. E vai passar.

Qual é o meu pecado? Jojô enxergou dentro de mim e foi isso o que a afastou de mim. Não o meu amor, mas o meu ódio. Mas nós podíamos compartilhar o ódio e a sua dor. Está provado que nada desprovido do bem pode almejar o bem, e nós almejamos, sempre, ou quase sempre, o bem, porque precisamos dele para não morrer envenenados. A gente almeja o que precisa, o que não tem o suficiente; porque temos em nós o bem é que procuramos seu complemento. E o malquerer? Não é também um tipo de amor? Não a indiferença, mas o desejo de matar, se é compartilhado, não é também amor? Vanda não entenderia, é um ser totalmente moral, só esse canal está aberto ao mundo. Ela não consegue me ver, apenas me julgar. E eu sou a vontade de matar, sou quem duvida do amor, quem ama, e ama a vontade de matar e quer compartilhá-la com Jojô. Sou isso, essa coisa-eu enxerga Jojô com clareza. Talvez não. Como é o seu rosto? Lembro do cabelo, o brilho nos olhos, mas de que cor são seus olhos? Raiados? Sim, mas o que quer dizer "raiados"? De que cor são realmente os olhos dela?

Vanda está muito séria. Nesse momento ela é do universo dos homens que escrevem em casas fechadas durante o frio do inverno, não importando se bem agasalhados ou não. Escrevem porque assim exige sua consciência, ditam para a filha que, velha ou moça, estará sempre lá para anotar o que, para ela também, é da máxima importância e urgência. O homem sério, no inverno rigoroso, *dark in the darkness*, e sua filha são um conjunto uno. *Dark and deep, dark and deep, dark and deep*. O homem e sua filha, não apenas um ser, mas um conjunto indivisível. Não é o amor de um pelo outro o que os une, é o amor dos dois pelo mundo que torna o conjunto uno e solitário. Ela fala compenetrada.

— Horrível é uma categoria diferente de triste. O que é horrível é errado, o que é triste, é triste.

41

"Quem se conhece a si quando começa?"

"*for whom himself begining knew?*"

É dessa forma que Adão começa a contar o início de sua vida. Seu primeiro dia no Paraíso: "quis falar, logo falei, a língua obedeceu-me e dei nome ao que vi: sol, terra, montes, tarde. Bichos, pássaros, sempre chegando dois a dois, eu os nomeei, conforme passavam por mim, e lhes entendi a natureza; sentindo-me solitário no meio da tamanha abundância, pedi a Deus uma companheira".

Quem se conhece a si quando começa?

E Deus lhe responde: — Mas por que solitário, com tantos companheiros que lhe dei?
— Mas não um igual a mim — responde Adão.
— Se eu — retruca Deus —, aqui eterno e sozinho, pois não sei de ninguém semelhante a mim, muito menos par, gozo assaz felicidade, por que tu não hás de gozá-la?
— Tu — diz Adão — és Uno, infinito e completo em si mesmo. Porque eu sou imperfeito preciso de um igual do meu igual. Juntos, assim completos, e apenas assim, poderemos gozar a felicidade.

E daí se seguiu o que somos, pois é da natureza de cada espécie produzir o que se segue a ela. Do contrário, todas as coisas teriam permanecido potenciais, desprovidas de formas. Ninguém existiria se a unidade permanecesse em si mesma, nenhuma diversidade entre os seres.

E o que começa, quando começa, não sabe de si, logo, não sabe o que se seguirá, sabe apenas que algo começa e que não se contentará em permanecer em si, nem é dado ao que nasceu desnascer. Poderá morrer, mas para isso será preciso matá-lo, com arma ou por inanição, pouco importa, mas é preciso um ato, não basta o esquecimento, ainda que este fosse possível.

42

O soldado foi embora, adolescentes ocupam os aparelhos de ginástica para pessoas idosas, um pouco além da cerca baixa do parquinho de crianças. Brincam e conversam, por enquanto são poucos.

— O que você queria com Maria Joana?

— Você sabe que eu estou escrevendo uma monografia sobre o *Paraíso perdido*. Ela estava me ajudando, porque meus olhos nem sempre estão bons. E eu fui gostando cada vez mais de tê-la por perto. O entusiasmo dela com o poema, com as histórias que eu contava, fez tudo ganhar uma vida diferente. Comecei a escrever o meu ensaio para ela. Quis explicar a ela a origem das nossas misérias. Tudo nela me fazia ser mais inteligente; fui varrendo minha arrogância pra longe. Nesses meses em que Jojô foi ao meu quarto às tardes, a confusão não me paralisava mais, eu quis e consegui ser claro. Agora pode parecer pervertido o que sinto, mas o que me entusiasmava era tudo nela ser virgem. Ela era uma estrangeira à luta que o poema conta. Não que fosse criança, ou boba, ela é muito inteligente e tem uma personalidade forte. Quando eu digo virgem quero me referir a alguém que não conhece o mal e está aberta a compreendê-lo sem armas, a conhecê-lo com coragem. Não sei se eu queria alguma coisa de Jojô, queria tudo, e acho que ela também. Eram principalmente as conversas sobre o poema, a literatura, sua postura na cadeira, na vida, diante de mim. A atenção com que lia, sua maneira de me olhar e me ouvir, tudo me comovia e estimulava. Com ela no quarto eu soube ler melhor, e acho que ela também ficou entusiasmada, não comigo, mas com nós dois.

— E o que mudou?

— Claro que fazia parte desse entusiasmo o desejo, meu e dela.

— Ela é uma criança.

— Talvez sim, talvez não. Eu deveria tomar conta dela, é isso o que você quer dizer?

— É, é isso o que eu quero dizer.

— É verdade, eu sei, mas nós viramos uma coisa só, dentro do quarto. Cada um tinha seu papel, mas era um envolvimento comum com coisas comuns, o que incluía nossos corpos. Não sexo, nem se pegar, mas era "como se", entende?

— Não, não entendo. Sei do que você está falando, mas ainda não chegou lá.

— Eu ficava tão entusiasmado em falar e ouvir, tantos pensamentos sobre o poema aconteceram por causa da presença dela, e eu sentia que ela também se transformava, como se fôssemos nos transformando em duas partes da mesma coisa. E isso é um pouco o que o sexo é. Mas não, não transei com a sua irmã. Mas sim, quis transar com minha amiga hoje, quando ela me encontrou na praia. E quis machucá-la.

— Félix, você não é tão ruim quanto gostaria de ser. Ninguém conhece ninguém, você está certo, mas eu te conheço. Não acho que ela está mais apaixonada por você do que vai estar daqui a pouco por outro homem, ou colega, que a leve a sério, até descobrir, ou imaginar, ou comprovar, que ele não a leva a sério; mais uma vez ela vai achar que para os outros ela é só um corpo, que ela nem acha que é ela de verdade, porque ela de verdade é alguma coisa além do corpo que ninguém entende. A sua chance acabou, Félix. É mais triste pra você do que vai ser pra ela. Quer dizer, eu entendi o que aconteceu. A lembrança que ela vai guardar de você, não agora, mas depois, é a de um homem bom e dela mesma como uma menina muito boa, que ela não vai mais ser, quando puder se lembrar de você.

— Não sei se é tão simples, as feridas não fecham tão fácil.

— É, às vezes não é fácil.

— As feridas não se fecham.

— Ah, fecham, sim, com certeza fecham.

43

— Você não é tão importante quanto pensa que é. Nem tão asqueroso.

Vanda completa seu raciocínio. Está cheia de certeza e de raiva. A raiva vai sumindo. Félix a admira. Félix ama Vanda profundamente. Tão fundo quanto a dor que existiu entre ele e Jojô é o seu amor por Vanda.

— Mas a menina se matou. As pessoas de quem se parte o coração às vezes se matam.

— Às vezes, principalmente quando o namorado ou namorada são pessoas ruins, covardes, descuidadas, filhas da puta, facínoras.

Pausa, olha os adolescentes.

— Quando sofrem junto, isso não acontece.

O grupo cresceu e faz barulho. A noite está fria, eles vestem casacos, muitos com capuz e a manga mais comprida que seus braços, a maior parte das meninas está de shorts. Sempre as pernas de fora. Félix segue as pernas, assim como seguiu as luzinhas do tênis do menino com capa de Batman. Elas parecem imantadas, seu olho não consegue se desgrudar, as pernas brilham mais do que qualquer outra coisa sob a luz potente do holofote instalado pela prefeitura para tornar aquele lugar mais seguro. Os adolescentes são da favela, pela cor do corpo e pelas roupas Félix sabe que são do Pavão-Pavãozinho. As pernas não pertencem mais aos seus corpos, são pernas avulsas, mágicas. Ele fica tonto, e continua a prestar atenção, cada vez com mais esforço, no que Vanda fala.

— Mas se a menina de coração partido ao meio e sangrando, ou o menino, vê o ex-namorado, ou ex-namorada, rindo, feliz, beijando a amiga, ou o amigo, isso quase sempre é a morte. Morte certa.

Félix olha para ela, para ver se está brincando, mas não, ela está triste, com os ombros arqueados.

— Por que ela entrou na banheira?

— Ela também cortou os pulsos, tentou cortar. Deve ter ouvido dizer que na água morna o sangue sai mais fácil, não coagula.

— É verdade?

— O quê?

— Que sai mais fácil porque não coagula?

— Não sei.

Não falam nada por um tempo. É Vanda quem recomeça:

— Maria Joana deve estar em casa, ou na casa de alguma amiga. Talvez esteja vendo televisão. Tem leite na geladeira. E biscoito no armário, eu acho.

Nojo também quer dizer luto, tem a ver com morte. Apesar de discordar de Vanda, seu julgamento o apazigua. Pode ser que tenha a ver com repugnância, porque o que está morto se putrefaz. Pode-se falar: durante os dias de nojo ela se vestiu de preto, cobriu os espelhos e não quis comer nada. Certo que qualquer julgamento apazigua. Mas o dela é sincero e parcial. Não necessita de muitos fatos para se fazer, a absolvição é a vida, e a pena, a morte, não há meio-termo. Talvez a relação de luto com asco seja também porque a pessoa acha tudo ruim, nesse período não quer se aproximar de nada, a vida a repugna. Talvez haja a pena de chibatadas entre a continuação da vida e a decretação da morte.

— Você disse "nojento", quando eu falava do meu corpo. Eu tenho que me esforçar para falar essa palavra, estou me esforçando e ficando enjoado com seu som. Mas é porque eu quero te dizer que nojo pode significar também luto, o período de luto após a morte.

— A mãe, não, a tia da menina que se matou chamava-se Isabel. E a menina chamava-se Simone. Ela nunca falava "corpo", tipo: limpar o corpo da Simone. Falava só Simone. A falta da palavra "corpo" foi doendo no meu ouvido. Como a palavra "nojo" no seu. Acho que é o mesmo tipo de sensação ruim. Acho que é parecido. Tinha uma coisa muito errada naquilo. E eu fui ruim, fiz ela falar "corpo de Simone"; ela falou com calma, para ser educada, mas sem comprometimento com o que falava. Aquilo me espantou. Ela não ficou ofendida, nem triste, nem incomodada por falar "corpo de Simone". Isso mexeu comigo. Fico pensando na tia, até agora. É uma senhora baixa, branca. Eu queria ter uma mãe como ela. Isabel é um nome bonito. Não sei bem por quê, mas agora me deu vontade que a minha mãe fosse como ela.

— Vocês têm mãe?

— Temos. É uma mulher alegre, alta, meio maluca. Mora na favela ao lado de casa.

— Por que a Jojô vive com você?

— Porque ela foi abusada por um companheiro da minha mãe, foi mandada para ser criada por minha avó, no Ceará, lá foi abusada pelo tio, e eu a trouxe para morar comigo.

As pernas avulsas desaparecem, o cheiro de maconha, surgido há pouco, acentua-se na percepção de Félix. Ele olha e Vanda está do mesmo jeito, nem mais triste, nem mais nada, do mesmo jeito.

— Não sabia.

— Com você ela conheceu o amor. Nunca tinha visto ela tão feliz.

— E esses homens, os que fizeram isso? O primeiro era o seu pai? E o seu tio?

— Os dois morreram. Não era meu pai, nem de Jojô. Mas mesmo que fosse, não importa. Quer dizer, sim, isso é horrível. Entende por que você não deve falar "horrível" à toa?

44

— A tia da menina falou da importância de cuidarmos bem dos corpos das pessoas que morrem. Quando eu dou pontos para fechar o abdômen, eles precisam ser firmes para compensar a ausência da musculatura e da estrutura da costela, por isso nunca fica tão bom como pode ser a costura de um corpo vivo, depois de uma cirurgia, por exemplo. E, além disso, essa é a parte da autópsia que já não diz nada sobre a causa da morte, é como apagar a lousa no final da aula. Mas eu sempre procurei caprichar, porque, afinal, para os parentes, o corpo é a lembrança da pessoa que vivia. Mas eu nunca tinha pensado no amor que a gente tem pelo corpo da pessoa que morreu e que, enquanto não começa a apodrecer, está lá para ser amado e protegido. A gente ama o corpo da pessoa que morreu, foi isso que eu entendi hoje. Desde que ela saiu de lá, junto com o carro funerário que levou o corpo da sobrinha, eu não parei de pensar nela. Pequena, magra, branca, fraca. Estava tão cansada e triste, era carinhosa com a menina, com o corpo da menina, educada comigo. E, ao mesmo tempo, era forte, seca, amarga. Como alguém pode ser amargo sem ser ruim? Sem querer o mal? Fiquei com mais vontade de fazer medicina. Nunca achei o meu trabalho ruim, mas hoje foi estranho mexer com os corpos. Não porque estavam mortos, mas porque tinha gente esperando por eles.

— Jojô veio me contar da visita dela ao Forte de Copacabana. Ela tirou o caderno da mochila e leu pra mim a frase de um soldado que foi morto em 1922, no 18 do Forte, conhece a história?

— Não. E o que ela leu?

— Agora que estou entendendo como eu não entendi nada mesmo. Ela leu pra mim a frase que um soldado tinha escrito em um pedaço da bandeira do Brasil. Porque a guarnição do Forte tinha se revoltado contra o governo. Cercados, muitos abandonaram a luta. Os que resistiram dividiram a bandeira brasileira em tantos pedaços, cada um com o seu saiu marchando pela avenida Atlântica. Dezoito soldados. E a maioria morreu fuzilada pelas tropas do governo. No bolso de um dos soldados mortos acharam o pedaço da bandeira do Brasil, e nela estava escrita a frase que Jojô leu pra mim. Ela estava emocionada com o que estava escrito e porque estava dividindo a frase e o sentimento dela comigo, ajoelhada do meu lado.

— Como era?

— Estou tentando lembrar e não consigo. Só me lembro de ela se entregando pra mim. Como o soldado entregava a vida. Era isso, pela pátria ele entregava a vida, porque era só o que tinha a entregar. Era sobre isso que Jojô estava falando, e eu não ouvi. E ele morreu fuzilado, a bandeira está manchada de sangue. Eu sei porque já vi no museu do Forte, e quando vi fiquei impressionado também. Era para ser mais uma coisa comum entre nós.

— Você está apaixonado por Maria Joana?

Ele fica um tempo em silêncio.

— Não, não estou apaixonado por ela.

— Então, sossega, vai ficar tudo bem.

— Eu não sei o que é estar apaixonado, então sei que não estou.

— No poema não existe nada a esse respeito?

— Existe, existe, mas eu ainda não consegui chegar lá. Eu gosto muito de Jojô, e está sendo insuportável ter querido mal a ela.

Félix começa a chorar, no começo baixo, depois seu corpo começa a balançar, ele chora mais alto, torce-se sobre si mesmo, chora e chora, começa a gritar, levanta-se, puxa os cabelos, se abraça, xinga, grita e chora alto, arranha o rosto, rasga a camiseta. Os adolescentes voltam-se para olhar a cena. Vanda fica comovida com o desespero de Félix. Ele grunhe algo incompreensível na direção dos adolescentes, raivoso com sua curiosidade; eles viram o rosto para o outro lado, alguns riem, nervosos, um mais maldoso imita Félix, puxa os cabelos e grita, com um tom zombeteiro e efeminado. Ao ver a sua imagem reproduzida no rapaz, espelho patético, ele senta-se no chão e se cala. Treme de frio, sem nenhum controle muscular. Bate os dentes. Vanda se agacha ao seu lado e o abraça.

— Meu corpo já não quer aguentar mais.

Ela o abraça forte, ele vai se acalmando. Ela o faz levantar-se do chão e sentar-se novamente no banco.

— De noite eu vi uma menina sendo estuprada. Era um pouco maior, ou da mesma idade dessa de trancinhas que estava brincando aqui na praça. Mas era pobre.

— Você o quê?

— Eu vi uma criança sendo estuprada aqui em Copacabana, na rua. O menino que estava com ela negociou com dois homens e eles abusaram dela. Ela não chorou, não reagiu. Eles, ele e ela, ganharam dinheiro pra ela fazer aquilo. Os homens se enfiaram em um vão escuro, na rua, na boca de uma galeria, e começaram a obrigá-la a... — ele para de falar.

Vanda levanta-se.

— O que você fez?

— Eu segui os quatro, os dois homens, a menina e o menino; fiquei escondido, vendo.

— Como assim?

— Vendo e me masturbando.

Vanda dá um soco forte no rosto dele.

— Não chamou a polícia? Não gritou, atacou?

Ele não parece sentir dor.

— Não, me masturbei.

Vanda bate em Félix de novo, seu nariz começa a sangrar.

— Você é um... Félix, você fez isso?

— Fiz. E depois quis beijar Jojô.

— Não mistura as coisas, seu filho da puta!

— Elas são misturadas.

— Você devia morrer! Seu nada, seu verme nojento, demente! Devia se matar. Você, sim, devia morrer por afogamento.

Ele está catatônico, os olhos muito abertos, o rosto imóvel, travada a mandíbula, o sangue escorrendo do nariz até o pescoço.

— Agora você sabe o que existia além de você, até aqui sabia apenas de si mesmo! Na verdade você era uma criança inocente, mas mais, você era uma pessoa diabólica! Por isso deve morrer por afogamento!

Félix tem os olhos injetados de sangue. Levanta-se e a empurra com força, ela se desequilibra e dá dois passos atrás para não cair; ele avança e fala muito próximo a ela, com uma voz que vem das cavernas de sua garganta machucada.

— Você não é Deus.

— Não, sou uma mulher, e você é um, é um...

— Um o quê? O que que eu sou, Vanda? Não é você quem vai decretar a minha morte.

45

Ele cruza áreas circulares, iluminadas e áridas com seu piso de cimento, sobe por uma trilha de paralelepípedos no meio da mata baixa; precisa andar. Um barulho cada vez mais alto o envolve, vai ficando insuportável, *clac-clac*, *tac--tac-tac*, *tom*, *tum-tum-tum*, materiais duros se chocando, pedra com pedra, metal e gritos; ele tenta se afastar, mas, desorientado, é atraído para a fonte do barulho. São duas pistas de skate, grandes depressões côncavas, grafitadas, onde alguns meninos brincam com seus skates, dão saltos mortais, deslizam, param repentinamente e mudam de direção. Félix gostaria de ficar para sempre ali, ensurdecendo-se, girando os olhos em muitas direções e ritmos para acompanhar cada menino, e as poucas meninas, que se confundem, todos de boné ou capuz e roupas largas. Mas depois de quinze minutos amortecendo sua dor, o caos já não surte efeito. Ele sente uma atmosfera pesada vinda da arquibancada, no nível da pista skatistas conversam enquanto descansam e assistem às manobras dos colegas. Nos degraus de cima ele vê homens que se pegam e se beijam. Os solitários avaliam os recém-chegados, comparam e selecionam qual vale a pena abordar. O ruído surdo da caça é mais forte que o espalhafato da brincadeira das crianças, o que excita a ferida de Félix. Ele retoma a caminhada pela trilha protegida da iluminação pela copa das árvores.

Quer pensar, escolher matar-se, ser dono de si e não levado e levado e mais uma vez levado a fazer o que depois nunca sabe por que fez. Mesmo considerando que não há um "depois" de se matar, ainda assim quer governar o destino de seu corpo. Não vai deixar a decisão de matar-se ir embora, mas precisa ser uma decisão, cada vez mais é importante estar calmo, ter a consciência absoluta do bem e do mal, ter o domínio sobre "eu", "meu corpo", o que quer que isso seja.

Às vezes segue no estreito caminho de paralelepípedos, outras, se embrenha em trilhas de terra batida por dentro do arvoredo. Percebe um movimento perto de si, volta-se e vê, quase ao seu lado, dois homens transando. Ele não esperava, se assusta, recua; os homens percebem sua presença, olham para sua figura suja com repulsa; depois riem, o mais jovem mostra a língua, ao mesmo tempo em que enfia o pau no companheiro, para fora e para dentro da boca, mimetizando o movimento da língua de uma cobra. Uma graça canhestra. Félix continua a andar. Aqui e ali, gemidos, risadas. Ele tenta seguir na trilha, mas seus passos o conduzem novamente aos sons. Em um lugar escuro, quatro rapazes maltratam um velho. Os jovens são musculosos, o velho é um pouco gordo. Ele está com as mãos algemadas atrás do corpo, um dos rapazes o estapeia enquanto fala obscenidades. Manda que se ajoelhe e chupe seu pau, empurra sua cabeça, outro lhe bate na bunda e enfia algo em seu cu. Félix paralisa, quer fugir, seus olhos presos no grupo não param de olhar. Consegue quebrar o elo e retomar a trilha que sobe o rochedo margeando o mar.

Dois policiais aproximam-se, vêm conversando. Félix percebe que, ao vê-lo, eles param de falar e diminuem o passo até chegar à sua frente.

— O que você está fazendo aqui?

"O que você está fazendo aqui?" A pergunta ecoa a voz de Vanda, um *looping*, vai começar tudo de novo, terá que viver, lembrar e contar tudo de novo. Tem vontade de dizer: "me masturbei enquanto uma criança era estuprada e estou a caminho da morte".

— Estou aqui.

Volta ao começo.

— E esse nariz?

Ele leva a mão ao nariz e sente dor, lembra-se do soco de Vanda, continua tocando o rosto, está melado, olha sua camiseta, rasgada e suja de sangue. Entende o tom intimatório dos guardas; se dá conta de que tem a figura de um sem-teto machucado.

— Faz parte.

— Parte do quê, vagabundo?

— De mim.

Um policial cospe no chão, o outro dá uma estocada leve com o cassetete na barriga de Félix, e vão embora.

Ele sobe o rochedo, duas garotas se beijam, continua a caminhar, sai da trilha e segue sobre a pedra em direção ao mar. Amigos conversam, solitários olham o mar e casais namoram. Ele anda, anda e chega na ponta do rochedo de onde vê o alto-mar e parte da praia de Copacabana. Nos seus primeiros dias de Rio de Janeiro sentava-se ali com Vanda. Hoje o mar liso balança devagar as luzinhas dos navios distantes. A primeira vez foi em uma tarde de sábado. Vanda foi sua primeira mulher.

Logo que chegou ao Rio, eles se viam quase toda semana, depois, quanto mais emaranhado ficava o seu trabalho, menos ele a procurava. Nos últimos meses ele estava sempre com a cabeça cheia, o *Paraíso perdido* cada vez mais pesado, transar com Bianca ou com as outras o ajudava a livrar-se dessa carga, era um alívio, e quando acabava, acabava.

A última vez que Félix e Vanda transaram foi no Carnaval. A folia entrando pela janela por cinco noites seguidas e ele quieto. Ela entrou pela porta, junto com a aurora da quarta-feira de cinzas, com o corpo suado e cheio de purpurina. Sua eletricidade e as pequenas lâminas de metal colorido ficaram brilhando no corpo e na cama dele por muitos dias.

Da primeira tarde em que viera naquele rochedo com Vanda, ficaram gravados em sua memória os pequenos arco-íris que surgiam no leque de água que se formava no ar, após o choque das ondas com o rochedo. O jorro se desfazia em pequenas gotas e pequenos arco-íris surgiam um depois do outro, depois do outro, depois... ininterruptamente, como mágica. Um vapor frio pairava sobre eles. Vanda brincou de ser a maestra do espetáculo: a um movimento de sua varinha — um galho com o qual viera brincando na trilha até ali —, surgia o leque de água e seu arco-íris. Félix estava tão encantado que acreditar no poder de Vanda sobre o movimento do mar era até pouco; ele acreditava que ela tinha o poder sobre todo o Universo. Ela desenhava no mundo exterior como real o que havia no seu mundo interior como possível. Seu braço gesticulando a batuta, lembra-se muito bem, criava uma amplidão abarrotada de futuros. Não era nada específico, na verdade não era nada, seu gesto não criava coisa alguma. Tudo é forma de dizer e de lembrar.

Lembra-se do pai censurando a imprecisão de suas frases, a falta de objetividade de seu raciocínio. Procura tornar mais precisa a lembrança de Vanda naquela primeira tarde. Nas tardes que se seguiram, provavelmente o mar também bateu, a água subiu e os arco-íris se formaram, mas o encantamento foi no primeiro dia. Vanda estava alegre e ele achou que ela era bailarina de profissão. Não sabiam muito a respeito um do outro, não sabia que ela trabalhava com cadáveres e na academia, achou que ela havia dito que era bailarina. Eles tinham quase a mesma idade, quase a mesma altura; ficaram muito tempo brincando com a água em cima da pedra. Depois transaram. O prazer crescia a cada encontro, Félix ficou alucinado com o sexo e ele tomou conta de sua vida.

Sente a umidade do mar em seu rosto machucado, presta atenção, ouve agora o barulho que chega antes das gotas. Será que existe arco-íris de noite e não conseguimos vê-lo apenas porque está escuro? Se eu me matar agora serei um covarde ou um homem honrado? Quero ser um homem honrado? Homens honrados matam e morrem, e continuam honrados. Covardes só são covardes.

Nesse momento o estupro da menina desvalida me parece tão odioso quanto irrelevante. Certamente porque sou odioso e não quero a salvação. Não quero a salvação. Mil vezes não quero a salvação, não quero paz no coração, sono tranquilo e tenro almoço. Foi ontem, pouco tempo, quase nada, e não importa, o passado não passa, existe. A dor, o julgamento e agora o esquecimento, o crime vai se dissolvendo em uma mancha nebulosa, uma coisa cada vez menos conhecida.

Félix se esforça para rever a cena da menina sem nome sendo abusada, ela volta com detalhes novos, talvez vistos e guardados na memória e que só agora afloram à sua consciência, talvez inventados por alguma necessidade de seu desejo sexual e de autopunição. Assiste a pedaços do acontecido em câmera lenta: movimentos, mãos, olhares, saliva, pau, boca, cabelo que se repetem; prolonga o abuso além do acontecido, agora a menina é penetrada e grita, o outro homem a penetra por trás, ao mesmo tempo; ela olha para Félix e dá um sorrisinho, suas sobrancelhas grossas se encontram na forma de uma gaivota, sua boca é banguela. Para seu espanto, nada disso o excita nem o horroriza mais. É com indiferença que as imagens passam por sua mente. Do alto do rochedo lembra-se dos dois homens, do menino e da menina, e aquilo não o toca com a intensidade esperada. Insiste, rebobina a cena e reconta-se a história desde que seu chute foi interrompido pela mão pequena até a mão no seu pau. Já não sabe o que foi real, agora tudo parece um vídeo precário com maus atores.

O mar lá embaixo. A garganta arde, tenho sede. Morte verde e salgada. Ájax no infinito mar faz-onda morreu após engolir água salgada; a vida o deixou; comeram-no os peixes, e seus ossos jazem na costa, cobertos por muita areia. Ossos para os passos das minhas passadas.

É indiferente morrer ou manter-se vivo, o abuso da menina, Jojô, Vanda, seu nariz quebrado, o poema. Talvez seja a exaustão física, talvez uma anestesia moral que as glândulas da mente secretem para obrigar o corpo a continuar a viver.

A menina sem nome queria ser salva? Pouco importa, diria Vanda, não era um assunto dela, mas meu. O que mais diria Vanda? E sua mãe, e Jojô, e sua avó, e a tataravó? As mulheres à sua volta são um bruaá babélico que o atormenta e é daí que virá sua morte. Quando você acha que elas são seres iguais a você, com quem pode conversar sobre leis ou literatura, ou problemas no trânsito da cidade, leva uma rasteira; um olhar que desliza sem querer para seus peitos, seguido de mínimo sorriso de prazer involuntário, e aí está: é acusado de ser homem, de ser forte, de ser isso e aquilo — que é mesmo — e de achar que pode fazer com elas isso e aquilo e não ouvir o que elas dizem — não ouço o que ninguém diz. Solidariedade zero. Com a mãe, enquanto era criança, era criança; depois, virou homem, e também com ela as palavras não foram fáceis.

Não me interesso pelo que acontece fora de mim. É verdade que não reparei no rosto de Jojô, mas quem repara? Vanda teve algum tipo de fraternidade comigo? Olhou meu rosto antes de acabar com ele? Tentou colocar-se no meu lugar? Não, ela não se interessa em entender a dor dos maus. Ó, pobres crianças! Ó, pobres cadáveres! Ó, pobres pobres! Tanto faz as circunstâncias do crime. Se uma menina o seduziu, se ele nem a tocou, apenas contemplou o espetáculo cruel e saboroso, isso ela não leva em conta. "Eu o condeno à morte por afogamento!"

46

Vanda continua no banco; triste e paralisada. Tem medo não sabe do quê. Não é de ninguém nem de nada, é do futuro, ou de fantasmas, ou de uma coisa que não existe encarnada em uma forma que a envolve agora. Pensa em uma menina de rua e procura entender o prazer em lhe fazer mal. Entende que o sofrimento pode ser excitante, a destruição de uma coisa bonita pode gerar adrenalina, um negócio ligado a poder. Destruir uma floresta, arrasar uma praia, pichar um muro, destroçar uma criança, deixar sua marca no mundo: eu sou o dono destas ruínas! Entende que deve ser assim, mas não consegue acreditar sinceramente no que entende. Como assistir ao sofrimento de uma menina pode não ativar uma vontade insuportável de intervir e interromper aquilo? O sentimento agudo de dor e repulsa? Ela tenta imaginar a cena; é poderosa. O impulso que lhe toma o corpo, a raiva, uma menina pequena sendo abusada é um vulcão, impossível não agir; mas se masturbando? Para fugir da visão que criou, ela se levanta em um movimento automático. Senta-se novamente. Soca o cimento do banco com força. A mão, que já estava dolorida pelo soco que dera em Félix, fica ainda mais machucada. Não quer mais entender nada. Nada! Soca o banco mais uma vez, seus olhos choram de dor. Fecha o punho dolorido e bate com força uma última vez; a dor sobe e lhe aperta o coração; levanta-se e vai para casa com sua sacola de supermercado.

47

Inelutável modalidade do visível: pelo menos isso, se não mais, pensada por meus olhos. Assinatura de todas as coisas que estou aqui para ler. Fecho os olhos.

No rochedo, sob o sol noturno, frio, escuto a ondulação do mar que estoura na encosta de pedra. Começa o ritmo, está vendo? Eu estou ouvindo. Abra os olhos agora. Vou abrir. Um momento. Será que tudo desapareceu depois? Se eu abrir e estiver para sempre no negro adiáfano? Vou ver se posso ver. Agora. Olha o mar. O tempo todo lá sem você: e sempre será, mundo sem fim.

Mantenho os olhos abertos, e, ainda que abertos, cada vez mais longe de Deus. Deus nas coisas do mundo, quanto mais para fora, na superfície, mais perto dele, quanto mais para dentro, na escuridão de mim, mais longe da face visível do pai — mar, som, noite. Ele mantém os olhos abertos e gargalha para libertar seu espírito da servidão de seu espírito.

48

(Milton, Milton, Milton:

As mulheres são *nada* que só pode ser vida quando ligado a um homem, como um liquidificador que só ganha vida quando ligado na tomada. Um nada que deixado à própria sorte se transforma em cobra-coral ou jiboia; ou, fraco, mingua e morre de fome; ou é devorado por feras machos estufadas de virilidade.

> "Ele para reflexão e bravura foi feito,
> Para suavidade, ela, e doce graça atraente.
> Ele apenas para Deus, ela para Deus nele."

> *"He for God only, she for God in him."*

Mesmo antes de ceder à tentação, Eva deve submeter-se a Adão. O que no início é doce destino, no fim, junto com a dor no parto, será castigo: "sobre você ele irá governar". A submissão é inata e é maldição.

> "Dele o sublime olhar e ampla fronte
> Expunham pleno poder:

(...)
Ela qual véu que baixa à cinta esguia
As tranças de ouro usava sem adornos"

Mesmo antes da maçã, Milton tem vergonha da nudez de Eva e a cobre com tranças de ouro, tal qual um véu. A mulher nasceu para cair: malícia, sedução e vaidade já corriam em seu sangue antes dos venenos derramados por Satã no labirinto de seu ouvido.

A história do nascimento de Eva: nasceu da sua costela, enquanto dormia. Caminhando, foi dar na beira de um lago, debruçou-se e viu o próprio rosto refletido. Você, homem, desperta e chama-a de volta; ela, presa ao rosto do lago, hesita; você explica: "mulher, você é minha carne, para mim foi feita; minha graça masculina e sabedoria são superiores à beleza do rosto refletido na poça d'água de Deus".

A história de Adão: no momento em que acordei e a conheci, me apaixonei. Vulnerável ao golpe poderoso da beleza, fui derrotado antes da luta que meu coração não quis travar.

"Ornou em demasia, trabalhando
Na aparência o que dentro desleixava."

Na mente e em íntimas faculdades, ela é inferior ao homem; porém, perante a mulher, o vasto conhecimento do homem cai por terra, degradado; e em conversa com uma mulher toda sabedoria masculina perde o sentido, esfacela-se em tolice.

Rafael disse: a mulher foi criada para lhe dar prazer, e não para sujeitá-lo com seu encanto. Sua obrigação, homem, é ser senhor, nunca escravo; comandar a galinha, o elefante, a formiga e a mulher.)

49

Você acha escuras as minhas palavras? A escuridão está em nossas almas, você não acha? Nossas almas, ultrajadas por nossos pensamentos, agarram-se mais ainda a nós.

Ela está se afogando. Remorso. Salvá-la. Tudo contra nós. Ela vai me afogar com ela, olhos e cabelo. Espirais escassas de cabelo à minha volta, meu coração, minha alma. Morte verde sal.
Nós.
Ela confia em mim, suave sua mão, os olhos ciliados longos. Agora para onde a estou levando além do véu? Ela, ela, ela. Qual ela?

50

Fluidos, gases etéreos em forma ora de homem, ora de tempestade, o que sabem da desrazão do sexo? As mulheres da Galileia, Palestina, Israel, milhares de anos atrás, as mulheres da Inglaterra, no século XVII, deveriam ser cheias de amor para dar, sem pudor e só alegria, inteligentes e sábias a ponto de ter sido preciso escrever palavras tão duras para as domar e achatar.

A filha de Milton escreve as partes provocantes e perversas do poema ditadas pelo pai. Eles trocam ideias, ela fala sobre um trecho que lhe atrapalhou o sono, sugere uma palavra no lugar de outra, indaga como Adão poderia agora dizer isso se, lá atrás, Eva dissera aquilo. Milton ouve, medita a respeito, pergunta exatamente em qual trecho ela percebe incoerência na narrativa. Ela busca os papéis onde o poema vai crescendo, lê uma sequência de versos aqui, volta dois Cantos, lê outra sequência ali. Ele assente, sim, a filha pode estar certa. Ela não é mulher, nem homem, ela é a mão que escreve dentro do ouvido do pai, sua sabedoria é a sabedoria dele.

51

(Milton, Milton, Milton:

"Da influência de teus olhos encontro
a entrada a todas virtudes, em teus olhos
mais sábio, mais atento, mais forte sou,
se fosse preciso uma força de fora;"

Dessa forma Adão procura convencer Eva de que os dois juntos são fortes — separados, o que serão? Ele precisa de sua ajuda para seguir o reto caminho, por que ela não precisaria da ajuda dele? Esse diálogo acontece quando ela sugere a Adão que, naquela manhã, cada um trabalhe de um lado, dividindo as tarefas no trato com as flores e os frutos. (Distante dele pela primeira vez, ela ainda não sabe que irá comer o fruto da árvore proibida.) Adão resiste ao pedido de Eva, não quer separar-se dela, teme que o mal se aproxime e a mulher seja presa fácil. Eva pergunta: "como seremos felizes, temendo sempre o mal?".

Adão diz várias vezes, em muitos outros Cantos, como será infeliz sem Eva ao seu lado, ela é a completude de sua irremediável incompletude. Adão fica dividido entre Deus e Eva. Eva não fica dividida entre ninguém, é tola, livre, uma criança que prefere o rosto na poça d'água como companhia. O maior pecado de Adão não foi, desobediente ao pai, ter provado do fruto proibido, e sim não ter sido capaz de submeter Eva a seu mando. Ela fora adornada por Deus, feita amável e bela para atraí-lo ao amor, e não à sujeição.

> "E os seus dons eram próprios p'ra servir
> Não p'ra governar, que era o teu papel
> E personagem, se bem o souberas."

Vai, meu filho! ser senhor do mundo. Não consegue? Fora!

> "Era ela teu Deus, que em vez da sua
> Lhe acataste a voz, ou guia era,
> Superior, ou sequer igual, que a ela
> Cedesses varonia e o lugar
> Onde Deus te pôs sobre ela,"

Um mau ator de um dramaturgo cruel.)

52

Maria Joana entra no quarto estonteada, não consegue pensar, tudo se passa em sua cabeça e no sangue que gira a mil por hora. Deita-se na cama, se encolhe, se espicha, morde o lençol, mastiga, chupa, passa a ponta molhada no rosto, larga, levanta-se e anda de um lado para o outro, bebe um copo d'água. O que eu deveria ter feito? O que ele esperava? Um beijo? Me deitar ao seu lado? Podia ter voltado, não podia mais, já tinha estragado tudo. Teve vergonha de ser pequena, criança, ele tinha razão, eu sou uma criança que não sabe namorar. Se nada tivesse acontecido, como seria bom, então poderia acontecer de novo e ela saberia o que fazer.

O lugar na perna onde ele a tocou ainda tem a lembrança da sua mão, a sensação de seu braço envolvendo a cintura, a respiração quente e depois o beijo no pescoço, tudo se repete. Quer pensar muito, para gravar os minutos daquela tarde na praia com Félix. Pressente que aos poucos sua pele irá se esquecer dos lugares em que foi tocada, da sensação de calor, arrepio, taquicardia, umidade, e isso a desespera. Se pensar muito e muito naquele momento preciso, talvez consiga fixar as sensações e guardá-las para sempre. Por que fugi?

Ela é a continuidade da pessoa que foi tocada por Félix, fugiu pelas ruas conhecidas, pegou o elevador e deitou-se na cama de olhos fechados, para que nenhuma imagem dispersasse a lembrança daquele encontro. Mesmo seu esforço para fixar o que tinha acontecido ainda é a vida acontecendo. É felicidade o que acontece nesses primeiros momentos depois que ele acariciou sua perna, envolveu sua cintura, puxou-a para si e beijou seu pescoço. Mesmo o susto e a fuga fazem parte da felicidade. Mesmo a vergonha e o arrependimento são felicidade. Conforme vai se acalmando, o estado de felicidade se mistura com dores miúdas, pontinhos pequenos, mas agudos, que surgem, correm pelo corpo e somem, seguidos de outros, poucos e rápidos.

Vê a si mesma na praia, assustada e fugindo. Perna, cintura, pescoço. A mão de Félix continua o carinho, sobe e demora-se no peito, o beijo prossegue em uma mordida, a mão caminha pela coxa. Maria Joana, no quarto, aperta suas mãos entre as coxas, sobe até que pressionem sua xoxota. Refaz os movimentos que imagina ter feito, agora de maneira afetada: um olhar mais infantil ao ler a frase do soldado morto, um susto com menos pânico e mais inocência ao sentir o beijo. O que aconteceu termina.

Ela abre o caderno e escreve, logo abaixo da frase do soldado morto: "Hoje ele me beijou. FÉLIX, FÉLIX, FÉLIX, FÉLIX, FÉLIX, FÉLIX, FÉLIX, FÉLIX, FÉLIX, FÉLIX, FÉLIX, FÉLIX, FÉLIX, FÉLIX, FÉLIX, FÉLIX, FÉLIX. Na praia ele me abraçou".

53

A mão de Vanda dói, está irritada por ter se machucado. Chega em casa e encontra Maria Joana escrevendo. Ela fica vermelha ao ver a irmã, fecha o caderno. Vanda faz um carinho em sua cabeça, deixa as sacolas de supermercado no tampo estreito da pia, enche uma panela de água fria, acrescenta umas pedras de gelo e mergulha a mão machucada lá dentro.

— Consegui acertar o aluguel. Finalmente. Pelo menos um mês sem essa preocupação, sem bilhetinhos desaforados debaixo da porta.

Quando não aguenta o frio, tira a mão por algum tempo para logo mergulhar de novo, como um lutador de boxe depois da luta. Alguns minutos nessa operação, então seca-se com o pano de prato, joga a água fora e, com a dificuldade de uma mão inchada, começa a preparar a galinha. Separa os pedaços e guarda-os em pacotinhos no congelador. Liga o forno para que vá aquecendo, tempera as duas sobrecoxas, refoga-as com cebola e coloca no forno.

— Tira essa roupa e coloca a camisola, pra eu já lavar junto com a minha roupa — fala para Maria Joana.

— Não, acho que ainda vou sair.
— Não vai, não. Sair pra onde?
— O Félix não estava de tarde, preciso passar por lá quando ele chegar, pra falar uma coisa.
— Ele não vai voltar pra casa hoje.
— Como você sabe?
— Encontrei com ele. Estava meio desnorteado, com jeito de quem vai ficar vagando pela rua a noite inteira.
— Mas é que tem a comida que a Oneida mandou. Eu deixei em cima da mesa, vai estragar. Melhor ir lá e colocar na geladeira.
— Então vai e volta logo.

Maria Joana sai correndo. Vanda tira a roupa, deixa calcinha, sutiã e camiseta de molho em uma bacia, guarda a calça no armário, veste o camisão e o casaco de moletom. Calça a sandália havaiana por cima da meia. Lava a roupa e dependura no varal. Maria Joana deixou o caderno na escrivaninha, ela tem vontade de abri-lo e ler; mas não abre. Lembra-se de quando ficou com um menino pela primeira vez, quando ficou com Túlio na beira do açude, poucos dias antes de ser chamada de volta para o Rio para ajudar a mãe com a nova bebê. Ela tirou a roupa, tímida, ele começou a tremer, devagar foram se abraçando. Ela não pensou em amor, o que se lembra é de ter ficado muito alegre; não queria saber de mais nada a não ser estar deitada ao lado dele. O que ela teria escrito, se fosse de escrever? "Ontem de noite fui com Túlio no açude, ele me abraçou, me beijou, a gente se pegou, acho que a gente transou, foi bom. Amanhã a gente combinou de ir de novo." Não que não tivesse capacidade de contar uma história, mas o que aconteceu foi isso mesmo. O resto são sensações que, se escrevesse, seriam bobas.

A galinha cheira bem, Vanda abre o forno, ainda falta

um pouco. Coloca água para ferver. Espeta um tomate no garfo, acende o bico de gás, gira o tomate sobre o fogo, despela, tira as sementes e corta em cubos, depois faz o mesmo com outro. Refoga dois dentes de alho amassados e o tomate picado; espera até ele soltar água e amolecer. Desliga e cobre a frigideira com uma tampa. Maria Joana demora, Vanda não quer começar a estudar e depois ter que interromper.

Folheia com a mão esquerda o grande atlas do corpo humano, dado por Risério. Como a gente consegue ver o desenho de um fígado e, quando abre um corpo, relacionar o fígado com o desenho? Coisas tão diferentes. Ela pensa em algo ainda mais distante do fígado (mole, escuro e denso) do que o desenho bidimensional, pensa na palavra "fígado". Quando retira o fígado do cadáver de um rapaz, a palavra vem junto. E quando lê "fígado", a imagem é indissociável. O pensamento sobre as palavras e sua relação com as coisas leva Vanda até Félix. Onde fica o nosso senso moral? Que forma tem? O que senso moral tem a ver com fígado? Talvez tenha mais a ver com a ossatura que sustenta o corpo. Em outra página, o desenvolvimento do feto mês a mês. Sempre uma coisinha enrolada em si mesma. Senso moral tem a ver com defender, só isso, defender quem não pode se defender. O resto é besteira. O centro dessa obrigação deve ser mesmo as mãos.

Seus dedos são longos, as unhas, ovais, a palma da mão, clara. As unhas da menina Simone já estavam roxas. A mão de Isabel, pálida, quase sem cor. Suas mãos se encontraram com as de Isabel enquanto abotoavam o vestido em Simone.

Está com fome, desliga o forno e a chama que esquenta a água e vai buscar Maria Joana.

A porta do apartamento de Félix está fechada. Ela bate.
— Maria Joana?

— Tá aberto.

Maria Joana está na cadeira de Félix, debruçada sobre a escrivaninha, lê o caderno de capa ocre.

— Já guardou a comida na geladeira?

— Ainda não. Olha essa mesa.

Vanda se aproxima e vê as marcas que Félix fez com a faca no tampo da escrivaninha.

— Acho que deve ser alguma explicação que ele queria dar. Pra ficar mais claro — diz Maria Joana.

— Explicação pra quem, do quê?

— Pra mim.

Ela mesma se espanta com sua certeza de que Félix fez aqueles cortes na madeira pensando nela. Duvida, por um segundo, mas logo se reassegura da realidade que vê: é impossível que ele faça alguma coisa que não seja em função dela.

— Sobre o *Paraíso perdido* — diz, olhando para a irmã.

São dois pratos fundos, um com a comida, outro, emborcado, servindo de tampa. Vanda abre o frigobar e, a não ser por três maçãs murchas, dentro de um saquinho rasgado com a estampa da Turma da Mônica, ele está vazio. Ela pensa se não seria melhor jogar as maçãs fora, resolve que não, coloca o prato de comida ao lado delas.

— Talvez fosse melhor você levar essa comida de volta pra Oneida. Vai ressecar, a gente não sabe quando ele volta. Pode demorar mais de um dia, e fica a comida aí estragando.

— Como assim, mais de um dia? Claro que não.

Vanda não quer discutir. Maria Joana recoloca o caderno encostado na parede, no canto da escrivaninha junto com os exemplares do *Paraíso perdido*, os dicionários e outros cadernos.

54

Uma rajada de vento passa pelo rochedo. Félix apalpa o rosto devagar, está inchado, provavelmente roxo. A decisão de se matar passou. "É sua sina perdurar", como alguém diz em algum lugar da *Odisseia*. A quem cabia perdurar? Não se lembra mais.

Sob Zeus estão todos os estranhos e mendigos. Com trapos ele me vestiu, tornando odiosa a minha visão, opacos estão meus olhos, para que pareça repulsivo a todos os que me querem, quebrado o meu nariz. Desfigurado estou.

O vento lhe bagunça o cabelo. Cobre-se melhor com seu casaco fino, o vapor das ondas que se quebram no rochedo traz o cheiro acentuado de mar, de peixe assado na mesa de casa. Ajeita o cabelo para ver os navios atrás do vapor d'água; assalta-o a figura da mãe ajeitando seu cabelo muito liso. Sente uma saudade funda da mãe jovem e inteira. Um dia frio, tinha peixe na mesa, já estavam sentados, ele, o pai e a mãe. Ele não queria comer, ela se levantou, abraçou-o por trás, levantou seu rosto emburrado e lhe tirou os fios de cabelo da frente dos olhos; por trás dos fios, a imagem do sorriso da mãe. Ela dá um beijo na ponta do seu nariz. Sai e volta com um pedaço de papel-alumínio, cobre a cabeça do peixe, com seus olhos vitrificados, fixos nele, menino. Em um instante a sala se pacifica, o cheiro forte de maresia que emanava do peixe foi embora. Vê os móveis, a altura da mesa, o movimento da mãe se aproximando, as mãos em sua testa, o beijo, toda a ação, a sensação de paz, mas não é capaz de lembrar-se do rosto da mãe, lembra-se mais da sensação do sorriso do que do sorriso propriamente dito; o que vem é o rosto da mãe em fotografias que reviu muitas vezes, mas não o daquele momento. Não se recorda se comeu ou não o peixe. A lembrança termina no sentimento de espanto e paz que o invadiu com a mudança do estado do ambiente. A mãe tinha descoberto a origem de toda a tormenta, que nem ele sabia qual era; apenas sentia um desconforto opressivo e indefinido que lhe tirava a fome. Quando o olho do peixe foi coberto tudo se modificou, a temperatura, o cheiro e o tamanho da sala. O medo partia do olho do peixe e contaminava tudo em volta. Ele não se lembra de ter falado nada para a mãe, e nem de ela ter lhe perguntado, apenas seus dedos tirando os fios de cabelo da testa, o beijo e ela rindo ao colocar o papel-alumínio sobre a cabeça do peixe morto.

Não pensa que seria bom ter a mãe agora para cobrir com um pedaço de papel-alumínio o olho de Deus. Queria ter a mãe de novo a seu lado e os dedos quentes e lentos na sua testa. Sente uma falta imensa dela. Imensa.

Como chegaria a ele a notícia da morte da mãe? Não paga a conta do telefone, há tempo que o computador não funciona. Recebe cartas do pai. Bilhetes que chegam pelo correio. Um telegrama? "Mãe morrendo volte pai." Sem vírgula, sem ponto-final. Ele voltará? Achou que se apartando da casa se lembraria dela, ainda que em sonho. Mas não sonha com a casa, nem com a mãe. Às vezes tem a impressão de que ela está em seu quarto, ouve sua voz: filho? Assim, interrogativa. No barulho das ondas ele ouve: "Vem descansar, filho. Fiz tua cama". O vento amainou. Esfria, a manhã deve estar próxima, mais poucas horas e está claro. Como chegará a morte da mãe? A esta hora ela ainda vive ou já é mais uma história de meu pai? Os mortos de meu pai crescem de noite e se escondem de dia. Nós dois estamos felizes que eu esteja longe de casa, longe do leito de morte da minha mãe. Ele vai ligar para a portaria e mandar me chamar? Deixar um recado: "Diga ao Félix pra me ligar". Não: "diga ao Félix que volte para casa, sua mãe morreu". Meu pai passando sem ser visto em seu bosque por anjos entristecidos, cruzes e pilares partidos, mausoléus de família... O que será de nós depois da morte dela? Ela salvara Félix de ser pisoteado e se fora. Uma mulher enterrada, pele esticada sobre ossos, um vira-lata, com brilhosos olhos impiedosos, raspa a terra, escuta, levanta terra, escuta, raspa e raspa.

A mãe vive, definha; a doença tira a vida de seus membros. Ela não se lembra mais de quase nada, mas sabe quem ele é. Completa os bilhetes do pai com palavras tremidas. "Fique bem, meu filhote. Carinho, mãe."

55

Você está obrigado a fazer isso?
Alguma coisa eu tenho que fazer.
Porque não pode simplesmente morrer.
Não posso.
Mas o *Paraíso perdido*? Precisa ser este seu trabalho?
É o que me caiu nas mãos.
Você é pequeno demais para ele.
Agora é tarde para retroceder. Estou quase acabando.
É mentira, você mal começou.
(Félix fica mudo.)
Você se joga, se afoga, e então morre. Encerra-se o movimento.
Não, tenho que me arrastar, ainda há um pedaço de caminho antes do fim.
Você é muito, mas muito pequeno mesmo.

Como quando alguém oculta um tição na cinza negra, e salva o germe do fogo para não precisar acender de novo, assim Félix cobre-se com as folhas. A vida é muitos dias, este vai acabar, é seu último pensamento antes de aquietar--se à espera da lucidez da aurora.

Sábado, 26 de setembro

(Primavera)

56

Félix atravessa devagar a escuridão, noites e dias com seu trabalho. O coração triste, a consciência do tempo que não volta e a ausência de esperança, de alguma maneira, lhe trouxeram paz. Não bem-aventurança, o que sente é uma dor contínua que procura no trabalho seu complemento. A lembrança do que fez e do que não fez é ruim e constante. Ser mortal, saber que um dia terminará, é o que lhe dá ânimo para o trabalho.

Milton reaparece no início do Canto IX, aquele em que será contada a traição de nossos pais.

> "Cumpre-me a trágico
> Passar o tom"

Milton já não precisa de asa audaz, aqui não se embaralha com Deus e Satã, não teme mais o pai, seu rumo é certo, ele agora é o filho e com ele se confunde.

Com o auxílio de sua protetora celestial (*celestial patronesse*) irá contar o nascimento da tristeza dentro de nós.

Bendita noite durante a qual ela o visita e lhe sussurra versos que correm tal qual rios impremeditados.

Terminou a infância, foi-se a juventude, Félix não é velho, mas conhece a miséria. Agora, no fim do poema, para onde vai lhe importa mais que de onde veio. O trabalho não se relaciona mais com seus dias, é ele mesmo o dia e a noite. Escreve, reescreve, não para e, ainda assim, sente-se oprimido pela distância que ainda falta percorrer; Satã, Deus, Adão, Eva e principalmente Milton demoram tempo demais dentro dele. Começam a apodrecer, é um esforço cada vez maior lhes dar vida, e, às vezes, sente suas forças fraquejarem. Entende quando Milton receia não ser capaz de levar até o fim sua missão, quando fala da velhice, quando se queixa do frio que lhe enrijece as juntas:

"A menos que tardia a idade, ou clima,
Ou anos me enregelem, e a asa abatam
No seu fito, meu fosse só, não dela
      [*celestial patronesse*],
O que ela traz à noite ao meu ouvido."

Félix entende que Milton não fala apenas da fraqueza de seu corpo velho, mas também de sua finita capacidade de enxergar com clareza o fluxo do poema que envelhece dentro de si.

Bolhas presas no fundo do mar da tarde cinza, já antiga, sobem à superfície e espocam, um grande silêncio se faz. A escuridão dos olhos marejados da menina veio com ele morar. A alegria de Jojô, nos olhos de quem era bom, se foi.

O bebê nascerá em breve. Bolhas do futuro caem do céu em forma de escuridão, despregam-se e despencam sobre sua cabeça.

O tempo e o dinheiro acabaram. O pai desistiu dele; finalmente sozinho, ele vai chegar ao fim. Deixou de pagar o aluguel, tem algum tempo até que seja despejado. A comida deixou de ser paga, e não quer mais pagá-la com seu corpo, os cheiros e a velhice de Oneida tornaram-se excessivos, tem gordura suficiente para viver de chá e castanhas. A alegria de Carla, a ferocidade de Bianca, tudo é demais: prefere a roupa e o quarto com o cheiro do seu corpo. Os pedaços de seu dia foram se carregando de relações humanas, especificamente macho e fêmea. Lavar a roupa não é apenas ter a roupa lavada, o mesmo com a limpeza do quarto e a barriga cheia.

Jojô foi embora, não existe mais a menina, e sim a imagem de uma menina sem a graça original. Não precisa de sua ajuda, nenhum deles espelha e amplia a graça de um e de outro; ela perdeu seu poder de encantar, e ele de encantá-la. Quanto mais distante da inconsciência, mais longe da graciosidade. Félix fechou e trancou a porta antes que Jojô destruísse a memória da menina de covinhas. Não sente falta do passado em que fraternalmente a desejou pura, sua busca é de peso e não de graça ou espelhos. Não se lembra como foi, se gritou com Jojô, ou se ela simplesmente o abandonou.

57

Nildo escreve de vez em quando do Haiti.

Félix,
Aqui acampamos com os desabrigados e somos bons. O sol é como o de Belém e o mar é mais bonito. Os furacões e os terremotos não perdoam.

Como vai você?

Como diria o Roberto Carlos: anoiteceu e eu queria só saber como vai você.

Não tenho um amigo por aqui. Muitos amigos, mas não um. Mas você não deve conhecer o Roberto. Apesar do mar bonito e da nossa bondade, de não existir uma guerra e de todos gostarem de nós, dos nossos capacetes serem azuis e não verdes, a vida aqui é triste pra burro, porque é muito sofrimento, muito mais do que aí no Rio. Sofrimento de miséria mesmo. Nunca tinha visto isso, não assim como aqui. Sinto saudades de poder rir de tudo, até da miséria. Aqui não dá. Talvez seja isso que me faz sentir sua falta, é a vontade de poder conversar sobre o mal, te morder, te mandar tomar no cu, coisas assim. (se bem que isso até que eu faço por aqui). Estou com saudades. Gosto de você. Gosto pra caralho.

Como vai você?

Acabou sua monografia? E sua mãe?

Nildo

Nildo,

Não acabei a monografia e não sei da minha mãe.

Não saio mais de casa. Imagino que a névoa esteja invadindo o calçadão durante as madrugadas.

Aqui é cedo e eu tenho medo. Essa é do Joyce: "Bom, eu estou aqui agora. Muito cedo, muito medo. Acordei com o pé esquerdo". Não sei se tenho medo, é só uma boa frase. Estou abarrotado de frases. Não sei escrever mais nada, só frases dos outros. Como vai você? Essa é boa.

Fique bem.

Félix

(uso o tempo todo o seu *paraíso*. vai ser bom te ver depois que tudo acabar.)

58

Quando voltou para casa, depois da noite no rochedo, cruzou com Vanda e ela lhe disse: "estou grávida". Seus joelhos e coração fraquejaram. Ele perguntou: seu filho é meu? Ela foi embora sem responder. Desde então, o bebê não para de crescer.

O que é um pai? Para Vanda, o pai é um mal desnecessário. De qualquer forma, ninguém conhece ao certo a própria ascendência. Como Adão, por si só, ninguém conhece a sua origem. Alguém tem que chegar, um dia, e contar como foi, de onde veio. E Vanda não contará nada. Ele não sabe se ele é o pai. Ela também não. Ela quer que ele suma da sua frente, vá morrer ou viver, seja o que for, longe dela. Isso não é suficiente para que o bebê pare de crescer na sua cabeça, o nascimento da criança colocará o futuro em movimento, uma família e todo o seu horror. Mesmo que ele não venha a fazer parte dela, não consegue se colocar de fora, é puxado para dentro dessa coisa vermelha que não para de se expandir.

Félix tem horror de pensar que um bicho, mesmo que humano, se desenvolve dentro da barriga dela; suga sua comida, tira o seu espaço de respirar e é bem-vindo. Cada vez mais ele detesta a criança, deseja sua morte e sente-se enfeitiçado por Vanda. Seu espírito perverso e cego, o dela, paira no quarto fechado. Uma deusa difícil de reconhecer, pois se torna semelhante a tudo; toma a forma de Adão, Eva e da serpente; de Deus, da menina de rua e da bailarina do rochedo; para onde quer que se vire, ele tem o sentimento de que é ela que fala em seu ouvido vestida de variadas formas.

Toda madrugada ele dorme quatro ou cinco horas. Acorda e volta a trabalhar, chá e castanhas, anda em círculos pelo quarto e volta a trabalhar. Quando trabalha, consegue apagar Vanda. Mas quando se distrai, é tomado de surpresa pela lembrança dela, mistura Vanda com as saudades que sente da mãe. Não que misture Vanda com sua mãe, mas o sentimento de falta que nunca será suprida é o mesmo. Então começa a escrever sobre os Cantos finais do *Paraíso perdido*.

59

Quando Eva conta que comeu a maçã, Adão entende, no mesmo instante, que ela está perdida, o pacto com Deus foi desfeito e não há volta.

"E Adão, do outro lado, mal ouviu
Do trespasse fatal de Eva, aturdido,
Branco, paralisou, e um horror gélido
Correu veias, e as juntas lhe afrouxou.
Da lassa mão a tiara que tecera
Caiu, vertendo as rosas fenecidas."

Para não perder Eva, ele come a maçã. Adão não cede à tentação do conhecimento, nem à de querer igualar-se ao pai ou à sedução da beleza de Eva. Ele come a maçã por amor à sua companheira. A ela, mais do que a Deus, deve lealdade.

> "Não se pode cortar tal elo, um somos,
> uma carne, soltar-te era prender-me"

> "*to lose thee were to lose myself*"

Daniel Jonas deixa de lado a opção mais óbvia, e talvez fiel no terreno das palavras — "perder-te era perder-me" —, desmonta a repetição do verbo que sustenta o verso em inglês e vai para o caminho oposto: *to lose thee were to lose myself* é reinventado: "soltar-te era prender-me", o que é também lindo. Prender-me ao quê? À eternidade e ao pai. Traduzir *to lose thee* por "soltar-te" tem a beleza de um balão cheio de gás que soltamos e ficamos cá, presos à terra, com o peso de nossa condição humana, a vê-lo subir e sumir. Enquanto seguramos o balão, sentimo-nos menos presos à terra. Soltar é deixar ir embora, prender é ficar. Como ao deixar alguém ir embora a gente se prende? Uma ideia dura e rara.

> "Conquanto a minha sorte vá contigo,
>   Certo de aguentar fardo igual, se é morte
>   Minha consorte, a morte é como a vida"

Adão acompanha a infelicidade de Eva, não o seu gozo. Por tal deslealdade com o Pai, o Unigênito lhes comunica o castigo. Para Eva: multiplicar a dor do parto e submeter-se ao marido; para Adão:

> "Maldito seja o chão, seus frutos dores
>   Serão todos os dias da tua vida.
>   Dar-te-á contra a vontade espinhos, cardos,
>   E do campo as ervas comerás,
>   Comerás do suor do teu rosto o pão,

Até que ao chão regresses, porque ao chão
Foste tomado, sabe de onde vens,
Pois pó tu és, e ao pó regressarás."

Deus abre caminho para que Pecado e Morte deem livre curso a sua voracidade e na terra usufruam de colheita abundante.

"os chamei, aos cães do inferno,
P'ra que engulam ali restos e esterco
Que do homem o pecado vil com mácula
Lançou no puro,"

Ordena aos anjos que inclinem os polos da Terra dez graus vezes dois em relação ao eixo solar, a outros que desviem o Sol do equinócio o mesmo número de graus. À Lua impõe suas quatro fases, e toda a ordem das estrelas no céu é alterada.

"Tais trocas nos céus, trocas
Iguais no mar, na terra produziram,
Influxo astral, vapor, bruma, gás ígneo,
Pestilentos e infectos."

Na Terra inaugura inverno decrépito e escaldante verão. Do norte liberta vento frio e granizo que racham as florestas e levantam os mares, quebram os troncos das árvores e o ânimo das gentes. De região em região vai sendo desfeita e refeita a natureza do globo, de modo a tornar mísera a vida de seus habitantes, homem, mulher e todos os animais da terra, ar e água. A Morte, livre de amarras, infiltra aversão feroz entre os animais: bestas contra bestas, bestas contra aves, aves contra peixes e peixes contra peixes. Deixam de se alimentar de ervas para devorar uns aos outros, fogem do homem, com olhar sombrio o veem passar.

Onde fica o paraíso para o qual retornar, se é essa Terra que Deus está transformando? Por que expulsar Adão e Eva de um jardim que de tal forma se desmantela? Será que habitamos os escombros do Paraíso, que dele não fomos expulsos? Os materiais que compõem o Éden são os que existem ao nosso redor. Os mesmos animais e minérios, o mesmo ar e água.

> "P'ra uns mandou os anjos inclinarem
> Da terra os polos dez graus vezes dois,
> P'ra mais, do eixo solar: de viés forçaram
> A custo o globo cêntrico; p'ra outros
> Ao sol se impôs desviar-se do equinócio
> Graus iguais"

Não se trata de ser uma coisa ou outra, carne com sangue e órgãos, terra, água, ar e fogo. Zebra, peixe-boi e mosquito. Sequoia, carvalho, baobá e ipê-amarelo. O lugar é o mesmo, os mesmos habitantes, tudo igual, mas se relacionam entre si de maneira diferente. O eixo da Terra tombou vinte graus.

Barulho de vidro se quebrando. O dia vai alto. Félix põe os óculos e olha para fora. Uma loira bonita, pele morena, de biquíni azul, se debruça na janela do prédio ao lado e fala no telefone, fazendo gestos enfáticos de braveza ou determinação. O céu está azul, a brisa da primavera balança algumas roupas postas para secar. A favela sobe o morro, no fundo dos prédios. Félix repara que há algum tempo ouvia um ruído de motor girando. Pensou tê-lo entendido, por isso o absorveu sem interromper o raciocínio sobre a desordem que Deus instalou na terra, mas agora percebe que é o céu que ecoa o som desconhecido: um helicóptero sobrevoa a favela.

Relê o que escreveu, Eva inaugura o movimento, faz girar o eixo da Terra. Com ele as mudanças de estações e de estado, infância, juventude e velhice. Soltar é o início do futuro, prender é a eternidade. Talvez seja isso.

60

Cinco e meia da manhã, Vanda não consegue abrir os olhos, o sono é mais forte do que a musculatura das pálpebras. Maria Joana levanta-se, tira a roupa, dependura a camiseta no ganchinho atrás da porta do banheiro e toma banho. Enrolada na toalha, recolhe a roupa seca do varal, dobra e guarda, acende a chama para esquentar o leite e outra para fazer o café de Vanda, que finalmente se levanta, escova os dentes, lava o rosto e põe um vestido largo. Maria Joana veste seu uniforme, estica o lençol, empurra a cama para baixo da de Vanda e toma o leite quente com chocolate.

Penduram as mochilas pesadas nos ombros, calçam tênis surrados e saem do quarto. Vanda fecha a porta com a maçaneta prateada, gira a chave. No caminho até o elevador, procura lembrar se colocou tudo nas mochilas: comida, livros e chaves. Tudo certo.

As duas caminham devagar doze quarteirões.

61

No *Paraíso perdido*, Eva não existe. Existe o amor do homem pela mulher, mas não a mulher. Outra história precisa ser escrita, ou não, talvez a gente não precise mais de histórias.
Vanda dorme e Maria Joana lê poesia contemporânea. Mesmo o que não entende, entende. Ela sentia-se sendo conduzida por uma corrente de séculos e milênios anteriores a ela, sentia-se perdendo o contato com sua história: menina batendo a cabeça na parede, com quatro anos; subindo em árvores, com medo e com fome, com nove. Quando Félix desapareceu, ela já era outra pessoa.

"Uma mulher em forma de monstro
Um monstro em forma de mulher
Os céus estão cheios delas"

Constelações femininas com rabos e chifres, Maria Joana acha graça em ser monstro.
Vanda dorme de lado. Quando o bebê nascer, Maria Joana vai ajudar a cuidar dele. Ainda não tem berço nem roupas. Vanda começa a inchar no rosto, nos pés e nas mãos, o bebê já não se mexe tanto como antes, está cada vez maior e com menos espaço. Gostaria de ter um dicionário. Gostaria de ter um namorado mais velho que gostasse de poesia feminista e ouvisse o que ela tem a dizer. Gostaria de ter um skate só dela. Quando tiver um filho, daqui a muitos anos, será como o de Vanda, sem pai. Talvez queira uma namorada da mesma idade que ela. Ou sua professora de geografia.

> "Na verdade eu não tenho nada a não ser
> >[eu mesma
> Para me guiar, nada
> Permanece no campo da pura necessidade
> Exceto o que minhas mãos podem segurar."

Ela lê poesia norte-americana e gosta. Assim como gosta de Michael Jackson e chorou muito quando soube da morte dele, poucos dias depois de ter sido beijada por Félix na praia. Foi andar de skate com seus amigos na pista e fizeram uma noite em homenagem a ele, colocaram o som alto e todos choraram, ela mais do que todos. Queria ter um skate só dela, sair pela rua se escondendo e surgindo entre os postes e prédios, andar a madrugada inteira e dançar como Michael Jackson dançava.

62

Tudo já terminou, melhor seria se tivesse terminado, mas não, não nos foi dada essa sorte, ao pó jamais voltaremos. Onde Deus haveria de exercitar sua infinita fúria se nos fosse dado simplesmente morrer?

> "Quão grato acolheria
> De ser mortal a pena, ser só pó
> Insensível, quão grato jazeria
> No colo maternal! Na paz de um sono
> Seguro dormiria; e a voz terrível
> Não troaria mais nos meus ouvidos"

Ele nos fez um e nos fez duplos. Tem ciúme do ar que respiramos, da chuva que nos molha, não nos deixará ser abrigados pela terra de onde viemos e, voltando a ser matéria inerte, finalmente dormir. O destino que Adão antevê para si (e para Eva), da morte imortal, da miséria sem fim, é contra o qual se rebela. A dor do parto tem como recompensa o filho, o trabalho árduo é mais digno que o ócio, a morte é um preço justo a pagar pelo amor de Eva. Mas ao contrário da pena imposta pelo filho Unigênito, o que o Deus de Milton diz é: você não é apenas uma criatura do mundo, é também o meu filho para sempre traidor. O que Jesus virá fazer na Terra, não será apagar a traição, sequer nos oferecer a paz dos minerais, e sim prolongar nossa existência, reafirmar nossa imortalidade miserável.

Após a condenação, Adão ganha personalidade que não teve em todo o poema. É então que ele se insurge, não contra o castigo expresso, mas contra sua demora e, no final, a inexistência completa da morte prometida.

> "Ó hora sê bem-vinda a qualquer hora!
> O que lhe atrasa a mão do que o decreto
> P'ra hoje aprazou? Eu me sobrevivo,
> Por que me troça a morte, e à dor sem morte
> Me prolonga?"

Já que sou seu filho com o mundo, e disso não posso fugir, então, pai, liberte-me de mim e liberte-se de mim. Mas ele é surdo ao choro do homem. Nosso corpo se prolongará na alma imorredoura e nos filhos que vierem depois de nós. Os filhos e a consciência são a eternidade que Deus nos impingiu.

63

— Quando você vai parar de trabalhar?
— Quando começar a ter contrações.
— Não é ruim ficar com o bebê já grande no meio de cadáveres?
— Não faz diferença.

No caminho para a escola elas veem um homem chutando um cachorro pequeno, vira-lata, o cachorro não reage. Quando chegam mais perto entendem que o homem apenas simula o chute, quando o pé chega perto, interrompe o movimento. Uma mulher, ao lado, segura pela coleira outros dois cachorros. O homem vira o cachorro de costas para o chão e simula um soco em seu focinho, o animal continua inerte. A um comando, abre os olhos, se levanta e fica quieto, nem sequer abana o rabo. Os cachorros seguros pela moça se soltam e chegam perto do pequeno ator; ele não reage à brincadeira de empurrões e mordidas. Vanda se pergunta por que alguém teria interesse em um cachorro que não é capaz de reagir a uma agressão. Talvez para um filme? Mas que cena seria essa, de um cachorro sendo agredido sem sequer ganir? Conforme elas se aproximam, o homem repete a sequência, finge chutar o cachorro. A mulher, que segura os outros dois, fala:

— Essa cadela já está pronta. Pega outra para ensinar.

As irmãs continuam seu caminho. Algumas crianças assistem à encenação, de longe, com medo de melindrar o homem.

— Por que precisava ser uma cachorra? É sempre isso! Parece um filme ruim — diz Maria Joana.
— Talvez porque elas sejam mais dóceis por natureza.
— O que acontece é que elas precisam ser dóceis. Não existe a natureza.

— É mesmo? Você acha que essa cadela foi criada diferente de um cachorro?

— Não sei.

— Pode ser que os próximos a serem treinados sejam cachorros, e aprenderão tão bem quanto ela a mentir.

— A verdadeira história é que não existem homens nem mulheres, mas pessoas.

— É mesmo?

Vanda lembra-se do protocolo de seus doze quarteirões.

— Você estudou?

— Não, fiquei lendo até tarde.

— O *Paraíso perdido*?

— Não, desisti, estou lendo outras coisas.

— Desistiu porque era difícil?

— Um pouco sim, se bem que tudo é meio difícil, mas também é bom ser difícil.

Vanda acha que ela desistiu de ler o *Paraíso perdido* por raiva de Félix.

— Então por que é que você não lê mais o *Paraíso*?

— Enchi o saco. Esse negócio de a mulher ser tão burra, fraca, nhe-nhe-nhem, já deu. É o tempo todo isso, uma mesquinharia que vai entrando na nossa cabeça, no nosso corpo, a gente vai ficando fraca. Tudo bem, é uma história, mas é uma história que não me interessa.

Na escola, Vanda pede licença para usar o banheiro, a responsável pelo portão permite. Ela entra, vê Maria Joana seguir até o final do corredor e subir a escada; admira sua forma de andar ereta, de modo tranquilo e bonito. Nos sábados em que a escola abre para repor os dias parados durante a greve, todos estão alegres. É um dia só para cumprir tabela: fazem teatro, jogam vôlei, ficam por ali. Vanda estudou nessa mesma escola, no banheiro lembra-se das meninas fumando e falando sobre os meninos, ela fechada dentro da cabine, fazendo xixi e ouvindo a conversa, em geral sobre os meninos. Agora de manhã o banheiro está vazio, ela estranha não ouvir a conversa nem sentir o cheiro de poucos anos atrás, como se a conversa e o cheiro de cigarro fizessem parte do banheiro da mesma maneira que as paredes amareladas e as portas rabiscadas com corações, nomes e desenhos obscenos.

64

"Uma dúvida/ Porém me segue, que eu todo não morra,"

"quem sabe/ Não morra morte viva?"

"*I shall die a living death?*"

e

"Poderá criar morte imortal?"

"*Can he make deathless death?*"

e

"Mas digamos que a morte um golpe só,
não é (...)
                         , mas infinda dor futura,
Que nasceu dentro e fora de mim, pronta
P'ra eternidade;"

"*, but endless misery*"

e

"A morte e eu/ P'ra sempre sou"

"*both death and I/ Am found eternal*"

"E um só não sou, em mim toda a progênie
Se amaldiçoa. Belo patrimônio
Vos deixo, filhos meus"

"Filhos meus." O que mais eu posso dizer? Fico aqui só repetindo o que já foi escrito. Diluindo Milton neste calor melado, o cérebro mole e a mão quebrada. Qual a conclusão, qual é a minha tese?

Filhos meus. Ao não ter filhos, que miséria Brás Cubas não transmitiu e eu transmitirei (o filho de Vanda, mesmo que não seja meu)? "Não tive filhos, não transmiti a nenhuma criatura o legado da nossa miséria." O gene da epilepsia de Machado de Assis, o gene de sua cor, o de sua insônia e genialidade terminam com sua morte, mas ele deixa um muito maior. A herança incorpórea da miséria que ele escreveu não vai acabar nunca. Mesmo que o texto se apague, que todos os livros sejam queimados, o que ele escreveu permanecerá se reproduzindo nas obras que vieram depois das suas. Ele criou o chão de onde tudo brota; somos os filhos bastardos da miséria e da glória escritas por Machado e Milton e Homero. Faça-se a terra, e eles a fizeram. E nela eu nasci e vou morrer.

É essa a conclusão?

65

Volta para casa. No Arpoador, o pôr do sol de setembro acontece tranquilo. As crianças aproveitam o calor e o início dos dias longos para brincar até mais tarde na praia, entram na água e saem com os baldes cheios. Enchem poças que a areia absorve, enfeitam castelos com pinguinhos, voltam para o mar. Outras ficam paradas de pé, o ir e vir das ondas cava um pequeno fosso em volta de seus pés e elas disputam quem aguenta ficar por mais tempo sem se mexer.

Do calçamento sobe o calor acumulado durante o dia, uma brisa vem do oceano, a cidade logo vai refrescar. Vanda tira o tênis, a roupa, coloca na mochila, pede ao dono da barraca de milho se ele pode guardar por um tempo. Com um gesto firme, ele puxa a mochila para dentro e a coloca no chão forrado com uma lona plástica azul, ao lado dos apetrechos do seu ofício: facão, pano, óleo, sal. Vestindo o biquíni da hidroginástica, ela caminha até o mar com aquele andar de fim de gravidez. As pernas um pouco abertas, a bunda empinada, todo o eixo gravitacional da coluna alterado ao longo de nove meses para acomodar o corpo à meia esfera praticamente perfeita, e pesada, que cresce imponente à sua frente. A respiração está curta, o pulmão apertado pelo útero dilatado, todos os órgãos se virando como podem na cavidade cada vez mais ocupada por bebê, placenta, água. Uma pata negra, lenta e orgulhosa caminha no pôr do sol de Ipanema em direção ao oceano.

Nesse final de tarde, o pequeno mar dos surfistas é uma lagoa avermelhada. Vanda abre caminho na água até a barriga inteira ficar coberta, concentra-se na resistência do mar sobre seu corpo enquanto caminha. Vai um pouco mais fundo, desamarra a parte de cima do biquíni e sente um alívio enorme, tudo aperta nesse final de gravidez, acaricia os peitos grandes e soltos. O corpo se acostuma com a temperatura fria da água, dentro do mar, a pele da barriga parece um pouco menos esticada, ela se deita de costas e boia. O sol ainda esquenta, seus mamilos saem da água e voltam a afundar. A barriga se eleva como um pequeno rochedo negro, úmido. A bebezinha se acomoda, dá uma cotovelada. Está tão apertada ali dentro, que não tem mais como dar cambalhotas. Um chute, um movimento da cabeça, talvez, aperta a bexiga de Vanda. Ela mexe devagar os braços no mar, bem de leve, para continuar a boiar, abre e fecha as pernas. Tira também a calcinha, enrola ambas as partes do biquíni no pulso para não perdê-las. Abre e fecha as pernas mais uma vez, de leve, um pequeno fluxo perpassa seus lábios, entra e sai da borda de sua vagina. Contrai e relaxa. Afunda o corpo inteiro, afunda até tocar os pés no chão, dá um leve impulso, volta à superfície. Coloca-se de costas para o sol, o rosto para dentro da água, os peitos pendendo para a areia tranquila do fundo da pequena baía. Eles estão doloridos; ainda não é o leite que sobe, são os hormônios em ação, talvez os canais mamários se preparando. Agora a bunda é recoberta e descoberta pela água salgada. Vira-se devagar, põe o rosto para fora, respira e afunda, sobe, respira.

Quando o bebê chegar, ela não virá com ele à praia. Quando for criança, não virá brincar com ela no mar. Dias e tardes de estudo e trabalho. O riso das crianças brincando na areia, entrando e saindo no rasinho, chega até ela cada vez que emerge. Submerge, gira o corpo, apoia o pé no chão, toma impulso, emerge. Ela nunca veio brincar na praia quando criança. Pensa na semelhança entre ela e sua filha, ambas dentro da água, e na diferença, ela com todo o espaço do oceano para se movimentar, e a filha imobilizada. Apertada, apertada, apertada. Cada vez mais. Sem saber que haverá uma saída, um buraco estreito com uma luz no final. Ela faz carinho na barriga, apalpa a vagina, põe o dedo dentro do canal, ainda não há nenhum sinal de dilatação. Ampara a barriga com as duas mãos na parte mais baixa, começa a massagear sua filha de leve, vai subindo, pressiona um pouco mais tentando perceber cada parte do pequeno corpo. Pé, joelho, bumbum. A cabeça ainda não está encaixada, mas já está virada para baixo. Mais alguns dias, talvez em pouco mais de uma semana, ela se encaixe e comecem os movimentos do parto. Vanda nunca teve medo de que algo errado pudesse acontecer, mas nos últimos dias começou a temer que o cordão umbilical se enrosque no pescocinho da filha. Não há motivo, já que ela não deve mais fazer grandes movimentos, mas ainda assim o medo persiste. Medo de que ela morra no útero ou durante o trabalho de parto sufocada pelo cordão umbilical. Diminui a pressão, continua a massagem, um chute machuca seu diafragma. Ao mesmo tempo a bexiga é pressionada. Deixa o xixi sair pelas pernas e misturar-se à água do mar.

A areia revolvida pela marola mansa do quebra-mar é feita de cacos minúsculos de conchas, não uma areia fininha e branca como a da parte alta da praia, mas quebradiça, com pintinhas creme e marrom aqui e ali. Com o biquíni vestido, a tarde já escura, quase fresca, Vanda descansa sentada onde a franja das ondas vai e vem, com os pés revolve areia, sal e água, cacos de conchas, ossos de peixe.

66

O sol da tarde entra em cheio no quarto. Félix fecha a cortina e dorme.

Sonha que é arrebatado ao sétimo céu. Lá estão sentados em assembleia todos os deuses. Por uma graça especial lhe é concedido o favor de fazer um desejo. "Tu queres", disse Mercúrio, "tu queres ter juventude, ou beleza, ou poder, ou uma vida longa, ou a mais bela das moças, ou outra glória das muitas que nós temos no baú? Escolhe, mas só *uma* coisa." Por um instante ele hesita, depois fala aos deuses: "Veneráveis contemporâneos, eu escolho uma coisa: que eu possa ter sempre o riso do meu lado". Não há um deus que responda uma palavra; em compensação, todos caem na risada. Daí Félix conclui que sua oração foi atendida, e que os deuses sabem expressar-se com gosto; afinal, teria sido bem impróprio eles responderem com seriedade: "Que isto te seja concedido".

Ao acordar, Félix lembra-se de alguém de sua infância: um homem velho, não um tio ou o avô, talvez um amigo de seu pai. Não, era o mendigo conhecido da família, que ia pedir pão na loja de antiguidades dos pais e ficava puxando conversa. Era comum ele falar sobre o sonho da janela. Ele dizia: "se um homem vê a si mesmo em um sonho, olhando para fora por uma janela, bom, significa que seu choro foi atendido". Não era um intérprete de sonhos, era intérprete de um único sonho: o homem que vê a si mesmo olhando para fora por uma janela. Félix sempre quis ter esse sonho, mas nunca aconteceu, e o homem sumiu. O céu cheio de deuses não é exatamente uma janela. E não sabe mais qual é a queixa que seu choro expressa e que poderia ser atendida. Não sabe se é seu o desejo de ter sempre o riso a seu lado, ou se leu isso em algum lugar.

67

A brisa que vem do mar arrepia seus pelos; come uma espiga de milho sentindo o calor da barraca; setembro é um mês de poucos turistas. Os donos da barraca são um casal que todos os dias está ali, da manhã à noite, Vanda às vezes os cumprimenta no seu trajeto de volta para casa. Ultimamente, com a fome da gravidez, vez ou outra tem comprado milho, por isso eles se conhecem, mas nunca haviam conversado antes. Hoje ela é a única cliente, tem um tempo livre inesperado, que recebeu com o adiantamento da licença-maternidade. E não precisava ter nada, só a tarde morna e a gravidez.

— Você sabe se é menina ou menino?
— Menina.
— É a primeira?
— É.
— Já resolveu o nome?
— Não sei. Pensei em Fátima.
— É bonito. Muito bonito. Por causa de Nossa Senhora de Fátima?
— Não, nem tinha me lembrado dela. Foi agora, no mar, que pensei em Fátima.
— É para quando?
— Acho que duas semanas. Pode ser antes.
— Ainda está alta, não acho que vai apressar, não. Depois que a barriga desce ainda demora uns dias, uma semana, e com o primeiro filho às vezes demora mais. Ele que vai abrir o caminho. Depois, com os seguintes, é mais fácil.

Vanda pega a mochila, agradece. A dona da barraca se despede:

— Que Deus te proteja, Nossa Senhora também, tenha uma boa hora.

— Amém.

68

Qual é o choro a ser atendido? Acordou com o riso dos deuses, a lembrança do mendigo em frente à loja de antiguidades dos pais; acordou como o barulho do helicóptero sobre a favela. O riso dos deuses repetitivo e sem fim era o barulho do motor dos helicópteros. Olha para fora pela janela, vê tudo borrado, a favela são mil estrelas sobre um fundo escuro, cruzado por fachos de luz mais forte. Coloca os óculos, agora são dois os helicópteros que, um ao lado do outro, sobrevoam a favela.

A morte imortal, agora ele entende, é a consciência da mortalidade a que Adão se refere quando diz: a morte e eu somos eternos. As terras criadas pelo *Paraíso perdido* e pelo paraíso do *Gênesis* serão férteis enquanto o homem viver, é isso que parece querer dizer eternidade, o período em que vivemos com nossa consciência.

O som dos helicópteros fica mais alto. Félix vai até a janela, um deles está muito próximo do morro, fica lá parado e, então, se move para cima, distanciando-se dos barracos, com um barulho cada vez maior. O helicóptero puxa um longo cabo que carrega na ponta um volume embrulhado do tamanho e formato de um corpo atado pela região do abdômen.

69

Ao barulho dos helicópteros se junta o de sirenes de polícia. Vanda tem a impressão de também ouvir tiros, mas todos os sons são altos e misturados, não dá para ter certeza. Maria Joana lê, ela cozinha. As duas em silêncio, e o apartamento cheio do barulho que vem de fora. Vanda fica com medo. Não há nada a temer, é um medo que vem do passado; não vai nos acontecer nada, não vai nos acontecer nada ruim, repete baixinho para si mesma. Olha Maria Joana, que não ouve nada, mergulhada na leitura. Vanda fala em voz alta:

— Não vai nos acontecer nada de ruim.

Maria Joana levanta os olhos do livro.

— O que foi?

— Nada. O barulho dos helicópteros.

— Você está com medo de que aconteça alguma coisa com a mãe?

— É sempre nossa mãe, apesar de tudo.

— Ela sabe se defender.

Vanda pega sua máquina fotográfica pequena, aproxima o zoom de pouco alcance e focaliza a casa da mãe. É um sobrado de alvenaria sem pintura, como quase todos na favela, as janelas estão fechadas. No varal esticado sobre a laje seca um lençol que a distância e a escuridão da noite não deixam ver a cor, mas quando a luz potente do farol do helicóptero passa por ele, Vanda reconhece o antigo lençol rosa com grandes flores vermelhas, já muito desbotado. Se o lençol está secando, é porque ela ainda mora ali, na casa onde nasceram.

— Você vai mostrar sua filhinha pra ela?

— Não sei. Agora que está chegando a hora, me deu vontade de mostrar. Mas tenho certeza de que depois vou me arrepender.

Uma pessoa anda sobre a laje e recolhe o lençol; Vanda não tem certeza, mas acha que reconhece sua mãe pelo jeito de andar da silhueta distante. O vulto para, olha para o céu, dá uma banana para o helicóptero e volta para casa. Vanda ri.

— Acho que ela não vai querer, não gosta mesmo muito de criança.

Maria Joana e Vanda começam a jantar, os helicópteros se afastam, o som das sirenes continua.

Vanda se lembra de onde lhe viera o nome de Fátima. Era o nome da criança para quem dona Cristina, do Instituto, bordava a colcha com cenas do Jardim do Éden: árvores com frutas, passarinhos e flores. Naquele dia da inundação e do velório ela bordava uma trepadeira com florzinhas brancas em torno da gruta.

Domingo, 6 de dezembro

(Verão)

70

O dia foi quente, Félix trabalha praticamente nu. À tarde, quando o sol bate em cheio em sua escrivaninha, ele enxuga o suor que pinga no papel borrando as letras de sua caligrafia machucada. Chega a noite e a madrugada, o calor aumenta. Ele continua a escrever:

O Paraíso está trancado e o Querubim atrás de nós.
Adão e Eva enxugam as lágrimas dos olhos;

"O mundo inteiro à sua frente,
Onde escolher seu lar, e a providência:
De mãos dadas com passos errantes e devagar
Pelo Éden tomaram seu caminho solitário."

"They hand in hand with wandering steps and slow,
Through Eden took their solitary way"

FIM

Livres, Adão e Eva caminham solitários.

Félix dá um grito de gozo.

Não se levanta; o sol ainda não nasceu e o trabalho ainda não terminou. Falta pouco. Relê as páginas finais, risca e reescreve. Pronto? Pronto. Sim.

Vira o caderno de ponta-cabeça, vira-o de costas, e abre a última página, que, nessa posição invertida do caderno, é a primeira. Desse lado ele veio anotando os possíveis títulos que sua monografia poderia ter. Os títulos acompanharam os passos errantes que o levaram até esta madrugada, quando dá por terminada a primeira versão seu trabalho. Ele lê e vai riscando.

Títulos possíveis:

A solidão e um corpo
Womb-Tomb: Útero-Sepulcro
O horror são os filhos
O eterno é o horror
Alegria amaldiçoada
A filha de Milton
O crime que levas contigo
A história e o fim da eternidade
As coisas cegas
10 graus vezes 2
Adão: o rosto de Deus
O amor inaugura o movimento
Os filhos, a consciência e a eternidade

Félix risca um a um. Hesitante, ele acrescenta mais uma possibilidade:

Um chamado em tudo tão novo, perdido em tudo

71

Vanda toca de leve em Maria Joana e sussurra:
— Ela está dormindo. Tirei o leite do peito e deixei na geladeira. Antes de dar, amorna um pouco. A próxima mamada deve ser lá pelas nove.
Maria Joana olha para o bercinho onde Fátima dorme tranquila.
— Tudo bem. Bom vestibular.
A cortina está fechada, por detrás dela se percebe a claridade de outra manhã quente de verão.

72

É difícil tirar as pernas já duras de debaixo da escrivaninha. O esforço e a alegria terríveis com o final que ia se desenvolvendo diante dele como se estivesse avançando na água.
Em frente à janela, o azul transforma-se. Quando os primeiros raios de sol tocam o alumínio da janela do prédio em frente, Félix relê mais uma vez o capítulo final e escreve a última frase. Sente as pálpebras tremularem, um chiado nos ouvidos. Olha para a folha do caderno à sua frente:

FIM

Copacabana, 2009

Com as páginas na mão, descalço e vestindo apenas um short velho, quase um recém-nascido molhado de muco da placenta, Félix anda apressado pelo corredor e entra no apartamento das irmãs.

73

A porta se abre de supetão.
— Terminei!
Maria Joana acorda, Fátima começa a chorar.
Félix imobiliza-se, atônito: a criança? o bebê? o bebê nasceu! Ele perde o ar, tenta respirar, puxa com força, e o ar não vem.
Maria Joana pega Fátima no colo, embala de leve, num passo manso, e começa a cantar baixinho uma música de ninar.
O ar finalmente vence o pânico que fechou a traqueia de Félix e avança pulmão adentro. Ele sorve o ar com a força de um quase afogado.
A criança deita a cabecinha no ombro da jovem tia, as duas formam um só corpo na penumbra do pequeno quarto. O choro de Fátima diminui, ela geme um pouco, se acomoda e adormece.
O peso de todas as noites maldormidas, do trabalho enfim terminado desaba em seus ombros, Félix é tomado por uma tristeza imensa.
A melodia de Maria Joana continua em um tom mais baixo, mais baixo, sobra um murmúrio que lembra a vibração de um sino algum tempo depois do último badalo, um som que se mistura com o ar parado do quarto.
Félix senta-se na cama desfeita, à tristeza vem se misturar o sentimento de alívio. Terminou. Terminou. Lágrimas grossas transbordam de seus olhos: então é assim que tudo termina? Olha para Jojô, nua, de costas para ele, de

frente para a cortina avermelhada pelo sol, em seus ombros repousa a cabeça do bebê. Então é assim que tudo começa, com um murmúrio de amor?

Maria Joana coloca a bebezinha no berço e faz um sinal para que Félix fique em silêncio.

NOTA DA AUTORA

As frases de outros autores que inseri no livro foram modificadas de acordo com a necessidade do fluxo da história. Coloquei na lista de citações algumas passagens que não têm nenhuma palavra em comum com o que digo ser a sua origem, e assim o fiz porque a ideia e o ritmo, com certeza, me foram dadas pelos autores que menciono. Por exemplo: "Vai, meu filho! ser senhor do mundo", meu ouvido recebeu de "Vai, Carlos! ser gauche na vida".

Não coloquei na lista vários trechos em que uso as palavras de Milton junto com as minhas para narrar a trama de seu poema. E haverá frases que não mencionei, ou por não me dar conta de que não são originalmente minhas, ou porque, apesar de ter certeza de que não são minhas, não me lembro mais de quem são.

CITAÇÕES

Outono

I

1
Em uma manhã no final do verão, [até] o morro com seu verde sem vigor. (Franz Kafka, primeiro parágrafo de *O veredito*, trad. Modesto Carone, p. 9)
abismos e cristas espumejantes (Virginia Woolf, em *Passeio ao farol*, trad. Luiza Lobo, p. 161)

4
faz uma incisão precisa, sem desvios, da garganta até o púbis (Clara Becker, "Ouvindo os mortos")

5
se forma pode ser chamada aquilo que forma não tem (John Milton, *Paraíso perdido* [*PP*], II, v. 667, trad. minha)
quem é você? [até] com espíritos do Céu (Milton, *PP*, II, verso 681, trad. minha)
Satã arde [até] aflito mundo (Milton, *PP*, II, v. 706, trad. minha)

Com fúria ardente rompe-me as entranhas (...) (Milton, *Paraíso perdido*, II, p. 89, trad. Lima Leitão [LL], v. original 783)

Fujo, mas para mim corre o fantasma (...) (Milton, PP, II, p. 89, trad. LL, v. original 790)

meu filho meu contrário (Milton, PP, II, p. 90, trad. LL, v. original 804)

delícias de minha alma (...) (Milton, PP, III, p. 107, trad. LL, v. original 168)

7
The one seemed woman to the waist, and fair, (...) (Milton, PP, II, v. 650)

Um até a cintura mostra visos (...) (Milton, PP, II, p. 83, trad. LL, v. original 649)

9
De negros antros, na cintura abertos, (...) (Milton, PP, II, p. 83, trad. LL, v. original 653)

: *about her middle round (...)* (Milton, PP, II, v. 653)

11
Quão tediosa reputo a eternidade (...) (Milton, PP, II, p. 68, trad. LL, v. original 247)

Antes o nosso bem de nós tiremos (...) (Milton, PP, II, p. 68, trad. LL, v. original 253)

Mas para calabouço em que nos prender (...) (Milton, PP, II, p. 71, trad. LL, v. original 320)

Que paz alcançaremos nós escravos? (...) (Milton, PP, II, p. 71, trad. LL, v. original 323)

E a não podermos aspirar a tanto (...) (Milton, PP, II, p. 72, trad. LL, v. original 367)

This would surpass (...) (Milton, PP, II, v. 370)

Quando seus filhos, que extremoso amara (...) (Milton, *PP*, II, p. 72, trad. LL, v. original 373)

12
a frase *I could not play by instinct* e as imagens de mulher com enguia no chão e jovem no lago vieram de fotografias de Francesca Woodman

13
E o Mal na Natureza introduziste (Milton, *PP*, VI, p. 227, trad. LL, v. original 262)

O crime de que és pai contigo leva (...) (Milton, *PP*, p. 228, trad. LL, v. original 275)

dando pipoca aos macacos (Raul Seixas, "Ouro de tolo")

leis inevitáveis (Milton, *PP*, VI, 222, trad. LL, v. original 177)

Neles tudo ouve, vê, sente, medita (Milton, *PP*, VI, p. 231, trad. LL, v. original 351)

14
Nossa conversa é com os defuntos ("Eu só falo com defunto", de Dra. Antonieta Campos Xavier no artigo de Clara Becker, "Ouvindo os mortos")

15
A dor que tudo abate e vence tudo (...) (Milton, *PP*, VI, p. 237, trad. LL, v. original 462)

debaixo do chão do céu ("debaixo do barro do chão", Gilberto Gil, "De onde vem o baião")

conchas ocas, símbolo também de beleza e poder. (James Joyce, *Ulysses*, trad. Caetano Galindo [CG], p. 132)

Meu filho, minha glória, imagem minha (...) (Milton, *PP*, VI, p. 245, trad. LL, v. original 680)

quando no fim do tempo estivermos (...) (Milton, *PP*, VI, p. 247, trad. LL, v. original 731)

Of man's first disobedience, and the fruit (...) (Milton, *PP*, I, v. 1)

II

16
esperando a crise chegar ("esperando a morte chegar", Raul Seixas, "Ouro de tolo")

17
referências das citações no próprio capítulo
No fim fores tudo em todo, e eu em ti (...) (Milton, *PP*, VI, v. 732, trad. Daniel Jonas [DJ], v. original 731)

21
Maldito, em maldita hora, para o mundo ele vai. (Milton, *PP*, II, v. 1055, trad. minha)

Miguel e seus anjos vencedores (...) (Milton, *PP*, VI, v. 411, trad. minha)

Far in the dark dislodged, and void of rest (Milton, *PP*, VI, v. 415)

Inverno

I

23

Tão mais p'ra dentro tu celeste luz (...) (Milton, *PP*, III, v. 51, trad. DJ)

Na longa estrada escura, quando em voo (...) (Milton, *PP*, III, v. 15, trad. DJ)

A salvo te revejo, e entrevejo (...) (Milton, *PP*, v. 21, trad. DJ)

A terra era lodo torvo [até] cobriam o abismo. (mistura das traduções de Haroldo de Campos [HC], rabino Melamed [RM] e Domingos Zamagna [DZ] do início do "Gênesis")

O sopro de Deus (...) ("Gênesis 1", *Bere'shith: a cena da origem*, trad. HC, p. 45)

O Espírito de Deus (...) ("Gênesis 1", *A lei de Moisés — Torá*, trad. RM, p. 1)

Um vento de Deus (...) ("Gênesis 1", *A Bíblia de Jerusalém*, trad. DZ, p. 31)

Os verdadeiros paraísos são os paraísos que perdemos (Marcel Proust, *O tempo recuperado*, parte 2)

25

Confusion heard his voice, and wild uproar (...) (Milton, *PP*, III, v. 710)

Assim que a voz de Deus foi proferida, (...) (Milton, *PP*, III, p. 128, trad. LL, v. original 710)

A confusão ouviu-lhe a voz, e o estrépito (...) (Milton, *PP*, III, v. 710, trad. DJ)

Deus criou o homem à sua imagem (...)", ("Gênesis 27", *Bere'shith: a cena da origem*, trad. HC, p. 48)

alguém que duvida [até] alguma outra coisa. (Virginia Woolf, *Orlando*, p. 81)

Thee I revisit now with bolder wing (Milton, *PP*, III, v. 13)

Revisito-te agora co'asa ousada (Milton, *PP*, III, v. 13, trad. DJ)

27

almas que aos poucos perdem a conexão [até] desconectam-se de sua origem. (Plotino, "Sobre a descida da alma nos corpos", *Tratados das Enéadas*, trad. Américo Sommerman, pp. 88-9)

a gente brinca antes de ser sério (Plotino, "Sobre a natureza, a contemplação e o Uno", *Enéada III. 8 [30]*, trad. José Carlos Baracat Júnior, p. 53)

Salve Luz santa, prole do Céu primeira, (...) (Milton, *PP*, III, v. 1, trad. DJ)

May I express thee unblamed? (Milton, *PP*, III, v. 3)

Tão mais p'ra dentro tu luz celeste (...) (Milton, *PP*, III, v. 51, trad. DJ)

mar de histórias (título de uma coleção de contos da literatura universal feita por Aurélio Buarque de Holanda e Paulo Rónai)

eu, você, nós dois (Caetano Veloso, "Saudosismo")

dorme juntos aos servos (...) (Homero, *Odisseia*, trad. Trajano Vieira [TV], canto XI, vv. 190-1)

Prévia aos céus que eram eras tu, e à voz (...) (Milton, *PP*, III, v. 9, trad. DJ)

The rising world (...) (Milton, *PP*, III, v. 11)

29
quando um dia/ (Porque tempo, (...) (Milton, *PP*, V, v. 580, trad. minha)

Nesse dia eu concebi aquele que eu declaro meu Filho único (Milton, *PP*, V, v. 603, trad. minha)

por cabeça vos decreto (...) (Milton, *PP*, V, v. 606, trad. DJ)

em tudo autores de si/ Do que julgam (...) (Milton, *PP*, III, v. 122, trad. DJ)

Para fora daqui, esse é o objetivo (Kafka, "A partida", p. 141, em *Narrativas do espólio*)

Aonde vá o Inferno vai Eu sou/ o Inferno. (Milton, *PP*, IV, v. 75, trad. DJ)

Wich way I fly is hell. Myself am hell (Milton, *PP*, IV, v. 75)

30
bendito sejas, que me isentastes da responsabilidade desse rapaz (início da bênção da cerimônia judaica do Bar Mitsvá)

Aquele que abençoou Abraão [até] 365 músculos (prece judaica para doentes "Mi sheberach")

32
Adeus esperança pois, e adeus ao medo (...) (Milton, *PP*, IV, v. 108, trad. DJ)

Ah, par gentil, mal sabes o quão próximo (Milton, *PP*, IV, v. 366, trad. DJ)

que nos ensina o bem co'o mal tão caro (Milton, *PP*, IV, v 222, trad. DJ)

dishonest shame (Milton, *PP*, IV, v. 313)

honour dishounourable (Milton, *PP*, v. 314)

Ó, inferno! O que os meus olhos veem com pesar? (Milton, *PP*, v. 358, trad. minha)

33

Nossa mente percebe maior ordem [até] trato direto das coisas (Francis Bacon, *Novum organum*, "Aforismos...", trecho modificado de I, aforismo XLV)

Nesses momentos as palavras correspondem às coisas [até] adequadas ao que se quer dizer. (Bacon, *Novum organum*, "Aforismos...", I, aforismos XV e XVI)

Desconfiar de nossas primeiras percepções [até] nos precaver da religião (Bacon, *Novum organum*, "Aforismos...", I, aforismos XXXIX em diante, sobre os "ídolos")

fibra por fibra (Caetano Veloso, "Mamãe coragem")

34

todas as mágoas afugentam (...) (Milton, *PP*, IV, p. 138, trad. LL, v. original 155)

memória amarga/ Do que foi, do que é, (...) (Milton, *PP*, IV, v. 25, trad. DJ)

Chamo-te,/ Mas não com voz de amigo (...) (Milton, *PP*, IV, v. 35, trad. DJ)

Foi-se o bem (Milton, *PP*, IV, trad. DJ, v. 109)

todo bem foi mal/ Em mim, e só maldade fez (Milton, *PP*, IV, v. 48, trad. DJ)

Hoje com teu pecado te pareces (Milton, *PP*, IV, p. 169, trad. LL, v. original 839)

Crianças radiantes (Homero, *Odisseia*, trad. Christian Werner [CW], canto XIV, v. 223)

35
Ela gritou "pelo amor de Deus, ela é só uma criança [até] não tem ninguém para ajudá-la". (Raymond Carver, final do conto "Tanta água tão perto de casa", p. 191)

36
Seres sem ser. [até] você que pode. (Joyce, *Ulysses*, trad. CG, pp. 411-2)

Você pensa que está [até] você em tudo. (Joyce, *Ulysses*, trad. CG, p. 594)

corpo suave de Jojô que nas roupas brancas (...) do seu olhar agora tenho medo. (Álvares de Azevedo, "Teresa")

É preciso ser sério com o que é sério [até] brincar os jogos que o destino nos traz. (Platão, *As leis*, "Livro VII", fala de O Ateniense, citado no livro de Plotino, *Enéada III. 8 [30]*, p. 90).

Busco em estreito nó a ti unir-me; (Milton, *PP*, IV, p. 150, trad. LL, v. original 375)

And mutual amity so strait, so close, (Milton, *PP*, IV, v. 376)

A miséria invadiu o jardim de Deus, e lá se instalou [até] sua própria natureza (Plotino, "Sobre o amor", *Enéada III. 8 [30]*, pp. 112-8)

Seduzi-o,/ E p'ra apimentar o vosso pasmo (...) (Milton, *PP*, X, v. 486, trad. DJ)

A anfibesna cruel, o escorpião, a áspide (...) (Milton, *PP*, X, v. 524, trad. DJ)

máquina velha e mal ajustada (referência à máquina de "Na colônia penal", de Kafka)

um sorriso de luz [até] os lábios longos (Joyce, *Ulisses*, trad. Antônio Houaiss [AH], p. 151)

areia grossa a seus pés [até] cai na areia grossa, espetado (Joyce, *Ulysses*, trad. CG, p. 600)

Estas pesadas areias [até] Grávidas de passado. (Joyce, *Ulisses*, trad. AH, pp. 50-1)

Assinaturas de todas [até] lata enferrujada. (Joyce, *Ulysses*, trad. CG, p. 140)

Seus lábios [até] ar descarnado. (Joyce, *Ulysses*, trad. CG, p. 155)

Jojô confia em mim [até] Toque, tocar-me. (Joyce, *Ulysses*, trad. CG, pp. 156-7)

Levo meu corpo comigo e não busco a salvação. (Gilles Deleuze, "Bartleby, ou a fórmula", em *Crítica e clínica*, p. 101)

pois não serás virgem por muito tempo. (Homero, *Odisseia*, trad. CW, canto VI, v. 33)

II

41

Quem se conhece a si quando começa? (Milton, *PP*, VIII, p. 293, trad. LL, v. original 251)

for who himself beginning knew? (Milton, *PP*, VIII, v. 251)

quis falar, logo falei, a língua obedeceu-me e dei nome ao que vi (Milton, *PP*, VIII, v. 271, trad. DJ)

eu os nomeei, [até] lhes entendi a natureza (Milton, *PP*, VIII, v. 352, trad. minha)

é da natureza de cada espécie [até] nenhuma diversidade entre os seres. (Plotino, "Sobre a descida da alma nos corpos", *Tratados das Enéadas*, p. 91]

44

Meu corpo já não quer aguentar mais. (Roberto Bolaño, citado por Francisco Foot Hardman na palestra "A prosa poética de Roberto Bolaño na Era dos Extremos: memória e esquecimento")

Agora você sabe o que existia além de você [até] morrer por afogamento! (Kafka, fala final do pai em *O veredito*, p. 26)

45

no mundo exterior [até] como possível (Joyce, *Ulysses*, trad. CG, p. 374)

morte verde e salgada. (Joyce, *Ulysses*, trad. CG, p. 413)

Ájax no infinito [até] água salgada (Homero, *Odisseia*, trad. CW, canto IV, v. 509)

a vida o deixou [até] por muita areia. (Homero, *Odisseia*, trad. CW, canto XIV, v. 133)

Ossos para os ossos das minhas passadas. (Joyce, *Ulisses*, trad. AH, p. 51)

contemplou um espetáculo cruel e saboroso (Proust, *Sodoma e Gomorra*, p. 913)

47

Inelutável modalidade do visível [até] Fecho os olhos. (Joyce, *Ulysses*, trad. CG, p. 140)

Começa o ritmo [até] mundo sem fim. (Joyce, *Ulysses*, trad. CG, p. 141)

Gargalha para libertar [até] servidão de seu espírito (Joyce, *Ulisses*, trad. AH, p. 242)

48

Ele para reflexão e bravura foi feito, (...) (Milton, *PP*, IV, v. 297, trad. minha)

He for God only, she for God in him. (Milton, *PP*, IV, v. 299)

Dele o sublime olhar e a ampla fronte (...) (Milton, *PP*, IV, v. 300, trad. DJ)

Ornou em demasia, trabalhando (Milton, *PP*, VIII, v. 538, trad. DJ)

49

Você acha escuras as minhas palavras (...) ainda a nós (Joyce, *Ulysses*, trad. CG, p. 156)

Ela está se afogando (...) Nós. (Joyce, *Ulysses*, trad. CG, p. 413)

Ela confia em mim (...) Qual ela? (Joyce, *Ulysses*, trad. CG, p. 156)

51

Da influência de teus olhos encontro (...) (Milton, *PP*, IX, v. 309, trad. minha)

como seremos felizes, temendo sempre o mal? (Milton, *PP*, IX, v. 326, trad. minha)

E os seus dons eram próprios p'ra servir (...) (Milton, *PP*, X, v. 154, trad. DJ)

Vai, meu filho! ser senhor do mundo. ("Vai, Carlos! Ser gauche na vida." Carlos Drummond de Andrade, "Poema de sete faces")

Era ela teu Deus, que em vez da sua (...) (Milton, *PP*, X, v. 145, trad. DJ)

54

É sua sina perdurar (Homero, *Odisseia*, trad. TV, canto XIV, v. 359)

Sob Zeus estão todos os estranhos e mendigos (Homero, *Odisseia*, trad. CW, canto VI, vv. 207-8)

Com trapos ele me vestiu [até] pareça repulsivo (Homero, *Odisseia*, trad. CW, canto XIII, vv. 399-402)

Mãe morrendo volte pai. (Joyce, *Ulysses*, trad. CG, p. 148)

Achou que se apartando [até] ainda que em sonho (Homero, *Odisseia*, trad. CW, canto XXI, v. 77)

Vem descansar, filho. Fiz tua cama. (Homero, *Odisseia*, trad. TV, canto VII, v. 342)

passando sem ser visto [até] mausoléus de família... (Joyce, *Ulysses*, trad. CG, p. 242)

Ela salvara Félix de ser pisoteado e se fora./ com brilhosos olhos [até] raspa e raspa (Joyce, *Ulisses*, trad. AH, p. 31)

a doença tira a vida de seus membros (Homero, *Odisseia*, trad. CW, canto XI, vv. 200-1)

55
Encerra-se o movimento. (Joyce, *Ulysses*, trad. CG, p. 373)

Como quando alguém [até] cobre-se com as folhas (Homero, *Odisseia*, trad. CW, canto XI, vv. 488-91)

A vida é muitos dias, este vai acabar (Joyce, *Ulysses*, trad. CG, p. 376)

lucidez da aurora (Homero, *Odisseia*, trad. TV, canto XIX, v. 50)

Primavera

56
Cumpre-me a trágico/ Passar o tom (Milton, *PP*, IX, v. 5, trad. DJ)

A menos que tardia a idade, ou clima (...) (Milton, *PP*, IX, v. 44, trad. DJ)

58

Seus joelhos e coração fraquejaram. (Homero, *Odisseia*, trad. CW, canto XXIII, v. 205)

o pai é um mal desnecessário. (Joyce, *Ulysses*, trad. CG, p. 367)

Uma deusa difícil [até] semelhante a tudo (Homero, *Odisseia*, trad. CW, canto XIII, v. 312)

59

E Adão, do outro lado, mal ouviu (...) (Milton, *PP*, IX, v. 888, trad. DJ)

Não se pode cortar tal elo, um somos, (...) (Milton, *PP*, IX, v. 958, trad. DJ)

to lose thee were to lose myself (Milton, *PP*, IX, v. 959)

Conquanto a minha sorte vá contigo, (...) (Milton, *PP*, IX, v. 952, trad. DJ)

Maldito seja o chão, seus frutos dores (...) (Milton, *PP*, X, v. 201, trad. DJ)

os chamei, aos cães do inferno, (...) (Milton, *PP*, X, v. 629, trad. DJ)

Tais trocas nos céus, trocas (...) (Milton, *PP*, X, v. 692, trad. DJ)

P'ra uns mandou os anjos inclinarem (...) (Milton, *PP*, X, v. 668)

o céu que ecoa o som desconhecido (citado por Robert Burton, *A anatomia da melancolia*, trad. Guilherme Gontijo Flores, p. 109)

61

menina batendo a cabeça na parede, com quatro anos (Adrienne Rich, trad. Juraci Andrade de Oliveira Leão, p. 420)

Uma mulher em forma de monstro (Adrienne Rich, "Planetarium")

Na verdade eu não tenho nada a não ser eu mesma (Adrienne Rich, "Integridade")

62

Quão grato colheria/ De ser mortal a pena (...) (Milton, *PP*, X, v. 775, trad. DJ)

Ó hora sê bem-vinda a qualquer hora! (Milton, *PP*, X, v. 771, trad. DJ)

64

Um dúvida/ Porém me segue (...) (Milton, *PP*, X, vv. 782-3, trad. DJ)

quem sabe/ Não morra morte viva? (...) (Milton, *PP*, X, vv. 787-8, trad. DJ)

I shall die a living death? (Milton, *PP*, X, v. 788)

Poderá criar morte imortal? (...) (Milton, *PP*, X, v. 798, trad. DJ)

Can he make deathless death? (Milton, *PP*, X, v. 798)

Mas digamos que a morte um golpe só, (...) (Milton, *PP*, X, v. 809, trad. DJ)

but endless misery (Milton, *PP*, X, v. 810)

A morte e eu/ P'ra sempre sou, (...) (Milton, *PP*, X, v. 815, trad. DJ)

both death and I/ Am found eternal (Milton, *PP*, X, v. 815)

E um só não sou (...) (Milton, *PP*, X, v. 817, trad. DJ)

Não tive filhos, não transmiti a nenhuma criatura o legado de nossa miséria (Machado de Assis, frase final de *Memórias póstumas de Brás Cubas*, p. 639)

66

arrebatado ao sétimo céu. (...) "Que isto te seja concedido". (Soren Kierkegaard, um dos aforismos de "Diapsalmata", do texto de 1843 *A alternativa*)

se um homem vê a si mesmo (...) seu choro foi atendido (trecho de papiro egípcio)

Verão

70

O Paraíso está trancado e o Querubim atrás de nós (Heinrich von Kleist, *Sobre o teatro de marionetes*, p. 21)

O mundo inteiro à sua frente, (...) (Milton, *PP*, XII, v. 846, trad. minha)

They hand in hand with wandering steps and slow (Milton, *PP*, XII, v. 848)

Um chamado em tudo tão novo, perdido em tudo (Joyce, *Ulysses*, trad. CG, p. 453)

72

É difícil tirar suas pernas já duras debaixo da escrivaninha [até] consomem e renascem. (Kafka, *Diários*, dia 23/9/1912, sobre a escrita de *O veredito*)

Fontes dos trechos citados

AZEVEDO, Álvares de. "Teresa", *Poesias completas*. Campinas/São Paulo: Unicamp/Imprensa Oficial, 2002.

BACON, Francis. *Novum organum ou Verdadeiras indicações acerca da interpretação da natureza*, tradução e notas de José Aluysio Reis de Andrade — http://br.egroups.com/group/acropolis.

BECKER, Clara. "Ouvindo os mortos", revista *Piauí*, n° 52, jan. 2011.

BURTON, Robert. *A anatomia da melancolia — vol. 1*, trad. de Guilherme Gontijo Flores. Curitiba: Editora UFPR, 2011.

CARVER, Raymond. "Tanta água tão perto de casa", em *Iniciantes*, trad. de Rubens Figueiredo. São Paulo: Companhia das Letras, 2009.

DELEUZE, Gilles. "Bartleby, ou a fórmula", em *Crítica e clínica*, trad. de Peter Pál Pelbart. São Paulo: Editora 34, 1997.

DRUMMOND DE ANDRADE, Carlos. "Poema de sete faces", em *Alguma poesia*. São Paulo: Companhia das Letras, 2013.

GÊNESIS, trad. de Haroldo de Campos, em CAMPOS, Haroldo de. *Bere'shith: a cena da origem*. São Paulo: Perspectiva, 1993.

_____, trad. de Domingos Zamagna, em *A Bíblia de Jerusalém*. São Paulo: Paulinas, 1989.

_____, tradução, explicações e comentários do rabino Meir Matzliah Melamed, em *A lei de Moisés — Torá*. São Paulo: Sêfer, 2001.

GIL, Gilberto, música "De onde vem o baião", CD *Parabolicamará*, Warner Music, 1992.

HOMERO. *Odisseia*, trad. de Trajano Vieira. São Paulo: Editora 34, 2ª ed., 2012.

_____. *Odisseia*, trad. de Christian Werner. São Paulo: Cosac Naify, 2014.

JOYCE, James. *Ulysses*, trad. de Caetano Galindo. São Paulo: Penguin/Companhia das Letras, 2012.

_____. *Ulisses*, trad. de Antônio Houaiss. Rio de Janeiro: Civilização Brasileira, 1982.

KAFKA, Franz. *O veredito e Na colônia penal*, trad. de Modesto Carone. São Paulo: Brasiliense, 1988.

_____. "1912 — 23 de setembro", em *Diários*, trad. de Torrieri Guimarães. Belo Horizonte: Itatiaia, 2000.

_____. "A partida", em *Narrativas do espólio*, trad. de Modesto Carone. São Paulo: Companhia das Letras, 2002.

KIERKEGAARD, Soren. *Do desespero silencioso ao elogio do amor desinteressado: aforismos, novelas e discursos*, organização, tradução e apresentação de Álvaro L. M. Valls. Porto Alegre: Escritos, 2004.

KLEIST, Heinrich von. *Sobre o teatro de marionetes*, tradução e ensaio de Pedro Süssekind. Rio de Janeiro: 7 Letras, 2005.

MACHADO DE ASSIS. *Memórias póstumas de Brás Cubas*, em *Obra completa*, vol. 1. Rio de Janeiro: Nova Aguilar, 2004.

MILTON, John. *Paraíso perdido*, tradução e prefácio de António José de Lima Leitão (1840). Rio de Janeiro/Belo Horizonte: Villa Rica, 1994.

_____. *Paraíso perdido*, tradução, introdução e notas de Daniel Jonas. Lisboa: Cotovia, 2006, edição bilíngue (retirei desta edição os trechos no original em inglês de *Paradise Lost*).

PLOTINO. *Enéada III. 8 [30]. Sobre a natureza, a contemplação e o Uno*, introdução, tradução e comentário de José Carlos Baracat Júnior. Campinas: Editora Unicamp, 2008, edição bilíngue.

_____. *Tratados das Enéadas*, tradução, apresentação, notas e ensaio final de Américo Sommerman. São Paulo: Polar, 2007.

PROUST, Marcel. *Sodoma e Gomorra e O tempo recuperado*, trad. de Fernando Py. Rio de Janeiro: Ediouro, 2002.

RICH, Adrienne, poemas e trechos citados na tese "Escrita, corpo e ação: a poética e a política de Adrienne Rich", de Juraci Andrade de Oliveira Leão, UFMG, 2007. As traduções são todas da autora da tese.

SEIXAS, Raul, música "Ouro de tolo", compacto *Ouro de tolo/ A hora do trem passar*, Philips, 1973.

VELOSO, Caetano, música "Mamãe coragem", LP *Tropicália ou Panis et Circencis*, Philips, 1968.

_____, música "Saudosismo", LP *Prenda minha*, Universal Music, 1998.

WOODMAN, Francesca, catálogo *Francesca Woodman*, Nova York/São Francisco: D.A.P./San Francisco Museum of Modern Art, 2013.

WOOLF, Virginia. *Orlando*, trad. de Cecília Meireles. Rio de Janeiro: Nova Fronteira, 1978.

_____. *Passeio ao farol*, trad. de Luiza Lobo. Rio de Janeiro: Nova Fronteira, 1982.

AGRADECIMENTOS

Agradeço aos autores e tradutores que têm estado comigo pela vida afora e, especificamente, àqueles de quem tomei frases, ritmos e ideias para escrever este livro. Agradeço especialmente, como não poderia deixar de ser, a John Milton (1608-1674), António José de Lima Leitão (1787-1856) e Daniel Jonas. Mencionar seus nomes e obras é a minha forma de lhes agradecer.

Agradeço aos amigos que leram, anotaram e discutiram comigo diferentes versões de *Anatomia do Paraíso*: Angela Mariani, Candido Bracher, Carlito Carvalhosa, Elisa Bracher, Fernão Bracher, Julia Mariani, Lucia Murat, Luis Claudio Figueiredo, Mari Stockler, Marta Garcia, Matias Mariani, Nuno Ramos e, várias vezes, Roberto Perosa.

Agradeço aos amigos com quem conversei sobre a história do livro e me ajudaram com sugestões, comentários e apoio: Carlos Bracher, Daniel Mariani, Eduardo Bracher, Jorge Caldeira, Nelson Ascher, Rubens Figueiredo e, sempre, Sonia Bracher.

Agradeço à Norma de Castro Barreto Newton Bezerra por sua generosidade em me emprestar o apartamento 913, na rua Francisco Sá, 88.

SOBRE A AUTORA

Beatriz Bracher nasceu em São Paulo, em 1961. Formada em Letras, foi uma das editoras da revista de literatura e filosofia *34 Letras*, entre 1988 e 1991, e uma das fundadoras da Editora 34, onde trabalhou de 1992 a 2000. Em 2002 publicou, pela editora 7 Letras, *Azul e dura*, seu primeiro romance (reeditado pela Editora 34 em 2010), seguido de *Não falei* (2004), *Antonio* (2007) e os livros de contos *Meu amor* (2009) e *Garimpo* (2013), todos pela Editora 34. Escreveu com Sérgio Bianchi o argumento do filme *Cronicamente inviável* (2000) e o roteiro do longa-metragem *Os inquilinos* (2009), prêmio de melhor roteiro no Festival do Rio 2009. Com Karim Aïnouz escreveu o roteiro de seu filme *O abismo prateado* (2011). O romance *Antonio* obteve em 2008 o Prêmio Jabuti (3º lugar), o Prêmio Portugal Telecom (2º lugar) e foi finalista do Prêmio São Paulo de Literatura. *Meu amor* recebeu o Prêmio Clarice Lispector, da Fundação Biblioteca Nacional, como melhor livro de contos de 2009. *Garimpo* venceu o Prêmio APCA na categoria Contos/Crônicas em 2013 e recebeu menção honrosa no Prêmio Casa de las Américas, de Cuba, em 2015. *Antonio* foi publicado no Uruguai (Montevidéu, Yaugurú) e na Alemanha (Berlim, Assoziation A) em 2013, e a mesma editora alemã publicou *Não falei* em 2015 (*Die Verdächtigung*).

O romance *Anatomia do Paraíso* (2015) venceu o Prêmio Rio de Literatura e o Prêmio São Paulo de Literatura em 2016.

Este livro foi composto em Minion
pela Bracher & Malta, com CTP da
New Print e impressão da Graphium
em papel Pólen Soft 70 g/m² da Cia.
Suzano de Papel e Celulose para a
Editora 34, em dezembro de 2016.